EISHERZ

Runa und Merle haben ihre Rucksäcke gepackt, die Wanderschuhe geschnürt – bereit für eine mehrtägige Hüttentour rund um den Untersberg. Doch zwischen Sonnenschein, Alpenglühen und einsamen Berghütten lauert Gefahr. Ein Wetterumsturz – und die beiden Frauen verschwinden spurlos.

Eine großangelegte Suche beginnt. Während Hubschrauber kreisen und Rettungsteams die Hänge absuchen, machen sich ihre Ehemänner Sven und Kay selbst auf die Suche – getrieben von Hoffnung, Angst und einer Liebe, die keine Grenzen kennt.

Doch statt auf Antworten stoßen sie auf ein verborgenes Labyrinth tief im Berg, eine unheimliche Eishöhle, schweigsame Hüttenwirte – und Hinweise auf ein grenzübergreifendes Netzwerk des Verbrechens.

EISHERZ ist ein hochspannender Alpenkrimi über Verrat und menschliche Gier eingebettet in die majestätische, aber erbarmungslose Welt des Untersbergs. Fesselnd bis zur letzten Seite.

Christine Diehl, gebürtige Hamburgerin, ist Dolmetscherin für Englisch und Französisch. Viele Jahre arbeitete sie als Flugbegleiterin bei der Lufthansa. Seit 1989 lebt sie mit ihrem Mann in Köln. Sie hat zwei erwachsene Töchter.

Inge Swolek ist Journalistin. Nach Studium und Volontariat Redakteurin, Reporterin, Moderatorin und Autorin - unter anderem für den WDR, das ZDF, den TV Sender Phoenix sowie beim *Kölner Stadt-Anzeiger*. Schreiben und Recherchieren sind ihre große Leidenschaft. Sie lebt mit ihrer Familie in Köln.

Christine Diehl / Inge Swolek

EISHERZ

Alpenkrimi

Personen und Handlungen sind frei erfunden. Ähnlichkeiten mit lebenden oder toten Personen sind rein zufällig und nicht beabsichtigt.

Bibliographische Informationen der Deutschen Nationalbibliothek:
Die Deutsche Nationalbibliothek verzeichnet diese Publikation in der der Deutschen Nationalbibliographie; detaillierte bibliographische Daten sind im Internet über www.dnb.de abrufbar.

Lektorat und Layout: Dr. Sören Dengg
Covergestaltung: Sören A. Dengg

Verlag: BoD · Books on Demand GmbH, Überseering 33,
22297 Hamburg, bod@bod.de

Druck: Libri Plureos GmbH, Friedensallee 273, 22763 Hamburg

ISBN: 978-3-6951-0199-3

Aufbruch

Seit Tagen bereiten sich Runa und Merle, zwei junge Frauen aus Köln, fieberhaft auf ihre erste Hüttenwanderung vor. Nicht irgendein Ausflug – vielmehr ein Ausbruch. Raus aus der Tretmühle des Alltags, weg von Telefonkonferenzen, Terminen, ihren Ehemännern. Keine E-Mails. Kein Empfang. Nur Stille. Wildnis. Freiheit. Sie haben lange gesucht nach der richtigen Route. Keine Klettersteige – zu gefährlich. Keine Hütten mit Lieferverkehr – zu gewöhnlich. Sie wollten Abgeschiedenheit. Aber auch ein bisschen Komfort. Doppelzimmer, wenn möglich. Am Ende war es nicht nur die Landschaft, die sie anzog. Es war das Geheimnis. Der Untersberg.

Ein massiver Koloss in den Berchtesgadener Alpen. Geformt von urzeitlichen Gletschern, durchzogen von einem Höhlensystem, das sich kilometerweit ins Gestein frisst – und das bis heute niemand vollständig durchdrungen hat. Auf seinem gewaltigen Plateau verläuft nicht nur die Grenze zwischen Deutschland und Österreich, sondern auch, so heißt es, der Grat zwischen dieser Welt und einer anderen.

Schon beim ersten Blick aus dem Tal wirkt der Berg unnahbar. Auf der einen Seite bewaldet und still, auf der anderen ragen graue Felswände wie Zähne in den Himmel. Ein Ort voller Gegensätze – und Geschichten. Die Einheimischen erzählen von Zeitlöchern, von Wanderern, die spurlos verschwinden. Manche tauchen nach Tagen, manchmal nach Wochen wieder auf – ohne Erinnerung an die Zeit dazwischen. Andere bleiben für immer verschwunden. Wer hier hinaufgeht, so heißt es, kehrt nicht als derselbe zurück.

Runa und Merle lesen die Geschichten. Und sie lächeln – doch tief in ihnen regt sich etwas. Neugier? Nervosität? Eine dunkle Vorfreude. Vielleicht ist es genau das, was sie suchen. Einen Ort, an dem die Welt stillsteht. Oder verschwindet.

Mit akribischer Sorgfalt packen die beiden ihre Wanderrucksäcke. Jedes Teil wird abgewogen, kritisch beäugt und manches wieder aussortiert. Nur das Nötigste darf mit – maximal sechs Kilogramm. Schließlich wird jedes Gramm auf dem Rücken spürbar sein, Stunde für Stunde, Tag für Tag.

Ihre Handys glühen, während sie Nachrichten hin und her schicken, um auch wirklich nichts zu vergessen.

„Eine lange Hose reicht, oder?"

„Ich denke schon. Aber ich nehme trotzdem einen Pullover und eine warme Jacke mit. Abends vor der Hütte wird es sicher frisch."

„Ich habe mir zwei Merino-Shirts gegönnt. Ultraleicht, trocknen in Null Komma nichts – und stinken nicht."

„Vergiss das Trockenshampoo nicht. Einen Föhn gibt's da oben bestimmt nicht."

„Wichtiger ist der Hüttenschlafsack und ein Handtuch. Haare waschen ist doch eh überbewertet."

Als endlich alles verstaut ist, wirkt der Aufbruch fast unwirklich. Die Rucksäcke stehen gepackt im Flur, der Mini ist vollgetankt. Es gibt kein Zurück mehr. Merle und Runa werfen sich einen letzten, aufgeregten Blick zu, dann verabschieden sie sich von ihren Männern.

„Gebt bitte Bescheid, wenn ihr angekommen seid – und meldet Euch ab und zu vom Berg!" ruft Sven, Runas Ehemann.

„Wir versuchen es! Wenn es da Empfang gibt. Also keine Panik, wenn ihr mal nichts hört!", ruft Merle lachend durchs offene Autofenster.

Ein letztes Winken. Dann sagt die Stimme aus dem Navi: 650 Kilometer bis zum Ziel. Ankunft: 16 Uhr.

Die Autobahn liegt an diesem Sonntagmorgen wie leergefegt vor ihnen. Keine endlosen LKW-Kolonnen, kein Stau, nur Asphalt - Kilometer um Kilometer fliegen vorbei. Die Vorfreude kribbelt in ihren Bäuchen. Ein kühles Bier, ein deftiger Schweinsbraten mit Knödeln und Sauerkraut – sie können es kaum erwarten.

Als sie schließlich die Autobahn verlassen, öffnen sie das Verdeck. Die Sonne steht hoch, die Luft duftet nach Wiesen und warmem Harz. Vor ihnen ragt die Silhouette des Untersbergs in den Himmel, schroff und geheimnisvoll.

In Berchtesgaden gönnen sie sich noch eine gute Unterkunft vor dem Wanderabenteuer und den kommenden, wohl eher spartanischen Nächten auf den Berghütten. Das Hotel Edelweiß – das beste am Platz. Ein bisschen Luxus, bevor es ernst wird. Weiße Laken, heißes Wasser, ein Abendessen ohne Kompromisse.

Morgen beginnt ihr Abenteuer. Dann gibt es nur noch den Berg, den Weg, und sie selbst. Der erste Schritt ist getan. Noch aber ahnen sie nicht, dass der Untersberg seine eigenen Pläne hat.

Tag 1

Am nächsten Morgen ist es noch kühl, aber die Sonne taucht die Berchtesgadener Gipfel in goldenes Licht. Perfekter Start. Nach dem Frühstück fahren Merle und Runa zum Wanderparkplatz. Der alte Mini soll vier Tage dort stehenbleiben.

„Schau mal – kostenlos parken. Kein Wunder, dass hier alle CSU wählen", witzelt Runa, während sie im Schatten einer Kiefer einparkt. Sie schnüren die Wanderschuhe, schultern die Rucksäcke – und los geht's.

Der Weg führt in endlosen Serpentinen steil bergauf. Keine Straßen, keine Seilbahn – nur schmale Pfade. Auf einer Abrisskante ist zwischen den Baumwipfeln in einiger Entfernung eine Hütte zu sehen. Schon nach kurzer Zeit läuft Runa der Schweiß in Strömen.

„Ist das da oben unsere Hütte?", japst sie.

„Wahrscheinlich. Du wolltest doch im Hochsommer wandern", grinst Merle, die scheinbar mühelos aufsteigt. Weit und breit kein Mensch. Nur die beiden Wanderinnen, der Berg, der Himmel.

Plötzlich knattert ein Hubschrauber heran, schwebt über den Hang, dreht wieder ab. „Vielleicht sucht Sven dich schon", ruft Merle lachend.

Runa ist genervt, diese Witze über die Anhänglichkeit von Sven gehen ihr manchmal auf die Nerven, aber leider stimmt es. Sie ist seit fünf Jahren mit ihm verheiratet, und er ist immer noch sehr bemüht um ihr Wohlergehen.

„Vielleicht ist es auch Kay, der findet bestimmt nicht den Schalter am Küchenherd", stichelt Runa gezielt zurück. Merles Mann hat im Haushalt die berühmten zwei linken Hände und wird seit Jahren rund um die Uhr verwöhnt. Ob Einkaufen, Kochen, Wäsche, Putzen, Merle hat trotz Job klaglos die Doppelbelastung angenommen.

Merle und Runa, beide Mitte dreißig, hatten sich diese Auszeit lange erträumt: eine Hüttenwanderung fernab der Großstadt, weit weg von ihren Ehemännern und dem erdrückenden Alltag. Runa, eine ehrgeizige Produktmanagerin, ist es gewohnt, jede Minute ihres Lebens durchzuplanen. Doch der ständige Termindruck, die Erwartungen im Job haben sie zermürbt. Sie hofft, in den Bergen endlich wieder atmen zu können – vielleicht auch Antworten zu finden auf die Fragen, die sie schon zu lange verdrängt.

Merle, ihre Freundin, unterrichtet an einer Gesamtschule. Sie ist das Gegenteil von Runa: warmherzig, offen für die Sorgen der Mitmenschen, manchmal zu rücksichtsvoll. Oft ist sie es, die Runa zum Lachen bringt, wenn alles zu viel wird. Auch Merle trägt eine Sehnsucht in sich – nach Freiheit, nach einem Moment, in dem sie nicht ständig für andere stark sein muss. Sie hat Angst, dass das Leben unbemerkt an ihr vorbeizieht, während sie alle Erwartungen erfüllt, außer ihren eigenen.

Es soll eine Reise werden, die sie beide verändert. Sie ahnen nicht, dass sie in diesen Bergen das Abenteuer ihres Lebens erleben werden. Was als harmloser Rückzug beginnt, wird in einer Nacht in einer einsamen Berghütte eine dramatische Wende finden.

Schweigend gehen sie weiter. Sie hoffen auf eine Rast auf der Gatteralm, doch dort gibt es nur Kühe und Elektrozäune.

Kein kühles Getränk, kein Wirt. „Wunschdenken“, stöhnt Merle. „Eine Alm heißt eben Alm und nicht Almgasthaus, weiter geht's.“

Der Aufstieg ist ein echter Kraftakt – 1000 Höhenmeter voller Schweiß, Anstrengung und Atemnot. Nach sechs Stunden erreichen sie endlich das einsam gelegene Stöhrhaus. Eine Terrasse mit Bierbänken, kein Komfort – dafür ein atemberaubendes Panorama. Runa nimmt ihren Rucksack stöhnend vom Rücken, zieht Wanderschuhe und Socken aus und legt sich auf die Holzdielen der Terrasse. Runterkommen, nur ausruhen, den Tag Revue passieren lassen, ohne sich bewegen zu müssen. Merle verschwindet kurz und kehrt mit zwei Liegestühlen und zwei kühlen Radlern zurück.

„Prost. Erster Tag geschafft.“

Genüsslich fläzen sie sich in die Liegestühle und genießen die abendlichen Sonnenstrahlen. Bald gesellt sich eine Frau dazu. Sportliche Statur, wilde Rasterlocken, kurze Hose und ein sympathisches Lächeln auf den Lippen. Bettina wandert allein und ist auf dem Weg nach Triest. Sie erzählt von einsamen Wegen durch endlose Steinwüsten, von atemberaubenden Panoramen, von Gletschern, Klettersteigen und verborgenen Eishöhlen. Merle und Runa lauschen fasziniert. Sie sind nur unwesentlich älter als Bettina, deshalb schämen sie sich fast für ihre viertägige Minihüttentour und ihre Abneigung gegen Bettenlager. Doch Bettina winkt ab.

„Jeder macht es so, wie es passt. Hauptsache, es macht euch Spaß. Ihr solltet nicht hetzen, sondern auch Zeit für die versteckten Sehenswürdigkeiten auf dem Weg einplanen. Deshalb müsst ihr morgen unbedingt in die berühmte Schellenberger Eishöhle, die liegt etwas abseits, aber der kleine Umweg lohnt sich. Mitten im Berg seid ihr plötzlich im Eis, einem Eis, das Jahrtausende alt ist. Selbst der Dalai Lama war schon dort und..."

Florian, der Wirt, muss schmunzeln: „So ein Schmarrn, ihr müsst nicht alles glauben, was sich der Tourismusverband ausdenkt. Geht nur hin, vielleicht trefft ihr auch Kaiser Karl den Großen, der sitzt angeblich seit Jahrtausenden im Untersberg, sein Bart schlängelt sich mehrere Meter um einen Marmortisch. Alle hundert Jahre wacht er auf und wenn er sieht, dass immer noch die Raben um den Berg fliegen, dann schläft er ein weiteres Jahrhundert."

Die Frauen lachen über die Legenden vom Untersberg und sind zufrieden, die richtige Wandertour herausgesucht zu haben. Als die Sonne glutrot hinter den Gipfeln versinkt, macht Florian ein Foto von den beiden. „Das ist das berühmte Alpenglühen."

Runa sendet das Bild sofort nach Hause. „Erste Hütte erreicht. Wir vermissen euch nicht." Und ein Zwinker-Smiley dazu.

Kaum ist die Nachricht heraus, macht es Klick. „Das wird aber auch Zeit, dass du dich meldest. Ich habe mir schon Sorgen gemacht. Passt auf euch auf. Liebe Grüße Sven."

Der launige Abend endet um 22 Uhr. Auf der Hütte ist Nachtruhe angesagt, Bergwanderer sind Frühaufsteher und starten bei Tagesanbruch zu ihren Etappen. In ihrem Doppelzimmer angekommen, legen sich Runa und Merle sofort in ihre Hüttenschlafsäcke. Kein Warmwasser, keine Dusche – egal. Runa schläft schon, bevor Merle das Licht löscht.

Tag 2

Runa und Merle haben wie die Murmeltiere geschlafen, auch wenn Merle sich beklagt, sie hätte gefroren und deshalb in Anorak und langer Hose im Bett gelegen.

Ein Blick aus dem Fenster – strahlend blauer Himmel, keine Wolke - sorgt für gute Stimmung. Die frostige Nacht ist schnell vergessen. Als sie voller Tatendrang und neuer Energie zum Frühstück kommen, sind sie die Letzten.

„Bettina ist schon um sechs Uhr Richtung Triest aufgebrochen", erfahren sie von Florian, der ihnen zwei Teller hinstellt.

Das Frühstück ist eher spartanisch: angetrocknetes Brot, abgepackte Marmelade aus dem Supermarkt. Kein duftender Bergkäse vom Laib, kein frisches Stück Speck. Sie zucken die Schultern - Hauptsache satt und gestärkt. Der Berg ruft, sie setzen ihre Rucksäcke auf.

Florian winkt zum Abschied.

„Pfiat di, gute Zeit."

„Danke, wir kommen wieder."

Der Weg startet sehr angenehm, nur sanftes Auf und Ab. Schneefelder glitzern, zahlreiche Antennen, die zum europäischen Satelliten-Navigationssystem GALILEO gehören, ragen in den Himmel. Die beiden genießen den Weg, heute wirkt alles leicht, sie fühlen sich, als würden sie auf Wolken wandern. Kein Vergleich zum gestrigen Kraftakt.

An der nächsten Ecke bleibt Merle an einem Wegweiser stehen. „Lass uns noch auf den Berchtesgadener Hochthron steigen. Nur 45 Minuten. Florian meinte, der Ausblick lohnt sich. Unser Programm heute ist eher gemäßigt, da können wir auch mal links und rechts schauen!"

Runa zögert, sie sind spät dran und wollen auch noch den Umweg zu dieser sagenumwobenen Eishöhle machen. Aber ein Gipfelkreuz lockt natürlich.

„Na gut, aber ohne Rucksack."

Schnell verstecken sie das Gepäck im Gebüsch und gehen Richtung Gipfelkreuz. Nach 45 Minuten ist das Ziel erreicht. Der Blick ist überwältigend – das Salzkammergut und der majestätische Watzmann, der hier in der Gegend das Panorama beherrscht, liegen wie auf einem Tablett vor ihnen.

Merle ist begeistert. „Schau mal, wie gut man von hier die Sage vom Watzmann nachvollziehen kann: der große Felsen links, das ist der böse Herrscher Watzmann, vorne die kleinen Zacken sind seine sieben Kinder, rechts dahinter ist die Ehefrau und in der Mitte der Hund."

Runa grinst: „Wer böse zu seinen Untertanen ist, der wird in Bayern versteinert."

Am Gipfelkreuz macht Runa ein Selfie, 1972 Meter über dem Alltag. Sie schickt es mit einem stolzen Grinsen – und einer Prise Sarkasmus – an Sven und Kay. Die beiden hatten sie immer ein wenig belächelt: Das schafft ihr nie. Jetzt ist der Gegenbeweis da.

Dann steigen sie zügig wieder hinab zur Weggabelung.

„Unsere Rucksäcke sind noch da!", ruft Merle lachend. Runa hatte schon wieder mit dem Schlimmsten gerechnet. Seit ihr in Köln das Rennrad gestohlen worden war – abgeschlossen, keine fünfzig Meter von ihr entfernt stehend – wittert sie hinter jedem Baum einen Dieb.

Als hätte sie Merles Gedanken erraten, sagt sie: „Ich bin ein gebranntes Kind. Das passiert mir nicht noch mal. Ich habe jetzt einen AirTag im Rucksack. Mit der App kann ich immer sehen, wo mein bestes Stück ist."

„Und das funktioniert wirklich?"

„Klar." Runa zieht das Handy aus der Tasche, tippt auf Wo ist? und zeigt Merle die Anzeige auf dem Display.

„Na, dann hatten wir ja Glück. Sonst würdest du dem Dieb jetzt quer durch den Wald hinterherjagen. Das ist ja so eine Art Fußfessel für Gepäck", spottet Merle.

Runa überhört den spitzen Ton. Sie schultert ihren nagelneuen Wanderrucksack, den Sven ihr zum Geburtstag geschenkt hat, und startet wieder: „Die Dinger werden aber auch jedes Mal schwerer."

Die Wanderinnen folgen dem Wegweiser zur Mittagsscharte, wo die Grenze zwischen Österreich und Deutschland mitten durch den Felsen verläuft. Der Pfad zieht sich als schmaler Streifen über ein Hochplateau, dicht bewachsen mit windschiefen, gedrungenen Latschenkiefern, die sich krümmen wie uralte Knochen. Die Sonne flimmert und es ist so still, dass nur das Knirschen ihrer Wanderschuhe zu hören ist.

„Irgendwie unheimlich hier oben", sagt Merle nach einer Weile und bleibt stehen. Sie dreht sich einmal um die eigene Achse. „Kein Mensch weit und breit."

Runa nickt, zieht die Sonnenbrille ab und kneift die Augen zusammen. „Schon seltsam. Angeblich soll Bergwandern doch der neue Volkssport sein."

Das Plateau fällt auf beiden Seiten steil ab, in der Ferne türmen sich nicht nur tiefgraue Gipfel, sondern auch erste dunkle Gewitterwolken. Die beiden bleiben alle paar Minuten stehen, um Fotos zu machen – das Licht wechselt ständig, bricht sich in den Latschen und lässt die Schatten der Frauen mit ihren voluminösen Rucksäcken bizarr aussehen.

„Wir sollten nicht trödeln. Das Wetter in den Bergen kann blitzschnell umschlagen", bemerkt Merle und schaut zum Himmel.

„Keine Sorge", murmelt Runa. „Ich habe die Route vorhin nochmal auf der App markiert. Verlaufen können wir uns kaum."

„Sag das nicht." Merle bleibt stehen. „In den Bergen verlaufen sich ständig Leute. Du hast doch selbst diese Story erzählt von der Frau, die wochenlang vermisst war."

„Das war woanders", winkt Runa ab. „Hier gibt's alle paar Kilometer Hütten. Außerdem sind wir zu zweit."

Dann zückt sie die Wanderkarte. „Wir müssen nach rechts, da kommt der Thomas Eder-Steig, und danach die Eishöhle. Links geht's zur Schamanenhöhle."

„Ach ja, stimmt. Im Sommer soll mittags ein Sonnenstrahl die Höhle in goldenes Licht tauchen. Willst du da auch hin?" Merles Stimme klingt skeptisch.

„Unbedingt. Ist doch spannend. Vielleicht haben wir am letzten Tag, auf dem Rückweg, Zeit für eine Besichtigung."

Merle nickt, wirft einen besorgten Blick zum Himmel. „Wir sollten uns beeilen, der Steig soll nicht ohne sein."

Nach kurzer Zeit erreichen sie den Einstieg. Der Weg scheint einfach ins Nichts zu führen – es geht fast senkrecht nach unten.

„Oh mein Gott, wo geht's hier los?" Runa starrt hinab.

Merle zeigt auf einen verrosteten Pfosten mit einem Stahlseil. „Hui. Damit habe ich nicht gerechnet. Aber zurück geht jetzt auch nicht mehr. In der Eishöhle können wir wenigstens Schutz suchen."

Die Wolken werden dichter, der Wind frischt auf. Sie krallen sich ans Stahlseil. Schon der Einstieg ist heikel: eine enge Kurve, bei der man das eine Seil kurz loslassen muss, um das nächste zu greifen. Dann führt der Steig über schmale Holzstufen durch einen in den Felsen gesprengten Tunnel und enge Schluchten immer weiter abwärts.

Kein Wort fällt mehr. Konzentriert, mit klopfendem Herzen und zitternden Knien setzen sie Fuß vor Fuß. Links die Steilwand, rechts der Abgrund. Bloß nicht hinsehen.

Fotografieren kommt nicht infrage. Jetzt zählt nur: weitergehen. Ein falscher Schritt – und alles wäre vorbei.

In der Ferne grollen erste Donnerschläge.

„Merle, ich glaube, wir haben's gleich geschafft!" Runas Stimme klingt heiser vor Erleichterung. „Da oben am Hang – siehst du diesen Holzverschlag? Das muss der Eingang zur Eishöhle sein!"

Merle schöpft neuen Mut. „Ja, und da hinten! Siehst du den Wegweiser? Sitzt da nicht jemand?" Sie deutet auf einen dunklen Punkt am Hang. „Ich glaube, das ist Karl der Große, der wartet auf neue Feen." Ihre Stimme klingt jetzt fast überdreht vor Erleichterung.

Runa sagt nichts. Ihr Blick haftet an dem letzten Stück Weg. Der Hang fällt steil ab, der Zickzackpfad ist kaum breiter als ein Handtuch. Dazwischen loses Geröll, graue Brocken, die bei jedem Schritt unter den Sohlen knirschen. „Ich muss diese

Höhle wirklich nicht sehen", sagt sie leise. „Wir können alles nachlesen. Lass uns umkehren, bitte."

Merle schüttelt nur den Kopf. Zurück – das ist für sie keine Option mehr.

Was die beiden nicht wissen: Bei den sintflutartigen Regenfällen vor zwei Wochen hat sich hier tatsächlich eine gewaltige Steinlawine gelöst. Der ganze Eingang zur Eishöhle wurde verschüttet, ein riesiger Felsblock hat das Kassenhäuschen unter sich begraben. Nur ein windschiefer Holzverschlag wurde notdürftig aufgerichtet, damit wenigstens irgendetwas nach einer offiziellen Station aussieht. Über dieses Chaos hatte der Berchtesgadener Anzeiger ausführlich berichtet – aber bis nach Köln war das nie vorgedrungen.

Vor dem Holzverschlag sitzt ein Mann, den sie zunächst für eine Statue halten. Regungslos mustert er sie. Dann hebt er langsam den Kopf.

„Grüß Gott." Seine Stimme klingt rau und heiser vom Wind. „Kompliment – dass ihr es lebend bis hierhergeschafft habt."

Merle und Runa nicken, dankbar für jedes freundliche Wort, für jede Anerkennung.

Der Mann tippt auf seine Armbanduhr, die 14.15 Uhr zeigt. „Eigentlich beginnen die Führungen immer zur vollen Stunde." Er lässt den Satz einen Moment stehen, als würde er abwägen, ob er die beiden Wanderinnen einfach stehen lassen soll.

„Na gut. Heute mach ich eine Ausnahme. Servus, ich bin der Andreas." Sein schallendes Lachen hallt mit einem unheimlich klingenden Echo von den Felswänden zurück.

Merle versucht die skurrile Situation zu retten.

„Wir kommen aus Köln, da ist man immer etwas verspätet. So wie unsere Straßenbahnen."

„Aus Köln. Interessant. Aus eurer Ecke kommt ein Professor, der hier regelmäßig forscht. Ich glaube, von der Uni Bochum."

Er reicht ihnen Stirnlampen und Helme. „Pflichtausrüstung. Manchmal lösen sich spitze Steine aus der Decke. Wenn's blöd läuft, landet euch so ein Teil direkt auf dem Kopf."

Die Rucksäcke dürfen sie in einer schmalen Nische am Eingang deponieren. Dann betreten sie die Höhle. Ein neuer Schauer kriecht Runa über den Rücken – eigentlich braucht kein Mensch so ein Abenteuer. Unwillkürlich denkt sie an verschüttete Höhlenforscher, die mit riesigem Aufwand geborgen wurden. Sie zwingt sich, die Gedanken wegzuschieben.

„Die Helme richtig festschnallen, Mädels", mahnt Andreas mit einem breiten Grinsen. „Die Frisuren sind eh hin. Stöcke mitnehmen – es wird rutschig. Und gut festhalten. Wir wollen hier alle wieder heil rauskommen."

Runa verdreht die Augen. Dieser Typ geht ihr jetzt schon auf die Nerven mit seinen altklugen Sprüchen. „Findest du deinen Job hier wirklich so attraktiv? Den ganzen Tag mit Touristen durch die Höhle trotten und immer denselben Kram erzählen?"

Andreas scheint kurz irritiert. „Ich arbeite eigentlich in der IT. Hier oben bin ich nur alle sechs Wochen, sechs Tage am Stück. Höhlen sind mein Hobby. Deshalb helfe ich beim Verein Schellenberger Eishöhle als Guide aus."

Im Inneren der Höhle ist es stockdunkel. Das Licht der drei Stirnlampen wirft bizarre Schatten auf die Stalaktiten und Stalagmiten. Eine Treppe führt hinab.

„Auf den Laufbrettern bleiben", mahnt Andreas die Frauen. „Die sind ganz neu. Erstmals seit Jahren konnten die hölzernen Lauf-bretter in der Eingangshalle auf Schnee statt nur auf Eis verlegt werden." Dabei steigt er immer weiter ins Innere der Höhle hinab, an mächtigen Eisformationen vorbei. Das Alter der Eisschichten ist mit einem Filzstift markiert. Die verschiedenen Verfärbungen der Eisschichten weisen auf das Alter hin, sie ähneln anscheinend den Jahresringen bei Bäumen.

Runa und Merle folgen schweigend. Die Kälte, das unheimliche Knacken in der Tiefe, die flirrenden Schatten – alles hier wirkt so unwirklich, als hätten sie längst die Schwelle zu einer anderen Welt überschritten.

Andreas erzählt, dass sie sich auf 1570 Metern Höhe befinden, in der mit über drei Kilometern Länge größten erschlossenen Eishöhle Deutschlands. Ein Magnet für Forscher, die jedes Jahr dokumentieren, wie der Klimawandel das uralte Eis schrumpfen lässt.

Aber heute, denkt Runa, ist es nicht nur die Natur, die gefährlich ist. Irgendetwas an diesem Mann – oder an diesem Ort – lässt sie frösteln.

Runa beschließt, Andreas' Wissen genauer zu testen.

„Wie heißt denn dieser Professor aus Bochum, der hier forscht?"

Andreas zögert. „Den Namen weiß ich nicht genau. Er macht Messungen."

„Was für Messungen?"

„Wie sich das Innere der Höhle verändert."

„Aha." Runa insistiert weiter. „Du bist doch schon seit Jahren regelmäßig hier. Hast du selbst auch Veränderungen bemerkt?"

„Ich… denke schon." Er wirkt auf einmal fahrig, als hätte er den Faden verloren.

„Spannend, du kannst also beobachten, wie der Klimawandel das ewige Eis hier schmelzen lässt. Und du machst sicher Fotos, oder? So früher und heute, oder? Klimawandel zum Anfassen?"

Runa lässt nicht locker, es macht ihr Spaß, diesen Langweiler zu nerven und sein auswendig gelerntes Wissen zu hinterfragen. Wenn sie einmal in Fahrt ist, kann man sie in ihrem Fragefluss und dem Versuch, jemanden aufs Glatteis zu führen, kaum bremsen.

Merle kennt ihre Freundin und weiß, wie hartnäckig sie bohren kann, wenn sie jemanden unsympathisch findet. Eigentlich würde sie gerne zurück, denn die Führung zieht sich durch diese blöde Fragerei immer mehr in die Länge, und sie haben ja noch einen gehörigen Marsch bis zur nächsten Hütte vor sich. Deshalb versucht sie, das Ping Pong-Spiel zwischen Runa und Andreas zu unterbrechen. Sie zeigt auf einen Riss in der Eisfläche: „Was passiert eigentlich, wenn ich jetzt in diese Gletscherspalte abrutsche?"

Andreas scheint für den Themenwechsel dankbar. „Das ist keine klassische Gletscherspalte. Sondern ein Spalt zwischen Eisschicht und Felsen. Er ist in den letzten Jahren immer größer geworden. Der Professor hat Sensoren eingebaut, um die Werte des Permafrostes zu messen. Hier drunter gibt es wohl einen noch unerforschten und unzugänglichen Hohlraum."

Runa hebt die Stirnlampe, um in die Spalte zu leuchten. „Du meinst, da unten ist noch ein Raum im Eis, den man gar nicht betreten kann?“

„Ja, das ist wie ein XXL-Gefrierfach mit kleiner Tür. Da unten gibt es noch Permafrost. Deshalb sind alle Maßnahmen gegen den Klimawandel so wichtig, sonst kann ich mein Grillfleisch hier nicht mehr deponieren und ich werde Veganer.“

Runa fand den Aspekt mit dem Permafrost interessant und Andreas hätte sich fast rehabilitiert, aber mit dieser letzten Erklärung hat er alles noch schlimmer gemacht.

Sie zieht spöttisch eine Augenbraue hoch. „Erklärst du das immer so – Permafrost als Kühlschrank?“

Merle ahnt Schlimmes und stolpert absichtlich über einen kleinen Eisbrocken, verliert dabei aber unglücklicherweise ihren Wanderstock. Andreas greift noch danach – doch zu spät. Der Stock ist schneller, ein kurzes metallisches Klirren ertönt und er rutscht in die Spalte, in den Hohlraum, von dem Andreas gerade erzählt hat.

Einen Moment lang ist es vollkommen still. Nur das leise Plätschern irgendwo unter dem Eis ist zu hören. Die beiden Frauen halten den Atem an. Die mächtigen Eisbrocken und Eishallen haben plötzlich etwas Unheimliches und Mystisches. Andreas drängt zum Rückmarsch. Schweigend gehen die drei die vielen Eisstufen wieder hinauf, Richtung Ausgang.

Als sie endlich ins Freie treten, ist es stockfinster. Schwarze Wolkenberge türmen sich drohend über den Gipfeln, es schüttet wie aus Eimern. Blitze zerreißen den Himmel, grelles Licht flackert über Geröllfelder, gefolgt von Donnergrollen, das wie Kanonenschläge durch das Bergmassiv rollt.

Runa wirft einen Blick zurück zur Höhle. Für einen Sekundenbruchteil meint sie, tief unten ein schwaches, unstetes Licht flackern zu sehen, als ob da jemand wäre. Doch da kracht ein weiterer Donnerschlag durch die Felsen, und sie kann nur noch an eins denken: Nichts wie weg.

Andreas geht voran, als gäbe es kein Morgen. Mit großen Schritten überquert er den nach dem letzten Unwetter frisch reparierten Pfad, der jetzt wieder unter Wasser steht.

Der Regen prasselt in dichten Vorhängen. Rinnsale laufen wie silberne Fäden vom Felsen und vereinen sich zu einem rauschenden Wasserfall. Andreas springt von Stein zu Stein. Die Frauen tasten sich vorsichtig über den rutschigen Hang, die Knie zittrig vor Anspannung. Bald schwappt das eiskalte Wasser in ihre Wanderschuhe.

Runa bleibt kurz stehen und schaut Andreas hinterher. Sie wundert sich, dass er in so einer extremen Situation keine Fürsorge zeigt. In der Höhle hat er nicht aufgehört zu reden und jetzt rennt er, als sei der Teufel hinter ihm her, ohne sich auch nur einmal umzudrehen. Keine Frage, ob sie klarkommen. Keine Hand, die ihnen hilft.

Am Kassenverschlag sammelt er wortlos die Helme und Stirnlampen ein. Dann hebt er den Kopf, als könnte er ihre Gedanken lesen.

„Wo wollt ihr zwei denn jetzt noch hin?"

„Zum Zeppezauerhaus, das ist unsere nächste Station." Merle versucht, zuversichtlich zu klingen, während sie prüft, in welche Hand sie den einzigen ihr verbliebenen Wanderstock nehmen soll. Runa sagt nichts.

Andreas runzelt die Stirn. „Das ist noch weit. Ihr braucht mindestens zwei Stunden. Und ihr müsst über den Grat – das ist nur was für Geübte und bei dem Wetter ein Risiko. Wartet lieber, bis das Gewitter durchgezogen ist."

Er deutet den Hang hinauf: „Da oben ist eine kleine bewirtschaftete Hütte, keine Viertelstunde von hier. Dort könnt ihr euch unterstellen."

Einen Moment zögert er, dann reicht er Merle seinen Wanderstock. „Nimm den. Ein Geschenk. Ich übernachte eh in der Hütte, da habe ich noch ein paar stehen."

Merle schenkt dem Höhlenführer ihr schönstes Lächeln, greift nach dem Wanderstock und folgt Runa. Die beiden Frauen gehen schweigend und sehr langsam. Der schmale Pfad schlängelt sich endlos am Hang entlang. Der Regen peitscht gegen ihre Gesichter, die Capes kleben an den Körpern, in den Schuhen steht das Wasser. Jeder Schritt auf den glitschigen Steinen ist ein Balanceakt.

Nach gefühlt endlosen dreißig Minuten, begleitet von Blitzen, Donnerschlägen und prasselndem Regen, erreichen sie endlich die Hütte, von der Andreas gesprochen hat. Sie duckt sich einsam in einer Senke, und erweckt, umrahmt von gewaltigen Felswänden, den Eindruck, als wolle sie sich vor dem Unwetter verstecken.

Runa bleibt stehen. „Sieht aus wie das Hexenhaus von Hänsel und Gretel."

Die Terrasse ist menschenleer, auf einer schwarzen Kreidetafel steht in vom Regen schon halb verwischten Buchstaben: Heute Kaaspressknödel – 12,50 €.

Die beiden Freundinnen schauen sich an und fangen an zu prusten. Bei der Speisekarte scheinen sie das Gleiche zu denken und fallen sich irgendwie erleichtert um den Hals. Die letzten Kilometer waren eine echte Tortur, physisch wie psychisch.

„Was für ein Scheißtag“, japst Merle und wischt sich über die nassen Wangen.

„Ein Abenteuer“, sagt Runa, „das glaubt uns zu Hause keiner.“

Die Hütte scheint mehr ein Versteck zu sein als ein Gasthaus. Im Inneren brennt zwar Licht, doch durch die kleinen Scheiben erscheint es nur wie das matte Leuchten einer alten Petroleumlampe. Alles wirkt eher unheimlich als einladend.

Merle drückt die Klinke herunter. „Wir haben keine Wahl.“

Die Gaststube ist winzig. Gerade mal drei Tische, eine grob gezimmerte Theke, darüber eine Pendeluhr, die in dem Moment, als die beiden eintreten, laut und fast triumphierend viermal schlägt. Vier Uhr.

Runa zieht ihren schweren, durchnässten Rucksack von den Schultern. Ihre Finger zittern. Merle hängt ihre tropfende Jacke an einen rostigen Haken neben der Tür. Sie nehmen Platz auf zwei knarrenden Stühlen. An einem der Tische sitzt eine Familie mit zwei Kindern im schulpflichtigen Alter.

„Wo kommt ihr denn her?", fragt die Frau mit sächsischem Akzent.

„Wir waren in der Eishöhle, dann überraschte uns das Gewitter. Andreas, der Mann, der da die Führungen macht, hat uns hierhergeschickt."

Runa und Merle lassen sich gerne ablenken und kommen mit der Familie schnell ins Gespräch. Während der Regen unvermindert auf das Dach prasselt, erfahren sie, dass diese Hütte aus dem Tal nur zu Fuß erreichbar ist – drei Stunden, wenn man flott geht, und das nur bei gutem Wetter. Ein beliebtes Ziel für Tageswanderer, berichtet die Frau, die sichtlich froh ist, Gesellschaft zu haben.

„Wir sitzen hier schon fast zwei Stunden fest und der Regen hört einfach nicht auf. Inzwischen haben wir alles probiert, was es zu trinken und zu essen gibt. Langsam werden die Kinder ungeduldig."

Merle hat Durst, und da niemand kommt, geht sie zur Küchentür, klopft an und öffnet sie vorsichtig. Es riecht nach Käse und Fett, auf dem alten Gasherd steht ein verbeulter Emaille-Topf, in dem etwas blubbernd kocht, das einen fast metallischen Geruch verströmt. In der Mitte der Küche steht eine Frau, vielleicht Ende dreißig. Ihr Haar ist lang, pechschwarz und zu einem dicken Zopf gebunden, der ihr über die Schulter fällt. Sie trägt eine schlichte, dunkle Hose und eine graue Strickjacke.

Merle will gerade etwas sagen, da bemerkt sie die offene Bodenluke. Eine Männerstimme spricht leise von unten in einer ihr nicht bekannten Sprache. Die Frau in der Strickjacke beugt sich vor und nimmt ein in braunes Packpapier gewickeltes Paket entgegen.

„Hallo?" Merle räuspert sich unsicher.

Die Frau fährt erschrocken herum, sie versucht das Paket hinter ihren Rücken zu verstecken. Ihre Augen sind so emotionslos und zugleich so wachsam, dass Merle es unwillkürlich fröstelt.

Für einen Moment wirkt die Frau wie ertappt, fast schuldbewusst. Ihre Wangen sind gerötet, als habe man sie bei etwas Verbotenem erwischt. Dann senkt sie den Kopf und legt das Paket hinter sich auf die Anrichte.

„Entschuldigung… ich wollte Sie nicht erschrecken." Merle räuspert sich, weil ihre Stimme brüchig klingt. „Wir würden gern zwei Apfelschorlen bestellen."

Die Frau nickt knapp. „Groß oder klein?“ fragt sie mit leichtem Akzent, der verrät, dass Deutsch nicht ihre Muttersprache ist.

„Groß, bitte.“

Ohne ein weiteres Wort schiebt sie Merle entschlossen hinaus in die Gaststube.

Runa sitzt mit nackten Füßen und durchwühltem Rucksack am Tisch. „Wo warst du so lange?“

„Wenn ich dir erzähle, was ich gesehen habe, glaubst du mir nicht“, flüstert Merle.

In diesem Moment öffnet sich die Küchentür. Ein gutaussehender Mann stellt die zwei Apfelschorlen auf den Tisch, ohne die Frauen anzusehen. Er verzieht keine Miene, sein Gesicht ist unfreundlich und seltsam verschlossen, als trüge er eine Maske, die jede Regung verbirgt. Seine Bewegungen sind so präzise und lautlos, dass es fast unheimlich wirkt – wie bei jemandem, der möglichst wenig Spuren hinterlassen möchte.

Er stellt die Gläser so vorsichtig auf den Tisch, dass sie kaum klirren. Einen Moment verharrt er, die Hände an den Seiten der schwarzen Schürze, den Blick auf einen unsichtbaren Punkt irgendwo über den Köpfen der Gäste gerichtet.

Runa spürt, wie ihr ein kalter Schauer über den Rücken läuft. Der Mann wirkt nicht nur unhöflich – er strahlt etwas aus, das sie nicht recht benennen kann. Eine Kälte, als gehöre er gar nicht hierher oder als wisse er Dinge, die sie besser nicht erfahren sollten.

Dann dreht er sich wortlos um und verschwindet durch die Küchentür, die hinter ihm mit einem leisen Klicken ins Schloss fällt.

Die Familie am Nebentisch tauscht unsichere Blicke. Niemand sagt etwas. Nur draußen kracht der Donner, als wolle er die gespannte Stille zerreißen.

Plötzlich öffnet sich die Eingangstür. Ein junger, sportlich aussehender Typ tritt ein. Er trägt eine kurze Hose, ein schwarzes T-Shirt mit Kapuze. Sein Rucksack hängt lässig über der Schulter, aber der sieht eigenartig schlaff aus, als wäre nichts darin. Wanderstöcke hat er keine, nicht einmal eine Regenjacke. Er schaut etwas grimmig in die Runde, nickt und ruft in die Küche: „Ich bin da."

Solche wortkargen Typen wecken in Runa Neugierde. Wie aus der Pistole geschossen kommt ihre Frage:

„Was treibt dich denn bei dem Wetter hierher? Das ist doch kein Ausflugswetter."

Er dreht den Kopf zu ihr. „Das Wetter ist mir egal, ich komme zweimal die Woche hoch, immer nach Feierabend, und laufe dann wieder ins Tal. Das ist mein Abendsport nach acht Stunden im Sägewerk. Ich liebe die Stille auf dem Weg hier hoch", antwortet der neue Gast, verschlingt förmlich einen Apfelstrudel, steht auf, bringt das Geschirr in die Küche und verschwindet ohne ein weiteres Wort.

Die Frau mit dem sächsischen Akzent lehnt sich näher zu Merle.

„Also, ich sage Ihnen, das ist bestimmt ein Einheimischer. Wahrscheinlich ein einsamer Mann, ohne Freunde."

Merle nickt nur, aber irgendetwas an diesem Mann erscheint ihr merkwürdig. Sie schaut aus dem Fenster und kann beobachten, wie er draußen, auf der regennassen Bank vor der Hütte, rasch ein kleines Paket in seinen Rucksack stopft – das gleiche Format wie das, welches die junge Frau vorhin aus der Luke im Boden entgegengenommen hatte.

Dann wirft er den Rucksack über die Schulter, zieht die Kapuze tief ins Gesicht und marschiert in schnellem Schritt davon, als hätte er es sehr eilig.

Komischer Typ, eigenartiger Sport, denken die beiden Rheinländerinnen, während sie schweigend ihre Apfelschorle trinken.

Da der Regen inzwischen aufgehört hat, breitet sich in der kleinen Hütte mit einem Mal Aufbruchstimmung aus. Die Familie aus Sachsen erhebt sich als erste. Die Mutter zieht den Kindern hastig die durchnässten Jacken an, während der Vater draußen prüft, ob sich die Wolken weiter verzogen haben.

„Wir müssen los, bevor es wieder schlimmer und am Ende auch noch dunkel wird", sagt er, fast wie zur Bestätigung seiner eigenen Gedanken. Die Kinder nicken erschöpft, aber erleichtert, endlich wieder in Bewegung zu kommen.

Auch Runa und Merle schultern ihre Rucksäcke, sie wissen, dass sie noch ein gutes Stück bis zur ihrer nächsten Hütte, zum Zeppezauerhaus, vor sich haben. Trotz der Müdigkeit fühlt es sich besser an, wieder loszulaufen, als weiter in dieser merkwürdigen Hütte zu warten.

Gemeinsam mit der Familie treten sie hinaus in die wieder klare, kühle Luft. Die tiefen Pfützen glitzern im Licht, das zwischen den aufreißenden Wolken durchschimmert. Alles riecht frisch und feucht, nach Moos, Erde und Regen.

Im Gänsemarsch gehen die Sechs gemeinsam den schlammigen Weg bis zur nächsten Weggabelung.

„War nett, euch kennengelernt zu haben. Guten Rückweg – und noch eine schöne Zeit in den Bergen."

„Danke, euch auch. Und passt auf, dass ihr nicht vom Bären gefressen werdet", gibt der Familienvater mit einem schelmischen Lächeln zurück.

Dann biegt die Familie nach rechts ab, dem breiten Weg hinunter ins Tal folgend, während Merle und Runa nach links gehen – direkt auf die steile Felswand zu, den Grat im Blick, das Doppelzimmer im Zeppezauerhaus als verlockendes Ziel vor Augen.

Runa bindet ihre langen Haare zu einem Pferdeschwanz zusammen; zieht die Kapuze über den Kopf und atmet tief durch. Es ist still geworden – zu still fast, nach dem Donnergrollen, dem heftigen Regen und den merkwürdigen Wirtsleuten in der Hütte.

Merle nimmt sie kurz in den Arm.

„Komm. Je schneller wir losgehen, desto schneller sind wir da."

Ohne noch einmal zurückzusehen, biegen die beiden Frauen auf den schmalen, felsigen Pfad in Richtung Zeppezauerhaus ein. Hinter ihnen liegt die kleine Hütte jetzt wieder einsam und reglos zwischen den dunklen Felsen.

Am nächsten Wegweiser bleiben sie stehen. Das Schild wirkt im fahlen Licht fast bedrohlich:

Zeppezauerhaus – 3 ½ Stunden, darunter eine schwarze Markierung, die unmissverständlich signalisiert: schwierig, nur für Geübte.

Sie schauen sich an, ratlos.

„Dreieinhalb Stunden? Bei dem rutschigen, seifigen Boden?" Merles Stimme klingt dünner als sonst.

„Das kann bei uns auch fünf heißen …“ Runa zieht die Kapuze enger um ihren Kopf, nachdem ein heftiger Windstoß ihr den nassen Pferdschwanz ins Gesicht gepeitscht hat.

In dem Moment zerreißt ein gleißender Blitz den Himmel, gefolgt von einem Donnerschlag, der das Tal erbeben lässt. Der Grat wirkt wie ein schwarzer Schattenriss vor zuckenden Lichtbögen.

„Was nun?“ Runa, die sonst sehr entscheidungsfreudig ist, wirkt ratlos, sie senkt den Blick auf ihre durchnässten Schuhe. „Was sollen wir machen?“ Merle zuckt ratlos mit den Schultern.

„Wir haben keine Wahl.“ Runa presst die Lippen zusammen. „Die Hütte – egal, wie seltsam sie ist und wer da wohnt. Alles besser, als draußen zu erfrieren oder vom Blitz getroffen zu werden.“

Noch während sie spricht, fängt es wieder an zu schütten. Spontan drehen sie um und hasten den Pfad zurück. Die Hütte von eben wirkt jetzt noch verlassener, nur hinter einem kleinen Fenster unterm Dach ist ein schwacher Lichtschein zu erahnen. Merle ruft: „Hallo? Hallo!“, während Runa mit der Faust gegen die Tür hämmert.

Eine Ewigkeit vergeht, dann knarrt es hinter der Tür. Schritte auf einer Holztreppe sind zu hören. Schließlich wird geöffnet.

„Nix Gäste. Nix trinken, nix essen, jetzt geschlossen“, sagt der Wirt, den die beiden schon vorher unsympathisch fanden. Der Mann ist auffallend groß, sein Gesicht markant, fast schön, mit klaren Augen, die jetzt jedoch so kalt wirken wie der Regen.

Runa findet als Erste ihre Stimme wieder. „SOS", ruft sie und deutet auf den Himmel. „Regen, Donner, Gefahr."

Mit Händen und Füßen versucht sie zu erklären, dass sie heute Nacht hierbleiben müssten. Der Mann bleibt unbeeindruckt. Die Frauen sind verzweifelt.

„Wenn Sie uns nicht reinlassen, schlafen wir eben hier auf der Terrasse", sagt Runa, jetzt wütend. „Und morgen sagen wir der Polizei, dass Sie uns bei Gewitter in den Bergen nicht helfen wollten, dann wird die Hütte geschlossen."

Plötzlich steht die Frau hinter ihrem Mann, und flüstert etwas. Er verdreht die Augen, schüttelt den Kopf – und gibt schließlich den Weg frei.

Die Wirtin winkt sie herein und zeigt, ohne ein Wort zu sprechen, nach oben. Runa und Merle steigen hinauf, öffnen eine Tür – und sind sprachlos.

„Das darf doch nicht wahr sein ..." Vor ihnen: sieben kleine Betten, nebeneinander aufgereiht, wie bei den sieben Zwergen. Ein Bettenlager.

„Egal. Wir sind die einzigen Gäste." Merle atmet tief durch. „Die eine Nacht werden wir schon irgendwie überleben."

Aus der Küche hört man Geklapper und ein deftiger Duft aus Käse hängt in der Luft. Dann eine Stimme:

„Komm runter. Hier Essen."

Spätestens jetzt merken die beiden Kölnerinnen, wie groß ihr Hunger ist. Auf dem schiefen Holztisch stehen zwei Teller mit dampfenden Kaaspressknödeln. Sie setzen sich hin und beginnen schweigend zu essen.

„Mega", bricht Merle schließlich mit vollem Mund das Schweigen. „Und das für 12,50." Sie wischt sich über den Mund. „Ich brauche jetzt ein Bier."

Der Wirt stellt wortlos zwei Flaschen hin.

„Und einen Obstler, sonst platze ich."

Er hebt die Augenbrauen, verschwindet kurz – und kommt mit einer riesigen Flasche zurück.

„Nix Obstler. Schnaps aus meiner rumänischen Heimat. Sehr gut für Magen."

Sie nippen vorsichtig. Der Schnaps brennt wie Feuer. Merle fängt an zu lachen, Runa atmet einmal tief durch.

In dem Moment erscheint auch Andreas, der Höhlenführer, im Gastraum - richtig, der übernachtet ja auch hier, fällt den beiden ein.

Der Abend, der so unfreundlich und beklemmend begonnen hat, wird überraschend gesellig. Und es bleibt nicht bei dem einen Schnaps.

Sven und Kay warten an diesem Abend vergeblich auf eine Nachricht der Wanderinnen.

***

In Köln sind es 25 Grad. Sven ist gerade nach Hause gekommen und packt schnell seine Tennistasche, auf das abendliche Match freut er sich schon den ganzen Tag. Erst spielen, dann noch ein Kölsch oder zwei. Wann er heute nach Hause kommt, ist eh egal. Runa ist wandern und die Bude leer. Die nächsten zwei Stunden ist er offline und schwingt den Tennisschläger.

Kay spielt kein Tennis, er ist heute mit seinen Skatfreunden verabredet, zum Glück nicht bei ihm, sondern bei einem Skatkumpel. Da ist die Ehefrau zu Hause und hat hoffentlich was Leckeres gekocht. Seitdem Merle weg ist, isst er in der Kantine oder macht sich ein Butterbrot. So ein gepflegter Skatabend in einer Männerrunde, mit leckerem Essen, mit Cognac und Zigarren, das ist immer ein Highlight.

Beim Bier nach dem Tennis schaut Sven zwar hin und wieder auf sein Handy, ob Runa sich gemeldet hat. Aber wie Kay macht auch er sich keine Sorgen. Beide ahnen nicht, dass ihre Frauen in den Bergen von einem Gewitter überrascht wurden.

***

Helle Blitze zerschneiden unaufhörlich die tiefschwarze, gewaltige Wolkendecke über dem Watzmann und dem mystischen Untersberg. Donner dröhnt durch das Tal, Sturmböen ziehen über die Bergkuppen. Das Gewitter aus den Bergen zieht jetzt auch ins Tal.

Die Wirtsleute in Berchtesgaden kurbeln hastig die Markisen ein und verstauen die Sonnenschirme. Gäste retten ihre Bierkrüge ins Innere der Gaststuben. Dann kommt schon der erste Wolkenbruch, es schüttet wie aus Eimern. Die Ache, der kleine beschauliche Bach, schwillt bedrohlich an und setzt die ersten Straßen unter Wasser. Mit Blaulicht und Nebelhorn rückt die Berchtesgadener Feuerwehr an. Keller und Eingänge werden mit Sandsäcken abgesichert. Flutlicht erleuchtet die Viertel, die Nacht wird zum Tag. Erst gegen Morgen beruhigt sich die Wetterlage, langsam fängt es an zu dämmern, die Sonne kommt heraus und unter dem inzwischen wieder tiefblauen Himmel wirken die braunen Schlammmassen in dem beschaulichen bayrischen Ort wie eine unheilvolle Erinnerung.

Nur nach und nach werden die großen Schäden sichtbar. Überflutete Keller, unpassierbare Straßen. Reporter waten in Gummistiefeln durch die braune Brühe, berichten über die Schäden im Ort und mahnen Wanderer zur Vorsicht. Bevor gefahrloses Wandern an den Berghängen wieder möglich sei, müssten zunächst die Wanderwege von Schlamm geräumt und die Hänge kontrolliert werden.

Tag 3

Das Watzmann-Massiv, der Untersberg, die touristischen Attraktionen in dieser Gegend, müssen so schnell wie möglich wieder zugänglich gemacht werden. Die Bergwacht ist gefragt.

Da auf den Watzmann und dem Untersberg weder Straßen noch Forstwege führen und ein Aufstieg aus dem Tal zu viel Zeit kosten würde, entscheidet sich der Einsatzleiter der Bergwacht für einen Hubschraubereinsatz, um die Schäden zu erfassen.

Der Heli kreist das gesamte Gebiet ab, die Crew macht Fotos: verschüttete Pfade; Geröllawinen, die Schneisen ins Grün gefräst haben; umgestürzte Bäume; reißende Bäche, wo vorher Wanderwege waren - das Ausmaß der Schäden scheint enorm.

Der Weg ab der Mittagsscharte bis zum Thomas Eder-Steig ist nur noch schemenhaft zu erkennen. Wie es auf dem Klettersteig aussieht, ist aus der Luft nicht erkennbar. Der Eingang zur Schellenberger Eishöhle, die in jedem Ortsprospekt als eine der Hauptattraktionen beworben wird, kann von oben nicht lokalisiert werden. Ob hier gestern Menschen unterwegs waren und wo sie gelandet sind, wird man erst später oder nie erfahren.

Doch Stillstand kann sich in einer Urlaubsgegend mitten in der Saison keiner leisten. Die Eishöhle ist nicht nur ein Ausflugsziel. Sie ist eine wichtige Einnahmequelle – vierzehn Euro Eintritt, Tag für Tag Dutzende Besucher. Und ohne diesen Strom von Wanderern versiegen auch die Einkünfte der Hütten. Keine Wanderer, das bedeutet, dass Kaiserschmarrn und Kaaspressknödel liegen bleiben. Dann droht ein verlustreicher Sommer. Jede Stunde zählt.

Die Männer der Bergwacht werden seit den Morgenstunden per Winde aus dem Hubschrauber an den wichtigen Abschnitten zwischen Mittagsscharte und Eishöhle abgesetzt. Auf dem Rücken große Rucksäcke mit Absperrseilen und Hinweisschildern. Diese Warnschilder müssen gut sichtbar platziert werden, damit Wanderer sie schon von weitem sehen.

Nachdem der Hauptzugang zum Wanderweg gesperrt ist, sammelt der Heli die Männer wieder ein und setzt sie an einer kleinen Berghütte ab. Die Hütte liegt eng am Felsen und ist offensichtlich so gut geschützt, dass sie dem gestrigen Gewitter unbeschadet trotzen konnte. Hier soll das Basislager des Räumungstrupps für die nächsten Wochen eingerichtet werden - logistisch die beste Lösung.

Die Hüttenbetreiber sind vom Andrang der Männer auf ihrer windschiefen Terrasse überfordert. Doch irgendwann hat jeder etwas zu essen und zu trinken. Nach einer kurzen Verschnaufpause bricht ein Männertrupp zu Fuß Richtung Eishöhle auf, um die gemeldeten Schäden zu inspizieren.

Vom Eingang zur Eishöhle ist nichts mehr zu sehen. Auch das Kassenhäuschen mit den Sicherheitshelmen, an dem Runa und Merle noch gestern waren, ist unter riesigen Felsbrocken begraben.

„Da seid ihr ja endlich", ruft Andreas etwas ungeduldig, als der erste Trupp eintrifft.

„Ich kann auch nur schätzen, wo das Kassenhaus stand, der Eingang zur Eishöhle muss etwa zweihundert Meter weiter sein.“ Er klingt etwas verzweifelt.

Die Männer blicken skeptisch in das Chaos. „Das sieht ja verheerend auch. Da brauchen wir sicher Tage, wenn nicht Wochen, um alles wieder freizumachen. Wie sollen wir die riesigen Steine wegräumen. Wir sind doch keine Gewichtheber."

Vorsichtig beginnen sie mit der Arbeit. Immer wieder lösen sich Steine vom Hang, poltern gefährlich ins Tal. Jeder muss ständig auf der Hut sein, bereit, im letzten Moment zur Seite zu springen.

„Stopp. So kommen wir hier nicht weiter. Das schaffen wir nicht allein und nicht mit schierer Muskelkraft." Gustav, der Führer des Trupps, zieht sein Handy aus der Tasche, kontaktiert die Koordinierungsstelle im Tal und fordert Verstärkung an: einen Bagger, Sprengstoff, schweres Gerät.

***

Das heftige Unwetter der letzten Nacht in Bayern schafft es auch in die überregionalen Nachrichten. Kay, der als Nachrichten-Junkie beim Frühstück immer das Morgenmagazin schaut, wird hellhörig, als der Nachrichtensprecher über das Unwetter in Berchtesgaden berichtet. Er greift sofort zum Handy.

„Sven, hast du das gehört? In Bayern, dieses Unwetter – in Berchtesgaden ist komplett Land unter. Kein Wunder, dass die beiden sich nicht melden."

„Wo hast du das gehört?" Sven klingt kurzatmig. „Ich bin gerade in Berlin gelandet, das Handy war aus."

„Kam gerade im Frühstücksfernsehen. Da unten sieht es verheerend aus. Ich habe echt ein ungutes Gefühl. Hoffentlich haben die beiden eine Schutzhütte gefunden."

„Dein Wort in Gottes Ohr. Irgendwas ist komisch – so ein Unwetter und keinerlei Nachricht von ihnen. Ich muss jetzt los zu einem Termin, der Flug hatte mal wieder Verspätung. Bitte ruf in der Hütte an, wo sie schlafen wollten. Vielleicht haben die ein Festnetz und du erwischst die beiden dort."

Sven klingt gehetzt. Er muss sich beeilen, sonst war die Reise nach Berlin umsonst. Seitdem der Berliner Flughafen nicht mehr in Tegel, sondern in Schönefeld liegt, braucht man gefühlte Ewigkeiten, um ins Zentrum zu kommen. Egal ob Mietwagen, Taxi oder S-Bahn, alles dauert. Und jetzt auch noch die Sorge um Runa und Merle, und er kann nichts machen.

„Wie heißt diese Hütte eigentlich, ich weiß nur, dass es da Doppelzimmer gibt."

„Zeppezauerhaus."

„Wie? Ich habe das nicht verstanden – diese Namen kann man sich nicht merken."

„Ich schick dir den Link per WhatsApp …"

Dann nur noch Rauschen, die Verbindung bricht ab. Die S-Bahn verschwindet im Tunnel.

Kay starrt aufs Handy, das Herz rast. Er sieht die Bilder vor sich: braune Fluten, verschüttete Wege. Kein Netz, keine Nachricht, nichts. Ein dumpfer Kloß sitzt ihm im Hals.

Kaum ploppt Svens Nachricht auf, wählt er die Nummer der Hütte. Es klingelt. Einmal. Zweimal. Achtmal. Er will schon auflegen, da geht endlich jemand ran, eine Stimme, kurz angebunden.

Kay erklärt, dass er auf der Suche nach zwei Frauen sei, die sich seit zwei Tagen nicht gemeldet hätten und gestern eigentlich im Zeppezauerhaus hätten übernachten wollen.

„Ja, die beiden hatten bei uns reserviert“, sagt der Mann, „aber sie sind nicht gekommen. Tut mir leid – das Zimmer muss trotzdem bezahlt werden.“

Kay hört kaum zu. Ihm wird heiß und kalt. Er legt wortlos auf. Er ist sicher, dass etwas passiert ist.

Seine Hände zittern, als er die Nummer der Polizei in Berchtesgaden eintippt.

„Polizei Berchtesgaden, grüß Gott.“ Die Stimme klingt genervt. „Was ist denn Ihr Anliegen?“

„Wir haben in den Nachrichten von dem Unwetter gehört. Meine Frau ist mit ihrer Freundin vor zwei Tagen zu einer Hüttenwanderung zum Untersberg aufgebrochen und sie melden sich nicht mehr.“

Am anderen Ende der Leitung knackt es, es wird totenstill, dann ist die Verbindung wieder da.

„Grüß Gott, hier spricht Franz Huber.“ Die Stimme klingt erschöpft. „Wir haben alle Hände voll zu tun. Gestern Nacht ist einiges runtergekommen. Wie kann ich helfen?“

„Das glaube ich Ihnen sofort", sagt Kay und seine Stimme zittert. „Ich habe es in den Nachrichten gesehen. Aber.... meine Frau ist mit ihrer Freundin seit zwei Tagen auf dem Untersberg unterwegs. Erst Stöhrhaus, dann weiter zum Zeppezauerhaus. Dort habe ich eben angerufen – sie sind nie angekommen. Und die Handys sind tot. Seit gestern kein Lebenszeichen mehr. Ich..., ich möchte sie als vermisst melden.“

„Hören Sie", sagt Franz Huber nach einer Pause, „in so einer Situation kommen oft mehrere Dinge zusammen. Funklöcher, Netzüberlastung, leerer Akku und kein Strom. Es heißt noch nicht gleich, dass etwas Schlimmes passiert ist. Wahrscheinlich haben die Damen eine andere Hütte angesteuert oder sitzen fest, wo kein Empfang ist."

„Das mag sein", unterbricht Kay, „aber sie würden sich melden, sobald es geht. Das ist…, das ist nicht normal."

Huber seufzt, dann hört Kay das leise Klicken einer Tastatur. „Also gut", sagt er schließlich, „wenn Sie drauf bestehen, nehme ich jetzt offiziell die Vermisstenanzeige auf."

Er spricht alles langsam mit Kay durch.

„So, junger Mann, ich lese Ihnen vor, was ich notiert habe:

Sachverhaltsbeschreibung: Seit Dienstag, 13. August 2024, werden zwei 36-jährige Frauen vermisst. Zuletzt übernachteten sie am Montag, 12. August, auf dem Stöhrhaus. Geplante Route über die Mittagsscharte zum Zeppezauerhaus; dort nie angekommen. Die Frauen kommen aus Köln und sind auf einer viertägigen Hüttenwanderung am Untersberg.

Personenbeschreibung: Runa ist 165cm groß, hat lange rote Haare. Merle ist 172 cm groß, hat kurze blonde Haare. Beide Frauen sind schlank, wiegen etwa 60 Kilo. Die eine hatte einen roten, die andere einen blauen Wanderrucksack.

„Ist das alles korrekt?"

„Ja", sagt Kay heiser.

„Gut. Wir brauchen bitte noch zwei aktuelle Fotos. Wenn Sie die per Mail schicken, können wir schneller reagieren. Das hilft uns bei der Identifizierung."

Er diktiert Kay die Mail-Adresse. Dann endet das Gespräch.

Kay fühlt sich unwohl. Dass Menschen in den Bergen gesucht werden müssen, das hat er schon häufiger gelesen. Aber jetzt, wo er seine Frau als vermisst gemeldet hat, bekommt das Ganze eine andere Bedeutung. Während er nach Fotos auf dem Handy sucht, muss er an den Fall des früheren Tengelmann-Chefs denken. Der Millionär, der zu einer Ski-Wanderung in den Walliser Bergen aufgebrochen und nie mehr zurückgekehrt ist. Bis heute, Jahre später, fehlt von ihm jede Spur.

Kay wischt durch die Bilder. Eigentlich hat er nur zwei Fotos von der Wanderung, das eine vom Sonnenuntergang, da sieht man die Frauen nur von hinten und das andere am Gipfelkreuz. Er entscheidet sich für letzteres, Runa und Merle, beide lachend, die Haare vom Wind zerzaust, der Himmel hinter ihnen in klarem Blau. Darunter stand die Nachricht: Küsschen vom Berchtesgadener Hochthron.

Er schickt das Bild an die Adresse, die Huber ihm diktiert hat. Kaum ist die Mail raus, fühlt er sich noch schlechter. Es kommt ihm vor, als hätte er damit etwas endgültig gemacht.

Ein paar Minuten später zieht Huber das Foto aus dem Drucker, mustert es kurz und ruft die Bergwacht an.

„Ich habe eine Vermisstenanzeige“, sagt er. „Zwei Wanderinnen werden von ihren Angehörigen vermisst. Sollten gestern am Zeppezauerhaus ankommen, da waren sie aber nicht. Ihre Handys reagieren nicht. Ich glaube, ihr müsst los."

Am anderen Ende der Leitung herrscht zunächst Stille. Dann knackt es im Funkgerät, und der Einsatzleiter der Bergwacht, Ignaz Obermeier, seufzt laut.

„Ich könnte kotzen“, schimpft er. „Immer wieder die gleichen Geschichten. Die Städter, die meinen, sie müssten sich einmal im Jahr beweisen. Sie unterschätzen die Berge, gehen bei Unwetter weiter als wär's ein Spaziergang im Stadtpark. Und wir dürfen sie wieder einsammeln. Zum Teufel, wir sind völlig unterbesetzt. Wir müssen kontrollieren, wie es da oben ausschaut nach der gestrigen Nacht und unbedingt den Weg sperren, damit da keine neuen Wanderer mehr langlaufen. Da haben wir keine Zeit, auch noch hinter jedem Busch nach zwei Wanderinnen zu suchen.“

Franz Huber versucht ihn zu besänftigen. „Meinst du, da oben schauts so schlimm aus?"

„Ja, verdammt. Dort liegen angeblich dutzende Kubikmeter Geröll. Andreas hat angerufen – der von der Schellenberger Eishöhle. Er sagt, zwischen dem Kassenhäuschen und dem Eingang liegt ein halber Hang, nur Geröll, das blockiert alles. Wir müssen vermutlich sprengen, um überhaupt durchzukommen.“

„Oje, das klingt nach viel Arbeit.“

„Ja, mehr als genug. Und dann noch die Vermissten - und am Ende sitzen die beiden Schönen aus dem Flachland irgendwo beim Aperol-Spritz und haben das Zuhause einfach vergessen.“

„Wir müssen trotzdem suchen“, sagt Huber bestimmend. „Das Unwetter war zu heftig. Wenn etwas passiert ist und wir nichts tun, machen uns alle die Hölle heiß. Presse, Tourismusverband… du weißt schon.“

„Ja, ja“, knurrt Obermeier. „Schick mir das Foto von den Frauen.“

„Kommt.“

Ein paar Minuten später hebt der Hubschrauber der Bergwacht ab. Das Dröhnen ist bis in Hubers Büro zu hören. Für einen Augenblick empfindet er so etwas wie Erleichterung, dass der Kollege die Vermisstenmeldung ernst genommen hat – und macht sich einen Kaffee.

Die Crew von Christoph 14 fliegt in Richtung Untersberg, kreist langsam über den steilen Felsen zwischen Stöhrhaus und Zeppezauerhaus. Mal höher, mal tiefer, so gut, wie es das schwierige Gelände zulässt. Bis auf ein paar Gämsen, die die Kameras erfassen, und die zum Teil wild herumliegenden Gesteinsbrocken, fällt den Rettungsfliegern nichts auf - keine Spur von den beiden Frauen.

Dann schlägt das Wetter erneut um und es wird zunehmend dunkel. Der Lufteinsatz macht jetzt keinen Sinn mehr. Das Fliegen zwischen den Bergkuppen ist bei schlechter Sicht auch für die erfahrenen Piloten zu gefährlich. Die Suche nach den beiden Kölnerinnen wird auf den nächsten Morgen verschoben.

Kay bekommt davon nichts mit. Er sitzt auf dem Sofa, starrt auf sein Handy und wartet, dass es endlich klingelt.

***

Da Sven bis zum Nachmittag in Berlin nicht ans Telefon geht, wird Kay immer nervöser. Schließlich ruft er im Stöhrhaus an, der ersten Hütte in der Merle und Runa übernachtet haben.

Florian, der Hüttenwirt kann sich gut an die beiden Frauen erinnern. „Ja, wir hatten einen netten Abend zusammen und freuen uns, sie wieder zu sehen, sie wollen ja vor dem

Abstieg nochmals bei uns übernachten. Und dann direkt zu ihrem Auto herunterwandern."

Kay fährt sich fahrig durchs Haar. Seine Stimme bebt.

„Sie melden sich seit gestern nicht mehr."

Florian versucht, ihn zu beruhigen. „Ach, das passiert ständig. Ein Gewitter, ein falscher Weg – das gehört dazu. Die kommen sicher bald irgendwo raus."

Aber Kay hört nur halb zu. Kaum hat er aufgelegt, ruft er abwechselnd Runas und Merles Handy an, immer wieder, in kurzen Abständen. Nichts. Er versucht es bei der Polizei, auch hier keine neuen Informationen.

Das Warten macht Kay kirre, Er läuft rastlos durch die Wohnung. Sven muss bald landen. Vielleicht hat er eine Idee. Vielleicht weiß er mehr. Um die Minuten totzuschlagen, rennt er einfach los. Joggen, Luft holen, irgendwas tun. Doch sein Kopf rattert unaufhörlich.

Endlich, kurz nach sieben, meldet sich Sven. Auch er klingt gehetzt. Nachdem Kay ihn über den neuesten Stand informiert hat, kommt eine schnelle und entschlossene Antwort. „Wir fahren runter. Sofort."

Es gibt keine weitere Diskussion. Sven wirft ein paar Sachen in eine Tasche und stürzt zum Auto. Kay steht schon auf der Straße vor seiner Wohnung bereit.

Dann nichts wie los. 650 Kilometer vor ihnen, immer Richtung Süden. Das kann dauern, denn die Autobahn nach Bayern ist fast immer voll, egal zu welcher Uhrzeit.

Während Sven fährt, starrt Kay aufs Display, wählt wieder und wieder Runas Nummer, dann Merles. Nichts! Er legt auf, wählt wieder, ohne Erfolg. Dann greift er erneut zum

Telefon, diesmal die Polizei in Berchtesgaden. Franz Huber, immer noch im Dienst, meldet sich.

„Grüß Gott, wie kann ich helfen?"

„Ich bin der mit der Vermisstenanzeige von heute Morgen. Haben Sie irgendwas gefunden? Irgendeine Spur?“

„Wir suchen intensiv. Der Hubschrauber war unterwegs, solange das Wetter und die Sicht es zuließen. Aber wir haben bislang nur zwei Gämsen gefunden. Ihre Frauen sitzen bestimmt bei einem frischgezapften Bier in einem Gasthaus und amüsieren sich. Das haben wir schon häufiger erlebt. Bleiben Sie entspannt. Morgen sieht die Welt ganz anders aus.“

Kay schließt die Augen. Für diese Art Galgenhumor hat er keinen Nerv.

Noch knapp vierhundert Kilometer liegen vor ihnen. Er fühlt, wie sein Magen sich verkrampft.

Tag 4

Am nächsten Morgen bereitet sich die Crew von Christoph 14, die schon am Vortag im Einsatz war, wieder vor. Pilot Falko, Martin von der Bergwacht und Notarzt Hendrik, prüfen genauestens ihre Checkliste. Das Equipment ist aufwendig: Rettungsgurte, Abseilgeräte, Bahre, Defibrillator mit EKG-Funktion, Wärmedecken, Erste Hilfe-Koffer. Die erfahrenen Bergretter wissen, dass in diesem Gelände jeder Handgriff sitzen muss.

Falko schaut zum Himmel, noch hängen Nebelschwaden über den Gipfeln. Sie müssen abwarten, bis diese sich verzogen haben, denn klare Sicht ist das A und O bei solchen Einsätzen.

Just in dem Moment stürmen zwei Männer über den Platz. Sie winken hektisch.

Falko verlässt sein Cockpit. „Das hier ist kein Wanderweg, bitte verlassen sie sofort den Hubschrauberplatz."

Doch Sven und Kay sind unbeeindruckt. Sie sind die Nacht durchgefahren, haben sich nach der Ankunft in Berchtesgaden sofort nach dem Helihangar durchgefragt und möchten jetzt mitfliegen, um bei der Suche nach Merle und Runa zu helfen.

„Es tut mir leid. Das geht nicht", sagt Falko knapp. „Wir können keine zusätzlichen Personen mitnehmen. Das hier ist ein Notfalleinsatz. Machen Sie sich keine Sorgen, Ihre Frauen sind nicht die ersten, die in den Bergen vermisst werden und die wir von den Felsen pflücken."

„Bitte! Wir stören Ihre Abläufe nicht, wir bleiben ruhig sitzen – wir müssen wissen, ob sie leben!“ Sven hebt die Hände, als könnte er damit den Start aufhalten.

Doch bei Falko stoßen sie auf Granit. Er schüttelt nur den Kopf.

„Ich verstehe Ihre Sorge. Aber das Risiko ist zu groß. Bitte verlassen Sie jetzt den Platz.“

Falko steigt ein, zieht die Tür zu. Die Rotoren setzen sich in Bewegung. Kay und Sven bleiben ratlos stehen, während der Helikopter dröhnend abhebt und in den lichten Morgenhimmel steigt. Schließlich steigen die beiden ins Auto und fahren Richtung Zentrum.

Keiner sagt etwas, im Auto herrscht Schweigen. Die Müdigkeit der Nacht steckt in den Knochen, die Ungewissheit zerrt an ihren Nerven. Die Stimmung ist angespannt, die Gedanken rasen. Immer wieder schauen sie aufs Handy – aber kein Anruf, keine Nachricht.

Endlich bricht Sven das Schweigen: „Wir brauchen jetzt einen Plan. Wir müssen was machen, wir können hier nicht rumsitzen und einfach nur warten.“ Er wird zunehmend ungeduldig. „Was, wenn sie gestürzt sind? Wenn sie irgendwo liegen, und niemand hört sie?“

„Hör auf“, sagt Kay, aber auch seine Stimme zittert. „Wir dürfen jetzt nicht durchdrehen.“

Sie parken vor dem Tourismusbüro, Kay springt raus und kommt wenig später mit einer Wanderkarte zurück.

„Lass uns frühstücken und überlegen, was wir jetzt machen. Vielleicht können wir die Wege abgehen, die die beiden nehmen wollten und stoßen dabei auf irgendein Zeichen.“

Sie steuern ein Café an, setzen sich draußen an einen Tisch mit weißroter Tischdecke und mit Blick auf das Watzmann-Massiv. Dann bestellen sie - nicht ganz passend - das Watzmann-Frühstück für Verliebte. Es klingt verlockend und scheint ihnen das Richtige zu sein nach der langen Autofahrt.

Kay breitet die Wanderkarte aus, Sven scrollt durch die Wanderapp Komoot.

„Hier." Er zeigt auf eine Linie. „Das ist die Tour. Die Untersberg-Hüttenrunde. Vier Tage. 2.400 Höhenmeter."

Er schluckt. „Wie naiv sind unsere Frauen eigentlich, schau was hier steht: Nur für Geübte. Schwindelfrei. Trittsicher. Und das haben die sich als Tour ausgesucht. Völlige Selbstüberschätzung."

„Sie wollten einfach was Besonderes", murmelt Kay. „Nicht nur einen Spaziergang. Und dann noch diese Sache mit den Doppelzimmern – bloß kein Massenlager. Dabei wären sie im Lager vielleicht mit erfahrenen Leuten unterwegs gewesen. Die hätten ihnen helfen können."

„Vielleicht ist ja alles halb so wild. Vielleicht sitzen sie tatsächlich irgendwo fest. Ohne Empfang. Aber gesund. Und zu zweit."

„Ja", sagt Kay leise. „Aber wie lange noch, wenn sie keine Hilfe bekommen?"

Schweigend starren sie auf die Karte. Auf die endlosen Linien, Höhenmeter, Abzweigungen. Irgendwo da draußen sind Merle und Runa. Und die Zeit läuft.

Der Kellner balanciert ein Tablett heran, als wäre es eine heilige Reliquie. Duftende Semmeln, hauchdünner Schinken, Käse, glänzende Trauben – alles kunstvoll drapiert.

„So, meine Herren. Hier kommt der Watzmann persönlich. Wenn Sie genau hinschauen, sehen Sie den alten Watzmann mit seiner Frau und den Kindern."

Dabei lächelt er stolz. Sven und Kay starren ihn nur kurz an. Dann greift Sven mechanisch nach einem Brötchen, die Watzmann-Kulisse kippt um wie ein Kartenhaus. Der Kellner stockt, schüttelt stumm den Kopf, murmelt etwas von kein Respekt. Doch die beiden hören es nicht. Ihre Gedanken sind woanders.

„Lass uns den Weg abgehen", sagt Sven.

„Gute Idee, aber wo sollen wir starten. Die können überall sein. Den Weg am ersten Tag zur ersten Hütte können wir uns sparen, da sind sie ja angekommen."

Kay deutet auf die Karte. „Ab hier wird das Gelände schwieriger. Vielleicht sind sie am zweiten Tag in Schwierigkeiten geraten."

„Allein schaffen wir das nicht", sagt Sven leise. „Wir wissen doch nicht mal, wie wir da hochkommen. Wir brauchen jemanden, der sich hier auskennt."

„Einen Bergführer. Am besten mieten wir uns einem Bergführer. Einen, der die Wege kennt und die Stellen, die besonders tückisch sind."

Sie sehen sich an. Für einen Moment ist alles still – nur das Klirren von Besteck an den Nachbartischen, das Lachen unbeschwerter Touristen sind zu hören. Dann schiebt Sven seinen Teller beiseite. „Lass uns im Tourismusbüro fragen."

Kay faltet die Karte zusammen. „Und ich versuche es nochmal auf den Handys. Vielleicht… vielleicht haben sie ja jetzt wieder Netz."

Im Tourismusbüro ist es brechend voll, die Warteschlange endlos lang. Die einen suchen eine Unterkunft, die anderen möchten den Schiffsfahrplan vom Königssee, noch andere einen Tipp für den besten Instagram-Spot. Endlich sind Kay und Sven an der Reihe.

„Wir brauchen einen Bergführer, den besten, den Sie haben. Er sollte jede Ecke gut kennen." Kay spricht so laut, dass ein paar Leute sich umdrehen.

„Geld spielt keine Rolle“, ruft Sven dazwischen.

Die Frau hinter dem Schalter – akkurat frisiertes Haar, Dirndl - blinzelt irritiert. „Moment Mal. Ich muss erst schauen, ob überhaupt jemand Zeit hat. Nach dem Unwetter sind viele draußen unterwegs, um Wege zu prüfen.“

Sie tippt umständlich etwas in den Rechner. Die Sekunden dehnen sich.

„Morgen um neun Uhr, da wäre der Alois frei. Würde das passen?"

„Morgen?“ Kay klingt, als würde er gleich explodieren. „Unsere Frauen sind verschwunden! Wir können nicht bis morgen warten“

„Ja, aber…“

„Wo ist der Alois jetzt?“ Sven beugt sich über den Tresen, so dass die Frau einen Schritt zurückweicht.

„Auf dem Berg! Haben Sie mal auf die Uhr geschaut? Es ist zehn Uhr! In den bayerischen Bergen stehen die Leute um fünf auf. Das hier ist nicht Sylt, wo man erst um elf frühstückt.“

Sven ballt die Hände zu Fäusten.

„Bitte“, sagt er flehend. „Sie müssen uns helfen.“

Die Frau greift zum Telefon. „Ich versuche mal, den Alois auf dem Handy zu erreichen."

Sven geht nach draußen, weil er es in dem stickigen Raum nicht mehr aushält. Er läuft hektisch auf und ab, starrt immer wieder aufs Handy, als könne es jeden Moment klingeln.

Kay lässt die Frau nicht aus dem Blick. Das Telefonat scheint ewig zu dauern. Endlich legt sie auf.

„Wir haben vielleicht eine Chance. Er meldet sich gleich."

Nur ein winziger Hoffnungsschimmer – aber immerhin mehr, als sie vor einer halben Stunde hatten.

Dann winkt die Frau im Dirndl. „Um dreizehn Uhr wartet der Alois auf Sie. Aber eigentlich sollten Sie die Bergwacht informieren, die sind die besten beim Suchen. Alleine werden Sie da nichts erreichen."

Kay ignoriert die letzte Bemerkung. „Sie sind bezaubernd, herzlichen Dank, was trinken Sie gerne, rot oder weiß?"

Die Antwort geht im Motorengeräusch der startenden und landenden Hubschrauber unter. Kay winkt der Frau zu, wirft ihr einen Luftkuss hinterher und klopft dem verzweifelten Sven auf die Schulter.

„Alois ist unser Mann, wir sind um dreizehn Uhr mit ihm verabredet. Läuft doch. Komm, lass uns shoppen gehen, wir brauchen ein paar vernünftige Wanderschuhe und ein paar Wanderstöcke für unsere Expedition."

„Shoppen? Ernsthaft? Meinst du nicht, wir sollten einfach hier auf Alois warten?"

Kay winkt ab, während er die Straße überquert. „Sven, wir können nicht in diesen ausgelatschten Turnschuhen auf den Berg!"

Er bleibt vor einem Laden stehen, dessen Schaufenster randvoll mit neonfarbenen Funktionsjacken und hochspezialisierten Wanderstöcken ist. Ein Schild verkündet in geschwungenen Lettern: Alpen Abenteuer.

„Hier", sagt Kay, „genau unser Laden." Er reibt sich die Hände, als ginge es um einen heimlichen Coup. „Wir nehmen das volle Programm. Wanderschuhe, Stöcke, Snacks, irgendwas mit Elektrolyten – was man im Hochgebirge so braucht."

***

Falko, Martin und Hendrik, die Crew von Christoph 14, kreist inzwischen ganz langsam an der Wanderroute der beiden vermissten Kölnerinnen entlang. Konzentriert und akribisch scannen sie das zerklüftete Gelände, jeden Felsvorsprung, jede Spalte. Die Wärmebildkameras sind hochsensibel und schlagen immer wieder an, wenn sich am Boden etwas bewegt; ein Tier oder Wanderer.

Martin startet eine kleine Drohne, sie verschwindet lautlos in den engen Felsspalten, fliegt hinter Kuppen, wo kein Mensch sonst hinkäme. Das Bild auf dem Monitor ist gestochen scharf.

„So wird das nichts, so kommen wir nicht weiter, da unten ist zu viel los." Falko ist unzufrieden und greift zum Funkgerät.

„Ignaz hörst du mich?"

Ein kurzes Rauschen, dann meldet sich der Chef.

"Falko, was ist? Habt ihr was gefunden?"

„Du Träumer! Wir suchen uns hier den Wolf nach den beiden Frauen, da unten ist wieder viel Betrieb. Die ganzen Wanderer laufen kreuz und quer, die bringen die Wärmebildkameras durcheinander. Du musst ein paar Jungs zu Fuß hochschicken. Aus der Luft wird das nichts."

„Okay," kommt die knappe Antwort, „aber das dauert, ich muss die Leute erst zusammen haben und dann müssen sie noch rauf."

„Verstanden, wir brechen jetzt ab! Der Tank ist ohnehin fast leer."

Martin schaut die ganze Zeit durch den Feldstecher. Das steile Gelände wirkt durch das Licht- und Schattenspiel unruhig wie ein Wimmelbild. Falko will gerade wieder hochsteigen, als Martin ihn abrupt am Arm packt.

„Halt. Da unten bei den Latschenkiefern.... siehst du das?"

„Wo, ich sehe nichts?" Falko versucht, die Stelle zu entdecken, die Martin meint.

„Du musst etwas tiefer gehen. Geradeaus - Punkt zwölf Uhr. Ein roter Fleck."

Jetzt beugt sich auch Hendrik vor, hebt den zweiten Feldstecher. Ein kurzer, spannungsgeladener Moment. Dann nickt er.

„Ja, da ist was. So etwas Rotes gehört nicht an diese Stelle."

„Verdammt, was für eine Scheißstelle, da kann ich unmöglich landen."

Sie diskutieren hin und her, schließlich treffen sie eine Entscheidung. Martin wird an der Winde heruntergelassen.

Ein Abseilen ist Präzisionsarbeit. Jeder Handgriff muss sitzen und alle müssen sich voll aufeinander verlassen können. Falko hat keinen Blick auf den Einsatzort – deshalb übernimmt Martin das Kommando. Er ist jetzt das Auge des Piloten, sein Navigator. Mit freiem Blick an der offenen Tür sitzend, Wind und Lärm um ihn herum, das Seil bereit, leitet er Falko und dirigiert den Hubschrauber in die richtige Position.

Dann übernimmt Hendrik das Dirigieren und Martin macht sich zum Abseilen fertig. Jetzt darf keiner die Nerven verlieren, jede falsche Bewegung kann für die Crew tödlich enden.

Martin zieht den Sicherungsgurt straffer, befestigt sich mit dem Karabinerhaken an der Winde und los gehts. Unten wartet womöglich die Spur, auf die sie stundenlang gehofft haben.

Je tiefer Martin an der Winde hinabgleitet, desto größer wird der rote Punkt. Als seine Stiefel endlich den Boden berühren, zieht er einmal kräftig am Seil – das vereinbarte Signal, dass er sicher unten ist.

Er ist nur wenige Meter von dem roten Punkt entfernt. Martin stampft durch das knorrige Gestrüpp der Latschenkiefern und nähert sich einer roten Plane. Jeder Schritt knirscht. Die knallrote Plane ist ein Zelt.

„Hallo? Ist da jemand?“ Keine Antwort.

Er wartet einen Moment, lauscht. Dann zieht er den Zelteingang vorsichtig ein Stück auf. Doch drinnen ist niemand, außer Verpackungen von Müsliriegeln und leeren Getränkedosen ist nichts zu sehen. Draußen, direkt vor dem Zelt liegen mehrere Zigarettenstummel.

Er betätigt das Funkgerät: „Falko, hört ihr mich?“

Ein kurzes Rauschen. „Bin da.“

„Der rote Punkt ist ein Zelt. Im Zelt liegen Verpackungen von Müsliriegeln und vor dem Zelt Zigarettenstummel. Ich hake mich aus und sehe mich genauer um."

„Verstanden. Ich bleibe in der Nähe, aber ewig kann ich nicht kreisen. Unser Treibstoff geht zur Neige. Wenn du Verstärkung brauchst, melde dich."

„Mache ich."

Das Zelt steht auf einem Felsvorsprung, umgeben von Latschenkiefern, die nach Harz duften. Martin tritt vorsichtig von der Abbruchkante weg. Er schiebt ein paar pieksende Zweige zur Seite und nähert sich der dunklen Felswand, die kreisförmig den kleinen Vorsprung umarmt. Überall klaffen schmale Spalten, es gibt viele Nischen und dunkle Eingänge. Martin weiß, dass der Untersberg bekannt ist für sein verzweigtes Höhlensystem. Er kennt die Warnungen nur zu gut: Wer hier unbedacht hineingeht, verschwindet schnell wie ein Tropfen Wasser im Kalkgestein. Er wirft einen Blick in eine der Nischen. Schwarz, bodenlos. Ein Kribbeln läuft ihm den Nacken hinab.

Martin hebt sein Funkgerät und drückt die Sprechtaste.

„Falko, bitte kommen. Holt mich wieder hoch."

Ein kurzer Moment Stille, dann das vertraute Knacken im Lautsprecher.

„Alles klar, Martin. Wir sind gleich bei dir."

Kurz darauf schwebt das Seil hinunter. Routiniert hakt der Bergretter sich ein. Unten bleibt das rote Zelt zurück, dessen Rätsel noch gelöst werden muss.

Falko hat inzwischen Verbindung zur Polizei aufgenommen.

„Okay, ich habe den Fund rotes Zelt notiert. Ihr könnt Feierabend machen. Ich organisiere für morgen früh eine Bodentruppe. Die können dann auch die Felsspalten und die Eingänge zum Höhlensystem absuchen."

Polizist Huber legt auf und atmet tief durch. Die Vermutung liegt nahe: Das Zelt gehört den beiden vermissten Frauen. Er versucht, ihre Ehemänner zu erreichen – doch nur das Freizeichen ertönt. Egal, wem das Zelt gehört, für die Bergretter ist es Pflicht und Ehrensache zugleich, solche Funde zu untersuchen. Und manchmal auch der Beginn einer Geschichte, die niemand vergessen wird.

Die genaue Untersuchung wird auf den nächsten Tag verschoben, denn die Vorbereitungen brauchen Zeit. Auf dem Platz vor der Polizeistation bereiten sich die Trachtenvereine und Schuhplattler auf ihren Auftritt vor, die Blaskapelle stimmt ihre Instrumente. Das Leben geht weiter – doch für die Bergretter ist klar: morgen früh werden sie wieder aufbrechen.

***

Kay und Sven, mit neuen Wanderschuhen und Stöcken ausgerüstet, stehen seit 12.45 Uhr vor dem Tourismusbüro und warten auf Bergführer Alois. Kay blickt skeptisch den Weg entlang. Er hat Respekt vor dem, was sie erwartet.

„Na, hoffentlich kommt da nicht so ein Louis Trenker-Typ mit strammem Schritt, dem wir kaum hinterherkommen."

Sven schüttelt den Kopf. „Mir ist so ein kerniger Typ lieber als ein Schönling, der uns die Bergspitzen erklärt, anstatt mit Engagement und Trittsicherheit zu suchen."

Da ertönt hinter ihnen eine Stimme, tiefer Bass, unverkennbar ein Einheimischer: „Grüß Gott, i bin der Alois."

Ein Mann um die 75 steht vor ihnen, er strahlt Ruhe und Zuversicht aus. Sein Gesicht ist vom Wind, der Kälte und der Bergsonne gegerbt. Er hat einen kleinen Rucksack bei sich, an dem ein Seil hängt.

„Habt's vernünftige Schuhe und etwas zum Trinken dabei?", fragt er und taxiert die beiden kritisch von oben bis unten. „Zumindest die Schuhe machen einen guten Eindruck."

Kay und Sven sagen nicht, dass die Wanderschuhe ganz neu sind und sie in der Apotheke vorsichtshalber auch Blasenpflaster gekauft haben.

Sie schildern Alois die Lage, dann entwickeln sie gemeinsam mit dem erfahrenen Bergführer einen Plan.

„Ich denke, wir rollen das Feld von hinten auf und gehen den Weg rückwärts", schlägt Alois vor. „Wenn eure Frauen am Stöhrhaus waren und über die Mittagsscharte zum Zeppezauerhaus wollten, dann suchen wir genau da. Und das Gute ist, wir können zu dieser Hütte mit der Gondel hinauf. Das spart Kraft."

Sven und Kay sind zufrieden, Alois scheint was von seinem Handwerk zu verstehen. Sie steigen ins Auto und fahren zum Parkplatz an der Gondel. Die Talstation liegt auf der österreichischen Seite des Untersberg, in der Ortschaft St. Leonhard in Grödig.

Sven kauft die Tickets und schon schweben sie hinauf. Die über 1300 Höhenmeter sind in zehn Minuten überwunden.

„Ganz schön hoch", murmelt Kay.

„Ist halt ein Berg", antwortet Alois.

Aus der Gondel ist das Zeppezauerhaus gut zu sehen, es liegt direkt unterhalb der Bergstation. „Den Weg zu dieser Hütte können wir uns sparen. Wenn sie hier abgestürzt wären, dann hätte man die Madels längst gefunden."

Oben angekommen zeigt der Bergführer auf einen Berg. „Lasst uns erst mal zum Geiereck gehen. Schaut, da ist das Gipfelkreuz, da waren sie bestimmt, um ein Foto zu machen."

Kaum hat er den Satz beendet, rast Sven schon los, unbeeindruckt von dem durch das Unwetter doch arg zerklüfteten und schlammigen Weg. Er wirkt wie getrieben. Kay und Alois gehen im normalen Tempo hinterher. Kay bleibt öfter stehen, tut so, als wolle er die Aussicht genießen. In Wahrheit braucht er einfach Luft.

Das Gipfelkreuz thront auf 1805 Metern. Der Blick ist imposant und egal wohin man schaut, überall geht es steil herunter. Wer hier stürzt, verschwindet für immer. Alois mit seinen 75 Jahren geht zügig und setzt seine Füße sicher von Stein zu Stein. Es sieht aus, als folge er in dem öden, verwüsteten Gelände einer Spur, die nur er erkennen kann. Sven ist inzwischen etwas kurzatmig geworden und muss ab und an stehen bleiben, er hat Mühe, mit dem Tempo des alten Bergführers mitzuhalten.

Alois sieht ihn an, die Brauen gehoben.

„Jungs, was ist? Geht's, oder brauchts a Pause?"

„Du hüpfst ja wie eine Gämse, das ist der Wahnsinn, da kommen wir nicht mit", keucht der atemlose Sven.

Alois lacht. „Jo, das ist für mich der Alltag, bin hier zuhause. In der Stadt, da hätte ich verloren, da würden sie mich an der ersten Kreuzung überfahren, dann wäre ich eine platte Gams."

Sein Blick schweift kurz in die Tiefe, und Kay hat das Gefühl, Alois sehe dort unten etwas Bestimmtes.

Vom Geiereck geht's weiter zum Salzburger Hochthron. Der Weg ist gut befestigt, hat dem Unwetter getrotzt und ist ausgeschildert. In leichten Wellenbewegungen geht es auf und ab. Die Informationstafeln am Weg erzählen die Sage über Kaiser Karl den Großen, der im Berg schläft. Die drei Männer aber haben keinerlei Sinn für Märchen. Sie schauen immer wieder die steilen Hänge hinunter, inspizieren die Gegend, die nach den Regenfällen noch gar nicht einladend aussieht, in der Hoffnung, wenigstens einen kleinen Hinweis auf die Vermissten zu finden: einen Stock, einen Wanderschuh, eine Jacke.

„Hier werden wir die nicht finden. Der Wanderweg ist gut angelegt, hier gehen immer viele Menschen von der Gondel bis zum Hochthron, wären sie hier abgestürzt ..., man hätte sie längst entdeckt."

Ein Windstoß fährt über den Grat, lässt Kay einen Schritt zurückweichen. Sven schaut stumm in die Tiefe, als könne er dort unten etwas erkennen, was die anderen nicht sehen.

Die drei sind inzwischen auf dem Kamm der Mittagsscharte angekommen, zwischen dem Salzburger Hochthron auf 1853m im Norden und dem Raucheck auf 1891m im Süden, direkt auf der Grenze zwischen Österreich und Deutschland. Der Weg geht nun in großzügigen Kehren, immer wieder durch schlammige Rinnsale unterbrochen, direkt hinunter.

Alois bleibt stehen, den Blick auf den Abgrund gerichtet.

„Da unten... seht ihr den Felsspalt." Er zeigt mit dem Stock nach unten. „Da gibt es eine Höhle, die heißt der Steinerner Kaser. Von Juni bis August kann man im Innern um die

Mittagszeit außergewöhnliche Lichtspiele beobachten. Vielleicht wollten sich eure Frauen das anschauen."

Sven hat da seine Zweifel. „Kann schon sein, aber die bleiben doch nicht zwei Tage in der Höhle. Gibt es hier vielleicht noch einen anderen Weg, mit einer weiteren Sehenswürdigkeit?"

Alois denkt kurz nach. „Ja, weiter unten gibt's noch eine Eishöhle. Die einzig begehbare in Deutschland. Da muss man allerdings über einen Klettersteig, der ist nix für Ungeübte. Aber vielleicht sind die beiden da hin, die ist wirklich eine Sensation."

„Wo genau?" Sven wird ungeduldig. „Da sind die bestimmt hin."

„Dort unten." Alois deutet nach links, wo sich ein kaum erkennbarer Pfad um die Flanke windet. „Müsst ihr euch vorstellen wie einen Halbbogen um den Berg. Da drüben liegt der Einstieg."

Sie steigen ab. Der Weg wird schmaler, das Geröll lose. Als sie den Einstieg zum Klettersteig erreichen, bleibt Alois abrupt stehen.

Ein Schild hängt schief im Wind:

Achtung! Durchgang strengstens verboten. Der Thomas-Eder-Steig und die Eishöhle sind bis auf Weiteres geschlossen. Deutscher Alpenverein, Sektion Berchtesgaden.

Alois tritt näher, fährt mit dem Finger über die Schrift, als müsse er sich vergewissern. „Das können wir vergessen", sagt er leise. „Das Gewitter … hat sicher einiges runtergerissen."

Er sagt nicht, was er denkt. Er sieht für die beiden Frauen keine Hoffnung mehr, er vermutet, dass die Zwei irgendwo zwischen Klettersteig und Eishöhle von dem Gewitter überrascht wurden und jetzt verschüttet oder gar tot sind.

Kay sieht ihn an, als könne er die Gedanken lesen.

„Meinst du... sie sind da rein? Abgestürzt?"

Alois schweigt und klopft ihm väterlich auf die Schulter.

„Das weiß nur der liebe Gott. Lass uns zurückgehen, die Sonne steht schon tief."

Er zeigt mit dem Wanderstock nach oben: „Schaut, da müssen wir wieder hinauf."

Langsam gehen sie den steilen Berg wieder hinauf. Wortlos. Jeder hängt seinen eigenen Bildern nach. Oben, am Kamm, bricht die Sonne zwischen den Zacken hervor, so grell, dass Kay blinzeln muss.

Als sie das Zeppezauerhaus erreichen, wirken ihre Gesichter müde. Sie setzen sich auf die Terrasse und genehmigen sich ein Weizen.

Keiner sagt mehr etwas. Nur der Wind rauscht in den Fahnenmasten, während die Sonne hinter den Gipfeln versinkt.

***

Als Christoph 14 nach dem langen Sucheinsatz wieder am Landeplatz in Berchtesgaden einschwebt, ist auf dem Platz viel los. Im Minutentakt starten und landen die anderen Helikopter - beladen mit allem, was die Räumungstrupps für den Weg von der Mittagsscharte über den Klettersteig bis zur Eishöhle benötigen: Minibagger, Stemmeisen, Bohrmaschinen – sogar Sprengstoff.

Das alles muss präzise geplant und sicher in die Höhe gebracht werden. Die Minibagger werden in ihre Einzelteile zerlegt, sonst wären sie zu schwer für den Transport. Jedes Teil wird sorgfältig beschriftet, nummeriert und in speziell angefertigte Aluminiumcontainer gepackt – ein logistisches Puzzlespiel unter Hochdruck. Denn oben auf dem Berg darf beim Wiederaufbau nichts fehlen.

Überall klappert Ausrüstung, werden Listen kontrolliert, Container verschlossen. Hier am Helipad verschwimmen die Grenzen zwischen Rettungseinsatz und Bergbau-Logistik. Alle wissen, dass die Arbeit der Räumungstruppe auch helfen kann, Hinweise auf Unfälle oder Vermisste zu finden. Wege freilegen, Spalten öffnen, vielleicht verbirgt sich ja irgendwo unter den Trümmern ein entscheidender Hinweis auf die beiden Frauen aus Köln.

Kaum ist die Crew ausgestiegen, kommen zwei Kollegen des Räumungstrupps auf sie zu. Einer von ihnen wischt sich den Staub von der Stirn und nickt Falko anerkennend zu.

„Na, auch ein langer Tag da oben?“ fragt er, während im Hintergrund ein weiterer Transporthubschrauber dröhnend vom Boden abhebt.

„Langer Tag – und kein Abschluss“, antwortet Falko. „Wir haben nur ein Zelt gefunden, aber keine Spur von den vermissten Frauen.“

„Wir fangen erst morgen an. Da oben ist einiges zu tun, um die Wege wieder freizubekommen. Heute haben wir den ganzen Kram nach oben transportiert.“

Während Falko und seine Männer den Feierabend im Tal, zu Hause, verbringen können, wird für die Mannschaft des Räumungstrupps in den nächsten Tagen eine kleine

Berghütte als Basislager dienen. Da die Hütte zu eng und zu klein für das gesamte Team ist, werden Zelte aufgebaut – nah aneinandergereiht, um dem aufkommenden Wind zu trotzen. Von hier aus beginnt die heikle Arbeit – gefährlich, anstrengend und mit der ständigen Ungewissheit, was der Berg unter seinem Geröll noch alles verborgen hält.

Tag 5

Kay, Sven und Alois haben auf dem Zeppezauerhaus übernachtet. Die gestrige Suche war erfolglos. Die Stimmung am Frühstückstisch ist angespannt.

„Die können doch nicht einfach vom Erdboden verschwinden." Kay schüttelt mit dem Kopf. „Der Weg, den wir abgegangen sind, ist doch kein Hexenwerk. Wir sind doch nicht im Himalaya."

Alois sagt nichts, trinkt nur schweigend seinen Kaffee.

Sven lehnt sich vor: „Alois was machen wir jetzt? Gibt's hier vielleicht noch einen zweiten Weg, vielleicht ..."

Er wird unterbrochen. Die hölzerne Eingangstür quietscht, zwei Männer treten in die Gaststube. Ihre Gesichter sind braungebrannt, die Statur sportlich, auf dem Rücken große Rücksäcke mit Seilen, Karabinerhaken und Eispickeln.

Alois steht auf. „Basti, Matthias grüßt euch. Ihr seid aber früh hier oben, habt's Krach mit den Dirndln?"

Basti muss lachen. „Nein, nein, wir müssen über den Grat, die Crew vom Christoph 14 hat gestern auf einem Felsvorsprung ein leeres rotes Zelt gefunden, sonst kein Mensch weit und breit. Du hast sicher gehört, dass zwei Frauen vermisst werden..." Alois versucht Basti ein Zeichen zu geben, damit er nicht weiterredet, doch zu spät.

Kay erstarrt, Sven fährt - wie von der Tarantel gestochen - herum: „Das sind unsere Frauen! Wir kommen mit!"

Dann springt er auf und rennt auf Socken Richtung Zimmer, um sich fertig zu machen.

„Ein rotes Zelt hatten sie nicht, sie wollten nicht zelten und haben auch keins mitgenommen wegen des Gewichts, aber wer weiß." Kay überlegt laut.

„Vielleicht haben sie es sich anders überlegt", murmelt Alois. „Oder das Zelt gehört wem anders."

Kay fixiert ihn: „Egal wem es gehört – wir müssen da hin."

Basti und Matthias sind von der Idee nicht begeistert, sie brauchen keine Begleitung bei ihrer Arbeit, das stört nur. Zumal der Felsvorsprung nicht gerade an einem ausgebauten Wanderweg liegt.

Alois versteht die Bedenken. „Die san in Ordnung, i kim mit dene nach. Passt schon. Sonst laffa de alleine do hin." Er zwinkert den beiden von der Bergwacht zu. „Auf geht's. Mia nehme den oberen Steig."

Sven steht schon in voller Montur auf der Terrasse vor dem Zeppezauerhaus und wartet ungeduldig auf Alois. Für den Blick auf Salzburg und das Festspielhaus, das unten im Tal wie auf einem Präsentierteller liegt, hat er keine Muße.

Als die beiden Bergretter aus der Hütte herauskommen und wortlos an Sven vorbeimarschieren, verfällt er in Hektik, läuft in die Hütte hinein, um bei Alois zu protestieren. Der alte Bergführer versucht den Hitzkopf zu beruhigen. „Packe ein Brötchen ein und nimm etwas zum Trinken, wir gehen gleich hinterher, lass die Jungs ihre Arbeit machen."

Alois kennt den Felsvorsprung und weiß, dass der Weg dorthin nichts für Ungeübte ist. Mit Kay und Sven im Schlepptau geht er sehr langsam die engen Serpentinen hinunter. An besonders steilen und schmalen Stellen sind Stahlseile befestigt.

Kay beißt die Zähne zusammen, presst sich an den Hang, wo der Pfad nur handbreit neben dem Abgrund verläuft.

„Das ist kein Spaziergang mehr“, murmelt Sven hinter ihm.

„Nein“, sagt Kay, ohne sich umzudrehen.

Langsam und vorsichtig tasten sie sich den Weg entlang. Der Pfad wird noch schmaler, das Gelände ändert sich. Die kargen Felsen sind plötzlich von kleinen Latschenkiefern bedeckt. Es duftet wunderbar nach Harz, aber die Nadeln pieksen erbarmungslos in die Waden. Kay bleibt stehen, flucht und betrachtet seine zerkratzen Beine.

Jetzt weiß ich, warum die Bayern diese dicken Kniestrümpfe tragen. Mit kurzen Socken gehen hier nur Deppen, denkt er, während ein Tropfen Blut über seine Wade läuft.

Alois zeigt mit dem Stock auf die gegenüberliegende Hangseite. „Seht ihr die kleine Hütte da unten, direkt an der Felswand? Das ist jetzt das Basislager von den Jungs, die die Wege und den Eingang zur Eishöhle freimachen.“

Ungefähr hundert Höhenmeter tiefer liegt eine windschiefe Holzhütte, davor stehen große Zelte, überall wuseln Menschen herum. Sie schleppen Ausrüstung, packen Kisten und Geräte aus.

Dass Runa und Merle vor drei Tagen genau dort das schwere Gewitter abgewartet haben und dann der Kontakt nach Köln plötzlich abgebrochen ist, das ahnt im Moment keiner der drei.

Hinter einer Felsbiegung treffen sie auf Basti und Matthias. Die beiden stehen vor einem roten Iglu-Zelt, das auf dem Felsvorsprung thront und mit Steinen gesichert ist.

„Schaut mal“, sagt Basti und deutet auf die verkohlten Reste einer Feuerstelle. „Hier hat jemand übernachtet. Nicht vor Wochen – das ist frisch. Kippen, Verpackungen, sogar eine leere Wasserflasche.“

Alles ist sehr rätselhaft - das rote Iglu-Zelt, die Reste der Feuerstelle, und das alles an einer so schwer zugänglichen Stelle.

„Wer zeltet hier oben? Und wo ist er jetzt?“, murmelt Kay vor sich hin.

Alle schweigen. Das Zelt, so klein es ist, verändert die gesamte Situation.

„Ab jetzt suchen wir nicht nur nach euren Frauen“, sagt Alois leise, „wir suchen auch nach dem geheimnisvollen Zeltbewohner. Wahrscheinlich irgendein Spinner, der hier seine Yogaübungen gemacht hat. Den Sonnengruß auf 1700 Metern Höhe. Machen eure Frauen Yoga?"

„Nein, das passt nicht zu den beiden, außerdem hatten sie auch kein Zelt dabei“, antwortet Sven wie aus der Pistole geschossen.

Kay nickt, doch sein Blick bleibt auf dem Zelt hängen. Er sagt nichts, aber er hält es nicht für ausgeschlossen, dass Merle und Runa irgendeinem Typ begegnet sind, der gut aussah und sie mit dem Versprechen auf Sonnenaufgang und Sternenhimmel zu so einer Zeltübernachtung überredet hat. Er verdrängt den Gedanken und schaut auf die windschiefe Berghütte, die Alois ihnen vorher gezeigt hat.

Ein dumpfer Knall durchbricht die Stille, Vögel fliegen erschrocken auf. Für einen kurzen Moment hängt eine Staubwolke in der Luft, bevor sie sich schnell auflöst.

„Sprengung", murmelt Alois. „Jetzt geht's los bei denen drüben."

Kay sagt nichts. Sein Blick bleibt auf der Hütte. Irgendetwas daran lässt ihn nicht los. Was, wenn es eine Verbindung gibt? denkt er. Was, wenn Runa und Merle nicht auf dem Wanderweg weitergelaufen sind – sondern dort unten irgendetwas gesucht oder gefunden haben?

Er sieht zu Alois. „Können wir da runter?"

Alois schüttelt den Kopf. „Nicht jetzt. Da darf keiner hin. Und außerdem – das rote Zelt ist erst mal dringender."

Kay nickt, aber sein Blick kehrt immer wieder zur Hütte zurück, als wüsste sein Unterbewusstsein längst mehr, als er selbst zugeben will.

***

Rund um die Hütte herrscht Hochbetrieb. Der Transporthubschrauber hatte am Vortag Unmengen von Bergungsgerät abgeladen. Heute müssen die Hightech-Bagger zusammengebaut werden. Bevor es losgeht, frühstücken die Männer vom Räumtrupp in der windschiefen Berghütte, neben der ihre Übernachtungszelte stehen.

Drinnen herrscht Chaos. Das Paar, das die Hütte bewirtschaftet, ist völlig überfordert. So viele Leute auf einmal sind hier oben nur selten. Normalerweise kommen nur ein paar Tageswanderer aus dem Tal vorbei oder Leute, die auf dem Weg von der Eishöhle kurz einkehren.

„Die Zwei sollten lieber zu Hause bleiben, statt eine Hütte zu führen. Die wissen noch nicht mal, wie man einen anständigen Kaffee kocht“, beschwert sich einer der Männer.

„Die verstehen auch kaum ein Wort und laufen wie die aufgescheuchten Hühner durch die Küche", bemerkt ein anderer. Er wendet sich zum Hüttenwirt: „Woher kommst du eigentlich?“ Der Wirt bleibt stumm, scheint abwesend, stellt eine dampfende Kanne Kaffee auf den Tisch und geht wortlos in die Küche.

Andreas, der Guide aus der Eishöhle stochert lustlos in seinem Müsli.

„Du schläfst doch hier oben, nach deinen Führungen. Sind die beiden immer so hilflos?“

Andreas nickt: „Die sind Quereinsteiger. Der Siggi hat sie vermittelt, kurz bevor er mit seiner neuen Frau auf Weltreise ging. Sie kommt aus Rumänien. Ich glaube, die beiden sind Verwandte von ihr.“

„Aha. Wahrscheinlich hatten die in Rumänien eine Buchhandlung oder einen Schuhladen. In der Küche jedenfalls haben sie zwei linke Hände, aber eine Hütte pachten. Die Leute sind manchmal naiv.“

„Na, ich denke der Siggi hat es gut gemeint, hat den beiden den Job verschafft, seiner Frau zuliebe“, erwidert Andreas, schultert seinen Rucksack, nimmt die Stöcke und verlässt ohne ein weiteres Wort die Hütte. Die Männer vom Räumtrupp folgen ihm. Bis zur Eishöhle sind es keine fünfzehn Minuten.

Kaum angekommen legen sie los. Die Truppe ist motiviert, arbeitet Hand in Hand und bald sind die kleinen Hightech-Räumungsgeräte startklar. Schritt für Schritt kommen sie dem verschüttetem Höhleneingang näher. Gustav, der Leiter der Räumung, übernimmt das Kommando.

„Ab jetzt brauchen wir Sprengstoff. Sonst stehen wir Weihnachten noch vor der Wand."

Löcher werden ins Gestein gebohrt, dann mit Sprengstoffpatronen gefüllt. Der Sprengmeister legt die Leitungen und zieht die Kopfhörer an, betätigt die Alarmsirene und drückt schließlich auf den Auslöseknopf für die Zünder.

Sekundenbruchteile später – ein dumpfer, scharfer Knall. Der Berg bebt. Als sich der Staub legt, klafft ein schwarzer Spalt in der Felswand. Der Eingang zur Eishöhle ist tatsächlich wieder frei.

Die Männer klettern nacheinander hinein. Es ist still – unheimlich still. Kein Laut, außer dem Tropfen von Schmelzwasser und dem Knirschen der Stiefel auf gefrorenem Untergrund.

Sie stehen in der ersten Halle, gewaltig, von milchigem Licht durchzogen.

Der Statiker prüft die Fugen, tastet Risse ab, klopft mit einem kleinen Hammer an neuralgischen Punkten. Dann gibt er den Weg frei in das drei Kilometer lange Naturwunder.

„Die erste Kammer ist stabil."

Andreas wird ungeduldig. „Hier aus der Nische muss das Geröll weg, das ist der Platz für die Rucksäcke der Besucher."

Gustav schüttelt verständnislos den Kopf. „Was? Dafür ist jetzt keine Zeit. Bis die ersten Besucher hier wieder reindürfen, das dauert Wochen."

Andreas schüttelt missmutig den Kopf, widerspricht aber nicht. Er folgt den anderen. Im Inneren der Eishöhle wird mit

Seismografen und speziellen Messgeräten alles genauestens kontrolliert. Jede kleine Bewegung der Höhlenstruktur kann auf eine Einsturzgefahr hinweisen, deshalb müssen alle wachsam sein.

Die Gefahr ist real – ein einziger loser Gesteinsblock, und das Labyrinth könnte zur tödlichen Falle werden. Die Höhle wirkt wie ein anderes Universum: Eistreppen, glitzernde Kristallwände, glatte Spalten, plötzliche Abgründe. Wer sich hier nicht auskennt, verliert schnell jede Orientierung.

Andreas bleibt dicht hinter Gustav. Er kennt diesen Ort – und er weiß, dass man ihm mit Respekt begegnen muss. Tief im Inneren der Höhle tropft es leise. Dann: ein Echo. Metall auf Stein. Irgendetwas ist gefallen. Oder gestoßen worden. Die Männer bleiben stehen. Ein Moment der absoluten Stille.

Andreas würde am liebsten nach Haus gehen, aber Gustav hat ihn gebeten, bei den Räumungsarbeiten dabei zu sein, da er durch seinen Job als Touristenführer die verwinkelten Gänge in der Höhle wie die eigene Westentasche kennt.

***

Basti und Matthias haben das rote Iglu-Zelt von allen Seiten fotografiert. Jetzt stehen sie ratlos auf dem windigen Plateau. Vor ihnen vier große Öffnungen im Felsen – eine links, drei direkt gegenüber. Sehr wahrscheinlich sind das Eingänge in die berüchtigten und gefährlichen Höhlensysteme, für die der Untersberg bekannt ist. Verwinkelt, kaum erforscht und voller Legenden. Immer wieder verschwinden hier Wanderer, angelockt von ihrer Abenteuerlust und von Reisereportagen, die mehr versprechen als warnen. Wer einmal hineingeraten ist, findet oft nicht mehr aus diesem weit verzweigten Labyrinth heraus.

Alois weiß das. Und er befürchtet, dass auch die beiden Kölnerinnen diesem Ruf gefolgt sind – und dabei die Grenze zwischen Neugier und Leichtsinn überschritten haben. Er zögert keine Sekunde. „Wir müssen da rein. Vielleicht finden wir was."

Ohne weitere Worte verschwindet er im linken Gang. Kay und Sven folgen ihm, die Stirnlampen bereits eingeschaltet. Basti und Matthias wollen sich die übrigen Öffnungen vornehmen – schweigend, jeder mit seinem eigenen unguten Gefühl.

Alois bewegt sich vorsichtig. Der Lichtkegel seiner Lampe springt über Felswände, erzeugt flackernde Schatten. Der Gang ist feucht, die Luft hängt schwer zwischen den Felswänden, ohne den kleinsten Hauch von Bewegung.

„Wenn das so weitergeht, landen wir im Obersalzberg oder in einem alten Bunker", murmelt Sven. Sein Versuch, die Spannung zu brechen, verpufft.

Alois bleibt ruhig. „Der Untersberg war nie ein Ort für Späße. Man erzählt sich Geschichten – uralt, düster. Manche sagen, hier unten vergeht die Zeit anders."

Kay schweigt. Auch er spürt: hier ist etwas anders. Und es wird dunkler.

Plötzlich bleibt Alois stehen. Am Ende des dunklen Ganges liegt etwas, er ahnt Schlimmstes.

„Bleibt mal hier. Ich schau nach, was da liegt."

Sven und Kay überhören die Anweisungen und folgen ihm. Die beiden Kölner versuchen mehr zu erkennen, doch in dem schmalen Gang kann man an Alois kaum vorbeischauen. Ein Gegenstand liegt an der Tunnelwand. Rucksack? Kleidung? Sie können es nicht genau erkennen. Beide spüren, wie sich die Spannung in der Brust zusammenzieht.

Dann bleibt Alois stehen. Ohne ein Wort geht er in die Hocke, tastet nach etwas auf dem Boden. Eine Person. Regungslos. Eine Frau. Das Gesicht blutverschmiert. Alois fühlt nach dem Puls – vergeblich. Nichts, die Frau scheint nicht mehr zu leben.

Entsetzt starren alle auf die leblose Frau. Es gibt keinen Zweifel – es ist Runa. Unter der halb verrutschten Mütze schimmern ihre langen, roten Haare. Kay, der Arzt, handelt instinktiv. Er kniet sich neben sie, die Finger zittern, als er ihr Lid anhebt und mit der Taschenlampe in die starren Pupillen leuchtet. Dann tastet er nach ihrem Puls – erst am Handgelenk, dann an der Halsschlagader. Nichts.

„Sie ist tot", flüstert er, kaum hörbar, als hätte er Angst, die Worte könnten die Welt endgültig zum Stillstand bringen. Sein Blick verliert sich, und er muss sich mit einer Hand am Felsen abstützen, um nicht selbst zu Boden zu sinken.

Sven steht wie versteinert. Für einen Moment ist alles um ihn herum stumm, nur sein Herz hämmert in den Schläfen. Dann bricht der Bann. Er stürzt zu ihr, fällt auf die Knie, greift ihre Schultern. „Runa! Runa!" ruft er, schlägt leicht gegen ihre Wangen, schüttelt sie, als könne er sie zurück ins Leben rufen. Sein Schrei hallt durch das Felsenlabyrinth, prallt zurück, vervielfacht sich – ein Echo aus Schmerz und Verzweiflung.

Dann wird es totenstill. Und unausgesprochen die Gewissheit: Hier endet etwas, das niemals hätte enden dürfen.

Alois richtet sich auf und ergreift die Initiative. „Wir müssen sofort die Polizei und die Bergwacht verständigen. Ich gehe zurück auf das Plateau – hier ist kein stabiles Netz."

„Was ist mit Merle?", interveniert Kay, „du kannst doch die Suche jetzt nicht einfach abbrechen!"

„Ich breche nicht ab", antwortet Alois ruhig, aber bestimmt. „Wir müssen den Fund melden. Die Spurensicherung muss wissen, was passiert ist – sonst machen wir alles zunichte. Wir dürfen Nichts anfassen. Nichts verändern."

Alois sieht Kay kurz an. „Nach dem Anruf suchen wir weiter. Ich lasse dich nicht allein."

Aber Kay hört Alois nicht mehr zu, macht seine Stirnlampe an und geht weiter in den Berg hinein. „Der Anruf kann warten. Runa ist eh tot." Er weiß, wie herzlos das für Sven klingen muss, aber vielleicht lebt Merle noch und es geht um Minuten, um sie zu retten. Er geht weiter, keiner kann ihn stoppen.

Sven nimmt seine Umgebung nicht mehr wahr. Er hält den leblosen Körper seiner Frau in den Armen, beginnt hemmungslos zu weinen und sackt in sich zusammen.

***

Matthias und Basti erforschen zeitgleich die anderen Gänge, nicht ahnend was Alois gerade entdeckt hat.

„So, welchen von den drei Gängen sollen wir zuerst nehmen?"

„Den kürzesten."

„Du Scherzkeks, hast wohl keine Lust, wie ein Maulwurf zu kriechen.“ Sie klatschen sich ab und gehen in den ersten Gang hinein. Nach fünf Minuten sind die zwei wieder an der frischen Luft. „Läuft doch. Gleich haben wir Feierabend.“

„Vielleicht sollten wir morgen ein paar Spürhunde einsetzen, die sind gut trainiert und perfekt im Spurenlesen.“

Der nächste Gang sieht aus wie ein Tunnel. Nach 300 Metern stehen sie an einer T-Kreuzung: man kann nach rechts oder links gehen. Sie entscheiden sich für rechts und bald sehen sie in der Ferne einen Lichteinfall, dem sie folgen.

„Na super, da sind wir ja wieder auf dem Plateau. Das ist wie in einem Mais-Labyrinth für einen Kindergeburtstag. Meine Tochter…" Basti spricht den Satz nicht zu Ende. Auf dem Plateau steht Alois und telefoniert.

„Franz, wir haben eine. Sie ist tot und liegt in einem Felsgang, der von dem Plateau abgeht, auf dem das Zelt stand. Alles sehr merkwürdig. Die Polizei muss sofort kommen."

„Alois, langsam", antwortet Franz Huber, der Chef der Berchtesgadener Polizei, der sich wundert, dass Alois, der sonst seinen bayerischen Wurzeln nicht verheimlichen kann, auf einmal ein so förmliches Hochdeutsch spricht. „Wer ist tot? Erkläre mir in Ruhe, was ihr gefunden habt. Beruhige dich.“

„Wir haben eine der vermissten Frauen aus Köln gerade in einem Höhlengang gefunden. Der Ehemann hat sie identifiziert. Er ist fertig mit den Nerven. Wir müssen uns dringend kümmern - das Ganze ist seltsam. Sie liegt mitten im Gang im Berg, an einer Stelle, wo gar nichts ist, keine Stolperkante, keine Engstelle, kein Abgrund. Und sie hat keine sichtbaren Verletzungen, nur ein paar Kratzer im Gesicht und an den

Händen - irgendwie passt das alles nicht zusammen, das ist nicht wie bei einem Bergunfall."

Jetzt ist auch Huber unruhig. „Und die andere Frau?"

„Von der fehlt bisher jede Spur. Ich gehe gleich wieder in den Gang und suche weiter. Ihr müsst schnell kommen. Wir sind da, wo das rote Zelt steht."

Matthias und sein Kollege Basti haben Fetzen des Telefonats mitgehört und bombardieren Alois mit Fragen: „Habt ihr die Frauen gefunden? Wo sind die beiden Männer? Sollen wir mitkommen?"

„Ja, eine. Aber sie ist tot. Liegt in diesem Gang." Alois zeigt auf den Gang am anderen Ende des Felsvorsprungs. Jetzt werden auch Basti und Mathias neugierig und vom Suchfieber gepackt: „Sollen wir weiter nach der zweiten suchen?"

Alois schüttelt den Kopf, er macht sich Sorgen um Sven. „Kümmert euch um den Mann, der neben seiner toten Frau kniet. Der muss da raus, er braucht Betreuung und bestimmt einen Arzt. Die Tote lasst ihr da liegen, gleicht kommt die Polizei mit der Spurensicherung."

Alois geht wieder in den Gang zurück, Matthias und Basti folgen ihm. Sven kniet immer noch regungslos am Boden. Seine Augen sind leer, als hätte er die Verbindung zur Realität verloren. Die Entdeckung von Runas Leiche hat ihm den Boden unter den Füßen weggezogen. Er war nie der Typ für Abenteuer gewesen – eher zurückhaltend, ein Mensch mit Struktur und festen Abläufen. Es war Runa, die immer neue Ideen hatte, stets auf der Suche nach Abwechslung. Jetzt sitzt er hier, von Schuldgefühlen zermalmt, unfähig, auch nur einen klaren Gedanken zu fassen.

Matthias und Basti wissen von zahlreichen Bergrettungen, wie man mit traumatisierten Angehörigen umgeht. Sie nehmen Sven in ihre Mitte, um ihn zu stützen und treten den Rückweg in Richtung Plateau an. Ihre Schritte hallen dumpf in der Dunkelheit wider, während die drückende Stille die Oberhand gewinnt. Runas lebloser Körper bleibt zurück. Bis die Polizei aus dem Tal eintrifft, muss an der Fundstelle alles bleiben, wie es war, damit eventuelle Spuren nicht verwischt werden. Jeder Abdruck, jede winzige Spur könnte später wichtig werden.

Kay wollte nicht warten. Die Vorstellung, dass seine Frau vielleicht verletzt oder eingeklemmt in einem dunklen Seitengang liegt, lässt ihn nicht los. Also ist er - ohne weiter nachzudenken - mit der Stirnlampe einfach allein weitergegangen.

Alois nimmt die Suche nach ihm auf und geht an Runas Leiche vorbei in die Dunkelheit, irgendwo weiter vorne muss Kay sein. Nach einer Weile sieht er endlich in der Ferne einen Lichtstrahl.

„Kay? Bist du das?", ruft Alois in die Dunkelheit.

„Ja. Dieser Gang ist eine Sackgasse. Er endet vor einer Felswand", schallt es aus der Tiefe zurück. Alois wartet. Schließlich taucht Kay aus dem Dunkel auf. Wortlos treten die beiden den Rückweg an. Sie gehen langsam, Schritt für Schritt – vorbei an Runas lebloser Gestalt – zurück zum Plateau.

Dort herrscht mittlerweile Hektik. Neben Sven kniet der Notarzt, spricht leise auf ihn ein.

Vom Tal her nähert sich ein weiterer Hubschrauber, das markante Dröhnen hallt über den Berghang. Kurz danach schwebt ein Mann in Polizeiuniform langsam aus der Luft herab.

„Servus. Inspektor Otto Graßl, Polizeiinspektion Salzburg."

Seine Stimme ist ruhig, aber bestimmt. „Ich wurde informiert, dass sich der Fundort der Leiche auf österreichischem Staatsgebiet befindet. Ich bin der zuständige Beamte – und würde mir die Stelle gern persönlich anschauen."

Alois runzelt die Stirn. Warum Franz Huber die Österreicher mit ins Boot holt, ist ihm nicht ganz klar. Aber ehrlich gesagt, ist es ihm wurscht. Hauptsache, jemand übernimmt hier oben Verantwortung. Und allein der Mut, sich an der Winde vom Heli herabzulassen, nötigt ihm Respekt ab. Er schildert dem Inspektor aus Salzburg kurz die Lage und weist ihm den Weg zu der Toten.

„Ich sichere jetzt den Fundort, bis die Spurensicherung eintrifft", sagt Graßl, während er sich die Uniform glattstreicht. „Das kann allerdings dauern. Die Kollegen in den weißen Anzügen müssen ebenfalls erst per Helikopter hier rauf."

***

Kay wird ungeduldig und möchte, dass die Suche nach Merle endlich weitergeht. „Los, lasst uns weitersuchen!" Er ballt die Fäuste, seine Stimme vibriert. „Sie kann nicht einfach verschwinden. Irgendwo hier muss sie sein."

„Wir haben die Gänge links und in der Mitte durchsucht", sagt Matthias ruhig, doch sein Blick weicht Kay aus. „Der linke endet in einer Sackgasse. Der mittlere führt zu einer T-Kreuzung – wir sind vorhin rechts abgebogen und wieder auf dem Plateau gelandet. Jetzt bleibt nur noch: an der T-Kreuzung nach links."

Alois übernimmt die Führung. Der alte Bergführer geht mit einer Mischung aus Vorsicht und Entschlossenheit in den Gang hinein. Der Lichtkegel der Stirnlampe tanzt über die Felswände. Der Weg fällt steil ab, wieder ist es stockdunkel, der Boden ist rutschig und das feuchte Gestein unter den Füßen macht jeden Schritt zum Risiko. Es riecht modrig und in dem tunnelartigen Gang sieht es aus, als hätte hier eine Party stattgefunden. Am Rande liegen überall zerbrochene Flaschen, alte zerdrückte Dosen und jede Menge Unrat. Es riecht nach Fäulnis und Verwesung.

„Nicht zu fassen, was die Leute alles rauftragen, und dann einfach liegenlassen", knurrt Alois und schiebt mit der Schuhspitze eine Bierdose beiseite. „Erst kleben sie sich an Straßenkreuzungen fest, weil's ihnen ums Klima geht – aber hier lassen sie jeden Dreck liegen. Die sollten mal im Kleinen anfangen, anstatt sich groß in Szene zu setzen."

Der alte Mann lässt sich nicht stoppen, er scheint sich in Rage zu reden. „Diese verdammten Selbstdarsteller, Influenza oder wie sie sich nennen. Laufen mit ihren Handys rum, fotografieren sich in jeder Felsspalte und posieren bei Sonnuntergang rum als wär's der erste Sonnenuntergang der Menschheitsgeschichte. Ziehen andere Deppen nach, die dann in Flipflops hier hochkommen – und wenn's schiefgeht, sollen wir sie retten."

Seine Stimme hallt durch den Tunnel.

Kay versucht Alois, den er mittlerweile ins Herz geschlossen hat, zu besänftigen. „Diese komischen Typen gibt es überall. Die suchen sich ausgefallene Stellen, um Bilder zu machen. Solche Orte nennt man ‚Lost Places', das sind meistens verlassene Häuser, Brückenpfeiler oder alte

Firmenhallen. Diese Plätze sind sehr beliebt bei jungen Leuten, die sich in den Ruinen fotografieren und das dann posten."

Die Anspannung der Männer ist unverändert hoch, jeder fühlt die Ungewissheit, die in der Luft liegt, und ist sich bewusst, dass sie sich ab jetzt auf unerschlossenem Terrain befinden. Vorsichtig tasten sie sich voran, Schritt für Schritt kämpfen sie sich tiefer in den Stollen, der immer enger, immer rutschiger wird. Beständig tropft Wasser von den Wänden und bildet feine Rinnsale.

Plötzlich bleibt Kay stehen. „Wartet mal..."

Er geht in die Hocke, fingert in einem Haufen Müll. Dann hält er etwas hoch: einen Schal. Verschmutzt, aber eindeutig etwas, was hier nicht hingehört.

Die Männer sehen sich an. Keine Worte, nur stumme Einigkeit. Eine erste Spur und irgendwo dort unten – vielleicht nur ein paar hundert Meter entfernt – könnte Merle sein. Oder das, was von ihr übrig war.

Das stetige Tropfen des Wassers auf den Stein klingt wie eine tickende Uhr. Der Tunnel fällt weiter ab, wird noch klaustrophobischer. Die Mauern drängen sich auf. Jeder fühlt diesen subtilen Druck, diese unterschwellige Ahnung, dass hier unten etwas nicht stimmt.

„Hier geht es noch einmal richtig tief runter, passt auf wo ihr hintretet!", warnt Basti. „Stopp. Da vorne... seht ihr das? Was ist das?"

Im fahlen Schein der Lampen zeichnet sich etwas ab. Je weiter sie sich vortasten, umso größer wird das gräuliche Etwas. Eine schattenhafte Gestalt liegt am Boden. Keiner wagt es auszusprechen, aber alle denken dasselbe: Merle.

„Vielleicht ein Tier?“, sagt Kay.

„Tier könnte schon angehen, sie verziehen sich oft in abgelegene Ecken, um zu sterben“, antwortet Alois. „Ihr bleibt jetzt mal stehen, und auch du Kay. Das ist kein Spiel!“

Etwas in seiner Stimme lässt Kay gehorchen. Kalt und bestimmt. Keine Diskussion.

Vorsichtig kraxelt der alte Bergführer den nassen Weg herunter und beugt sich über die Gestalt. Fast erleichtert sagt er: „Ein Mann. Leblos, er bewegt sich nicht.“

Kay klettert vorsichtig zu Alois herunter, kniet sich neben die reglose Gestalt, legt zwei Finger an den Hals, dann an die Handgelenke. Nichts. Kein Puls. Kein Atem.

„Tot“, sagt er leise.

Kay schätzt den männlichen Toten auf Mitte zwanzig, vielleicht auch jünger. Er ist komplett in schwarz gekleidet, neben ihm liegt ein Rucksack. Seine Augen sind mit einem Kajalstift umrandet, er hat ein Nasen-Piercing und schwarz lackierte Fingernägel. Er wirkt wie eine Kunstfigur. Unter seinem Kopf hat sich eine große Blutlache gebildet.

Matthias kommt näher. „Fass nichts an Kay. Das ist jetzt Sache der Polizei.“

Für einen Moment herrscht nur Stille. Eine andere Stille als vorher.

Zwei Tote an einem Tag. Zwei in einem Gebiet, das kaum einer betritt. Keine Unfälle. Keine Zufälle. Hinter den Todesfällen scheint etwas anderes zu stecken. Die Situation wird immer unheimlicher. Verworrene, unerforschte Gänge, die Leichen und Merle weiterhin verschwunden. Das Ganze nimmt inzwischen völlig neue, erschreckende Ausmaße an.

Alois atmet tief durch. „So etwas habe ich in all den Jahren hier oben noch nie erlebt", sagt er nachdenklich.

Die anderen schweigen. Aber jeder ahnt: Das hier ist kein normaler Berg mehr. Hinter diesen Ereignissen muss sich mehr verbergen, der Berg birgt ein unheimliches, tödliches Geheimnis.

Basti ist der Erste, der sich wieder fängt und das Kommando übernimmt. „Wir müssen die Polizei verständigen", sagt er ruhig, aber bestimmt. „Es gibt jetzt zwei Möglichkeiten: Entweder wir gehen zurück und warten die weiteren Ermittlungen ab. Oder wir gehen weiter, noch tiefer in diesen verdammten Tunnel."

Es ist keine wirkliche Frage. Und die Antwort von Kay lässt nicht auf sich warten.

„Ich gehe auf jeden Fall weiter, allein oder mit dir, Alois. Daran hindert mich keiner!" Die Chancen, seine Frau lebend zu finden, das weiß er, sind nur noch verschwindend gering, aber er möchte die Suche auf keinen Fall vorzeitig abbrechen.

Niemand widerspricht. Alois scheint kurz zu zögern, aber bald geht er energisch los.

„Dann ist es so", erklärt Basti knapp. „Ich gehe mit Matthias zurück. Wir alarmieren die Polizei. Vielleicht steht dieser Salzburger Inspektor Graßl noch da und zupft sich seine Uniform zurecht."

Kein Lächeln. Kein Kommentar. Für diesen Humor ist keiner mehr empfänglich. Die Gruppe teilt sich, ohne weitere Worte, nur ein Nicken.

Kay und Alois gehen weiter. Der Gang wird breiter, rechts und links liegen leere Dosen und anderer Zivilisationsmüll. Doch Alois regt sich nicht mehr auf.

„Schau mal, da ganz hinten schimmert ein Licht; das kommt immer näher", sagt Kay.

Alois kneift die Augen zusammen. Tatsächlich. Ein Schimmer. Erst schwach, kaum wahrnehmbar. Dann stärker, heller – ein gelblicher Lichtkegel, der sich langsam in ihre Richtung schiebt.

Die beiden gehen zügig weiter, der Lichtkegel wird immer größer und plötzlich stehen sie an einem Ausgang, der wie ein sich öffnendes Maul ins Freie führt.

Alois bleibt wie angewurzelt stehen. Der Weg, der sich vor ihnen auftut und dieser Ausgang scheinen selbst dem erfahrenen Bergführer völlig unbekannt zu sein.

„Das hier... dieser Ausgang. I kenn den nicht. Noch nie gesehen Das glaube ich nicht! Wir sind durch den Berg gelaufen. Schau da unten, da ist Salzburg." Die Stadt liegt vor ihnen, das Festspielhaus, Häuser, Straßen, Kirchtürme.

Kay ist hin- und hergerissen. Wenn Merle vor irgendjemanden geflüchtet ist und dabei vor lauter Panik ihre Freundin Runa zurückgelassen hat..., dann hätte sie längst Hilfe rufen können. Hier hat man Empfang, man könnte runter ins Tal laufen. Irgendetwas stimmt an der ganzen Geschichte nicht, schießt es ihm durch den Kopf.

„Da unten scheint es eine Straße zu geben." Alois zeigt auf einen schmalen Pfad, der nicht so aussieht, als würden häufiger Menschen darüber laufen. Im Gänsemarsch gehen die beiden hinunter; der Pfad wird bald breiter und geht über in einen Schotterweg, der in Serpentinen direkt ins Tal führt.

Nach kurzer Zeit kommt ihnen ein Motorroller mit zwei Personen entgegen, beide mit Helmen und Sonnenbrillen.

Kay hebt die Hand und stoppt das Fahrzeug. „Da oben geht's nicht weiter."

„Doch da geht's weiter", entgegnet der Mann, dessen Gesicht man unter dem Helm nicht gut erkennen kann. „Man kann durch den Berg laufen. Der Weg endet auf einer kleinen Plattform, ein echter Geheimtipp, könnt ihr auf Insta sehen."

„Richtig geil da oben", ruft die Frau lachend vom Sozius. „Haben schon mega viele Likes dafür bekommen."

Alois kann sich nicht mehr beherrschen „Ihr seids also die, die den Dreck auf den Berg tragen. Macht noch g'schwind das letzte Foto. Morgen wird das Loch zugesperrt, dann ist Schluss mit dem Blödsinn."

Der Rollerfahrer lacht spöttisch, klappt sein Visier runter und ruft: „Alter Klugscheißer". Dann fährt er den Berg weiter hinauf. Alois und Kay sind sprachlos über so viel Frechheit, kopfschüttelnd gehen sie bedrückt und wütend zugleich weiter ins Tal. Ihr Abstieg endet an einer gut befahrenen Landstraße. Von hier aus ist die Auffahrt zum Berg kaum mehr sichtbar. Scheint tatsächlich ein Insidertipp zu sein.

Alois schaut sich um. „Jetzt weiß ich, wo wir sind. Wir nehmen den Bus bis zur Talstation der Gondel, wo wir gestern hochgefahren sind. Da steht unser Auto."

Kay hat nur Bus gehört und braust sofort auf. „Bus, habe ich Bus gehört. Du spinnst wohl, meine Frau ist verschwunden und du willst Bus fahren. Das geht nicht, es geht um Minuten. Ich fahre Taxi."

Aber er merkt schnell, dass seine Reaktion deplatziert war und entschuldigt sich für seinen Tonfall. „Tut mir leid, das war... nicht fair. Ohne dich wäre ich längst verloren. Ich habe einfach Angst, verstehst du?"

Alois nickt nur. Sie wechseln die Straßenseite und gehen in Richtung Salzburg. Während Kay hektisch auf seinem Handy tippt und versucht, eine Taxizentrale zu erreichen, hält Alois nach einem Bus Ausschau.

***

Der Räumungstrupp in der Schellenberger Eishöhle dringt immer tiefer in das Höhlensystem hinein. Xaver, der Statiker, ist dankbar, dass Andreas dabei ist.

„Sag mal, hier soll es doch auch noch eine untere Halle geben. Wo genau liegt die und wie kommt man dahin? Wir sollten unbedingt die Stabilität der Decke prüfen, bevor du wieder mit den Rucksacktouristen hier entlang gehst."

„Ich gehe mit den Wanderern nicht in die untere Halle, die ist noch unerforscht. Die Prüfung kannst du dir sparen - lass uns lieber die Bereiche abgehen, die ich den Touristen zeige."

„Aber die Decke der unteren Halle ist ja gleichzeitig der Fußboden hier oben, wo die drüber laufen, oder?"

Andreas bleibt auf einer Treppe stehen, deren Stufen aus Eis sind und zeigt auf eine sieben mal sieben Meter große Eisfläche, die am Rand nicht ganz bündig mit der Felsenwand ist. „Genau, diese Eisfläche ist die Decke der Halle. Die liegt genau drunter."

Xaver nickt. „Ich denke, wenn wir schon mal da sind, dann sollte auch alles geprüft werden. Sollte irgendwo was instabil sein und es zu einem Unfall kommt – nee, das möchte ich nicht verantworten."

Er weiß - eine zugefrorene Eisfläche ist ab 20 cm Stärke begehbar. Diese Zahlen gelten für stehende und fließende

Gewässer in der freien Natur. Hier drinnen gelten andere Regeln. Eine hundertprozentige Sicherheit ist in der Natur bei den sich ständig ändernden Rahmenbedingungen niemals gegeben. Deshalb möchte er auf Nummer Sicher gehen. Erst ab 50 cm Stärke kann er gut schlafen.

Die Spalte zwischen Felsenwand und der Eisfläche ist geradezu perfekt, um die Stärke der Eisschicht zu messen – ganz ohne Bohren. Die glatte Treppe, auf der alle stehen ist eng, schräg, gefährlich.

Xaver ist auf seine Arbeit so fokussiert, dass er ohne Nachdenken seinen Rucksack abstellt und nach den Messgeräten kramt. Peer, ein junger Kollege, hilft ihm dabei.

Plötzlich kippt der Rucksack in Richtung Eisfläche und kommt ins Rutschen. Peer versucht ihn zu fangen, verliert das Gleichgewicht – und kommt selbst ins Rutschen. Alles geht blitzschnell, in Sekundenbruchteilen sind der Rucksack und der junge Kollege in dem Spalt verschwunden. Hugo, Andreas und die anderen Männer der Bergwacht sind geschockt.

Für einen Moment ist es still.

„Peer, ist alles in Ordnung?" ruft Hugo. „Hab keine Angst, wir holen dich da raus."

Keine Antwort. Dann ein Schrei und gleich ein zweiter.

„Was ist los? Bist du verletzt?" Der junge Mann schreit weiter und weiter. Immer lauter. Das Echo lässt die Schreie noch bedrohlicher klingen.

„Wir lassen ein Seil runter! Wo man reinkommt, kommt man auch wieder raus! Wir holen dich da gleich raus."

Das Seil wird abgelassen. Doch Peer reagiert nicht, er zieht nicht an dem Seil.

„Andreas, sag mal, was ist da unten? Ich dachte, da wäre einfach nur ein zweiter Raum? Gibt's da ein Loch im Boden, einen Abgrund? Oder was macht ihm solche Angst?"

Doch der sonst so gesprächige Andreas antwortet nicht, er ist einfach weg.

Hugo schüttelt ungläubig mit dem Kopf. Die Männer der Bergwacht schauen sich an. Niemand hat gesehen, dass Andreas gegangen ist. Niemand hat etwas gehört.

Die Schreie aus der Tiefe klingen nun fast verzweifelt. Aber – sie klingen auch anders. Hugo kann es nicht benennen. Irgendetwas hat sich verändert.

***

Inspektor Otto Graßl hat getan, was zu tun war. Er hat den Fundort der Leiche ordnungsgemäß gesichert, den Abtransport von Runas Körper auf das Plateau begleitet, alles sauber protokolliert. Jetzt wartet er auf den Heli. In der Ferne hört man das näherkommende Knattern der Hubschrauberrotoren. Über dem Plateau angekommen, lässt die Besatzung ein großes Netz hinunter, in das der leblose Körper gelegt und nach oben gehievt wird. Dann befestigt der Inspektor seinen Karabinerhaken am Seil und bald schwebt auch er hinauf. Wieder festen Boden unter den Füßen, checkt Graßl die Kapazitäten in den umliegenden Krankenhäusern, denn, bevor ein Totenschein ausgestellt wird, muss Runas Leiche medizinisch untersucht werden. Die grenzüberschreitende Zusammenarbeit zwischen den österreichischen und deutschen, besser gesagt bayerischen, Behörden ist bei Unglücksfällen eingespielt. Es geht nicht um Kompetenzen und Zuständigkeiten, es geht um rasche Hilfe und Aufklärung. Graßl legt auf und nähert sich dem Sanitäter. „Ab nach Salzburg. Die wissen Bescheid."

Im Salzburger Krankenhaus nimmt ein junger Assistenzarzt die Tote in Empfang. Er öffnet den Leichensack und mustert Runa. Das Gesicht der Toten ist zwar verletzt, aber nicht entstellt. Zu sehen sind nur eine Platzwunde an der Stirn, etwas Blut an den Händen und wenige Abschürfungen. Kein offener Bruch, kein Genickbruch, keine typischen Absturzverletzungen.

„Komisch", wundert sich Dr. Böhle. „Für einen Sturz, einen typischen Bergunfall sieht sie zu unversehrt aus."

„Herzinfarkt? Oder Hirnschlag?", fragt die Krankenschwester.

Böhle schüttelte den Kopf, irgendetwas macht ihn nachdenklich.

Er nimmt sein Handy aus der Tasche. „Wir informieren die Staatsanwaltschaft. Das hier ist keine normale Leiche. Ich will eine vollständige Obduktion."

Runas Leiche kommt sofort in die Pathologie.

Die pathologische Abteilung befindet sich in einem düsteren Altbau. Die Gänge sind mit dunklem Holz getäfelt, das scheinbar das Licht verschluckt. Im Kellergeschoss aber kommt man in eine andere Welt, hier befindet sich ein hochmoderner Saal mit den neuesten Geräten: viel Edelstahl, Glas, sterile Perfektion. Kein Platz für Zweifel – nur für Befunde. Runa wird dort aufgebahrt.

So eine Obduktion kann dauern, denn sie folgt einem streng geregelten Procedere. Hier geht es nicht um Vermutungen, hier zieht man keine schnellen Schlüsse – hier zählen nur Beweise.

Als erstes wird der körperliche Zustand der Leiche noch einmal begutachtet. Die Kleidung wird unter die Lupe genommen, jeder Riss, jeder Blutfleck dokumentiert, alles, was zur Klärung der Todesursache beitragen könnte.

Dann beginnt der eigentliche Eingriff.

Mit einem präzisen Y-Schnitt öffnet der Pathologe den Oberkörper. Die Organe werden einzeln entnommen, gewogen, inspiziert. Herz, Lunge, Leber – alles auf den ersten Blick unauffällig.

Aber niemand in diesem Saal verlässt sich auf den ersten Blick, deshalb werden Blut-, Urin- und Gewebeproben genommen und der Mageninhalt untersucht. Die Proben kommen direkt ins toxikologische Labor. Dann heißt es warten.

Dr. Arndt Böhle sitzt angespannt in seinem Büro, überlegt, ob seine Entscheidung, die Frau obduzieren zu lassen, richtig war. Dann klingelt das Telefon.

„Was sagen sie da? Wie sicher ist das?"

„Sie hatte Propofol im Blut. In sehr hoher Konzentration. Todesursache: Vergiftung."

Einen Moment lang sagt Dr. Böhle nichts.

Propofol ist in starkes Betäubungsmittel, das in der Intensivmedizin zum Einleiten von Narkosen verwendet wird, immer unter strengster Kontrolle. Frei erhältlich ist es nicht. Und in einer zu hohen Dosierung ist es tödlich.

„Wie sicher ist das?" fragt er schließlich, obwohl er die Antwort kennt.

„Zweifelsfrei."

Dr. Böhle legt auf und starrt auf die Akte auf seinem Tisch. Runa, Mitte dreißig, gesund, sportlich. Eine Wanderin. Ein Unfall im Gebirge.

Aber jetzt ist klar: Sie ist nicht gestürzt. Sie ist nicht gefallen. Sie ist vergiftet worden. Hier handelt es sich nicht um einen tragischen Ausrutscher, ein Unglück. Hier liegt Fremdeinwirkung vor, es scheint um einen Mordfall zu gehen.

Er zögert nur kurz, dann greift er zum Telefon und wählt die 059 133.

„Kriminaldienststelle Salzburg, Strolz."

„Hier ist Dr. Böhle aus dem Salzburger Krankenhaus. Die vermisste Frau vom Untersberg, nach der seit Tagen gesucht wird, ist heute gefunden worden. Aber das scheint kein Bergunfall gewesen zu sein, da steckt was anderes dahinter. Die Obduktion hat zweifelsfrei ergeben: Todesursache war eine Überdosis Propofol."

Kriminaloberleutnant Strolz versucht den Arzt am anderen Ende der Leitung zu stoppen. „Moment mal, ich habe davon gehört, dass eine der vermissten Frauen aus Köln am Untersberg tot gefunden und nach Salzburg ins Krankenhaus gebracht worden ist. Sie meinen, die Frau hat sich umgebracht?"

„Genau, sie ist nicht eines natürlichen Todes gestorben. Ob selbst umgebracht oder umgebracht worden, das müssen Sie herausfinden."

Kurzes Schweigen. Dann: „Propofol? Sind Sie sich sicher?"

„Hundertprozentig. Und die Dosis war eindeutig tödlich. Mir liegt der Obduktionsbericht vor. Das war kein natürlicher Tod. So eine Substanz bekommt man nicht einfach in der Drogerie."

„Verstanden. Wir sind unterwegs."

Strolz legt auf und ruft seine Kollegin Aysha Verwall an.

„Mordverdacht. Wir müssen sofort zum Krankenhaus."

Weitere Erklärungen sind nicht nötig. Aysha Verwall, seine Kollegin, versteht sofort, dass die Sache ernst ist. Diesmal ist es keine Routineermittlung, kein Alibi-Abgleich, sondern etwas Größeres.

Als der Dienstwagen Minuten später auf das Krankenhausgelände einbiegt, ahnen beide noch nicht, wie tief dieser Fall sie in die geheime Welt des Untersbergs führen wird.

Die automatische Glastür gleitet auf. Ein scharfer Geruch von Desinfektionsmittel hängt in der Luft. Oberleutnant Rupi Strolz tritt zuerst ein, seine breiten Schultern füllen beinahe den Türrahmen. Neben ihm Aysha Verwall – aufrecht, fokussiert, mit festem Schritt. Ihr dunkler Pferdeschwanz wippt kontrolliert im Takt ihres Schrittes. Ihr Blick ist ruhig, aber wachsam.

Die 35-Jährige ist eine aufstrebende Ermittlerin. Wegen ihres kriminalistischen Instinkts, ihres messerscharfen Verstands, ihrer Fähigkeit, genau und logisch zu analysieren, und wegen ihrer großen Entschlossenheit ist sie erst kürzlich in den Rang eines Leutnants befördert worden. Selbst bei schwierigen Ermittlungen gibt sie niemals auf und lässt nicht locker. Durch ihre Arbeitsweise schafft sie es auch, sich in der männerdominierten Welt der Kriminalisten Respekt zu verschaffen.

Sie ist kein Freund von vielen Worten, ihr Arbeitsstil wirkt kühl, was sie oft unnahbar erscheinen lässt. Aber sie hat das Herz auf dem rechten Fleck und weiß, wie man Angehörigen schlechte Nachrichten rücksichtsvoll, vorsichtig und gefühlvoll überbringt. Außerdem besitzt sie die Fähigkeit, Dinge auch mal anders zu sehen, die Perspektive zu ändern und über den Tellerrand hinaus zu recherchieren. Dabei stößt die junge Ermittlerin oft auf Sachen, die Andere übersehen. Das alles macht sie zu einer unersetzlichen Ermittlerin, zu einer geschätzten und beliebten Kollegin.

Ihr Chef und Teamkollege Oberleutnant Rupi Strolz, 45 Jahre alt, ist so ziemlich das Gegenteil von ihr. Aber genau das macht die beiden zu einem erprobten und meistens unschlagbaren Team. Er ist groß, breitschultrig und tiefenentspannt. Seine blonden Haare sind oft zerzaust, dazu ein Dreitagebart. Er kann andere Menschen sofort für sich gewinnen. Es kommt nicht selten vor, dass er Verdächtigen so die richtigen Worte oder gar Geständnisse entlocken kann. Rupi Strolz ist in den Bergen aufgewachsen und kennt sich hier aus wie in seiner Westentasche. Er ist der Experte für alpines Terrain und wenn es darum geht, schwierige Spuren in der Natur zu verfolgen, ist er in seinem Element.

Dr. Böhle erwartet die Ermittler bereits am Eingang.

„Danke, dass Sie so schnell gekommen sind“, sagt er, bemüht sachlich zu bleiben.

„Führen Sie uns bitte sofort in die Pathologie", sagt Aysha knapp.

Sie betreten den Obduktionssaal. Die Kälte der Luft und die frostige Sterilität des Raumes kriechen durch die Kleidung bis ins Mark. In der Mitte des Raums: ein Edelstahltisch, darauf liegt Runas Körper, sauber abgedeckt mit einem weißen Tuch.

„Hier ist der vorläufige Bericht“, sagt der Arzt und übergibt das Dokument an die Kriminalpolizistin. Sie überfliegt die Seiten mit schnellem Blick, und nickt dem Pathologen kurz zu.

Er greift zu einem Tablet, wischt über den Bildschirm und zeigt die Laborwerte.

„Das hier ist das Propofol, es wurde in einer Dosis verabreicht, die deutlich höher war, als man sie normalerweise für eine Vollnarkose verwendet. Viel zu viel."

Rupi pfeift leise durch die Zähne. „Propofol? Das Zeug, das auch Michael Jackson…?"

Aysha hat den Blick nicht von der Toten gewendet.

„Keine Spuren einer Injektion?"

„Noch unklar. Die Untersuchungen laufen noch."

„Wer nimmt freiwillig Propofol?", murmelt Rupi.

„Niemand, der leben will", sagt Aysha. Dann dreht sie sich zu Dr. Böhle um. „Wie schnell wirkt das Mittel?"

„Je nach Verabreichung – Sekunden bis Minuten."

Sie schaut wieder auf Runas Gesicht.

„Das hier war kein Unfall", sagt sie. „Das war geplant."

Nach einigen Minuten in dem kalten Raum treten die Kommissare zurück auf den Flur. Rupi bleibt am Getränkeautomaten stehen. Der Kaffee läuft langsam in den Becher. Er starrt auf den Strahl wie in Trance, rührt dann in der dünnen Brühe, als schwämme die Lösung in dem dunklen Getränk.

„Eine schöne junge Frau", murmelt er. „Ein paar Schrammen, aber kein Kampf, kein Missbrauch, nichts. Dafür Propofol – das ist kein Mittel, das man einfach so schluckt. Und dann fehlen das Handy, der Rucksack und die Freundin. Es passt alles nicht zusammen. Wo zum Teufel fangen wir an?"

Aysha sieht ihn an, ruhig, fokussiert. „Wir fangen bei den Fakten an. Bei den Fotos. Bei den Spuren. Ich will mit dem

Kollegen Graßl sprechen, der als erster vor Ort war. Wenn einer etwas weiß, dann er."

Sie verlassen das Krankenhaus, fünf Minuten später stehen sie in der kleinen Polizeistation. Die Atmosphäre ist bedrückend, ein Flachbildschirm flackert an der Wand, darunter ein leerer Schreibtisch mit einem blinkenden Bildschirmschoner.

Eine junge Polizistin tritt zu ihnen. „Inspektor Graßl ist nicht da. Er musste erneut raus auf den Untersberg. Es wurde… eine zweite Leiche gefunden, diesmal ein Mann."

Aysha zieht ihre Stirn kraus.

Rupi bläht die Wangen auf, lässt die Luft langsam entweichen. „Was haben Sie gesagt? Eine zweite Leiche?"

„Die Bergwacht hat den Toten gefunden. Inspektor Graßl ist mit dem Heli wieder rauf. Sie können ihn über Funk erreichen."

Aysha dreht sich sofort um. „Laden Sie uns bitte die Bilder vom Fundort der ersten Leiche auf diesen Rechner."

Ihr Ton ist ruhig, aber eindeutig. Die junge Polizistin gehorcht sofort.

Rupi lehnt sich gegen den Türrahmen, sein Blick auf die junge Kollegin gerichtet. „Was zur Hölle passiert da oben am Berg…?"

Aysha nimmt das Funkgerät. „Inspektor Graßl? Leutnant Verwall hier. Bestätigen Sie den Fund einer zweiten Leiche?"

Die Stimme des Inspektors knistert durch die Verbindung. „Ja. Männlich, jung. In einem anderen Gang gefunden. Der Notarzt ist gerade gelandet, bestätigt äußere Gewalt. Kopfwunde, vermutlich stumpfer Gegenstand. Ich komme gleich runter – erst die Leiche, dann der Notarzt, dann ich. Wir fliegen in Etappen."

„Verstanden. Wir treffen uns am Heli-Landeplatz."

Aysha legt auf, schaut Rupi an. „Wir haben eine zweite Leiche. Männlich. Gewalteinwirkung."

Er hebt nur eine Braue. „Feierabend verschoben."

„Morgen schweben wir zwei zum Tatort. Was für ein geiler Einsatz", schwärmt Aysha und lehnt sich genüsslich auf dem Beifahrersitz zurück. Rupi kann die Begeisterung seiner Kollegin überhaupt nicht nachvollziehen. Er fliegt nicht gerne und schon gar nicht mit einem Hubschrauber, aus dem er auch noch an einem Seil herabgelassen wird. Während er den Dienstwagen am Rande des Heli-Landeplatzes parkt, überlegt er, wie er aus dieser luftigen Dienstreise elegant herauskommen kann.

Auf dem Parkplatz ist mittlerweile mächtig Betrieb, es wimmelt von Polizisten und Sanitätern, Einsatzwagen, aber auch einige Fotografen und Kamerateams sowie die ersten Schaulustigen warten gespannt auf Neuigkeiten.

Rupi schüttelt mit dem Kopf. „Kaum gibt es Leichen, da kommen sie alle vor Neugierde angerannt. Wenn eine Bäckerei schließt, dann muss man betteln, dass mal einer berichtet."

Er zieht sein Funkgerät heraus „Zentrale, wir brauchen dringend Verstärkung, das Gelände muss abgesperrt werden. Presse und Gaffer sind bereits hier."

Der Hubschrauber ist geparkt, die Rotoren stehen still. Falko, der Pilot, sieht erschöpft aus. Rupi geht ihm entgegen. „Kriminalpolizei. Wir haben ein paar Fragen an Sie. "

Falko winkt nur ab. „Ich bin durch. Zwei Tage immer nur rauf, runter, rauf, runter. Leichen, Polizisten, hysterische Ehemänner. Ich brauch jetzt eine Pause. Ich bin nur der Pilot, da hinten die, die wissen alle Bescheid." Dann verlässt er den Platz.

Aysha verfolgt ihn mit den Augen, „Der sieht ja richtig gut aus."

Rupi grinst. „Ah. Jetzt wird mir klar, warum du so scharf auf den Einsatz morgen bist. Ich verzichte gerne, im Heli ist eh nicht so viel Platz."

Aysha winkt ab, doch das schmale Lächeln verrät sie. Rupi hat sein Ziel erreicht – sie denkt an etwas anderes als an Mord. Und er darf morgen vermutlich am Boden bleiben.

Aus dem Hubschrauber wird der Tote auf einer Bahre herausgezogen. Aysha beugt sich über ihn. Der Mann, der da liegt, hat ein auffallend hübsches, fein geschnittenes Gesicht. Trotz der verschmierten Schminke sieht man schön geformte Augenbrauen. Seine Haare sind blond und schulterlang und er ist komplett schwarz gekleidet. Er mag höchstens Mitte zwanzig sein.

Hendrik, der Notarzt, zeigt auf eine Wunde am Hinterkopf.

„Es schaut so aus, als sei er mit einem harten Gegenstand am Hinterkopf getroffen worden, deshalb das Blut. Den genauen Todeszeitpunkt kann ich nur schätzen. Das müssen wir genauer untersuchen."

In diesem Moment rollt ein Auto mit einem Kölner Kennzeichen auf den Hof. Alois und Kay steigen aus und Otto Graßl winkt den Männern zu.

„Da seid ihr ja. Die Mordkommission ist schon da." Er dreht sich zu Aysha und Rupi um.

„Das ist Alois, der hat die beiden Toten gefunden und das ist Kay aus Köln, er war auch dabei. Seine Frau wird noch vermisst."

Kay ist etwas irritiert. „Mordkommission? Weshalb gehen Sie von Mord aus? Ich dachte es wäre ein Unfall gewesen?"

Otto Graßl tritt selbstsicher auf, offenbar froh, endlich im Zentrum der Ermittlungen zu stehen.

„Die Frau, die ihr heute gefunden habt, ist nicht abgestürzt. Sie ist an einer Überdosis Propofol gestorben. Das wurde bei der Obduktion festgestellt, deshalb ist jetzt die Mordkommission eingeschaltet." Er senkt seine Stimme: „Der Ehemann der Toten weiß es noch nicht, den haben wir im Krankenhaus unter Beobachtung."

Nach dieser Nachricht ahnt Kay Schlimmes, bei ihm schwindet langsam die Hoffnung, Merle lebend zu finden. Auch Alois scheint plötzlich völlig hilflos.

Die Kommissarin kann das Unbehagen der Männer nachvollziehen. Sie hat es schon oft erlebt, diese Beklemmung, etwas entdeckt zu haben, was so gar nicht zusammenpasst. Der rätselhafte Tod der jungen Frau und der Fall des jungen Mannes, der offenbar unter Gewalteinwirkung gestorben ist, entwickeln sich, so scheint es, zu einer komplexen Mordermittlung. Und die Lösung, wenn beide Fälle tatsächlich zusammenhängen, liegt irgendwo in den weit verzweigten Gängen des unheimlichen Untersbergs. Da sind jetzt Rupi und sie gefordert, Spuren auszuwerten, die zahlreichen Puzzleteile zu finden und zu einem Ganzen zusammenzufügen.

„Wo gibt es hier in der Nähe einen Raum, in dem ich mich ungestört mit Alois und dem Ehemann unterhalten kann. Geht das vielleicht auf eurer Polizeiwache", fragt Aysha.

„Ihr könnt gerne mit auf meine Wache kommen. Sie ist nicht groß, aber wir werden schon ein Plätzchen finden."

Aysha spürt die angespannte Stimmung. Graßl ist unzufrieden und etwas missmutig, in seinem Stolz verletzt und sie kann es verstehen. Für ihn ist das hier „sein Berg, sein Revier". Und jetzt kommt die Kriminalpolizei und nimmt ihm den Fall weg. Aber es geht nicht um Eitelkeiten. Zwei Tote. Eine Vermisste. Möglicherweise ein Täter, der noch unterwegs ist.

Nach einigen Minuten erreichen alle gemeinsam die Polizeistation in Salzburg. Graßl steigt als erster aus und öffnet die Eingangstür zu seinem Reich.

Die Polizeiwache hat schon bessere Zeiten gesehen. Der Linoleum Boden ist abgetreten und klebt mit jedem Schritt. Aus viereckigen Deckenlampen fällt grelles, kaltes Licht. Fast schon wieder retro – wenn es nur nicht so ungemütlich wäre. Die Luft riecht nach Kaffee, Druckertoner und altem Holz.

Inspektor Graßl marschiert mit aufrechter Brust voran.

„Da hinten, letzte Tür rechts." Aysha ist sichtlich überrascht, als sie die Tür zu dem Raum öffnet, den Graßl ihr für das erste Zeugenverhör zugewiesen hat.

Der Raum wirkt wie aus einer anderen Welt: An den Wänden stehen schwere englischen Vitrinen aus dunklem Holz, gefüllt mit sorgfältig beschrifteten Aktenordnern.

Mitten im Raum ein großer Mahagonischreibtisch mit grünem Ledereinsatz, dazu gibt es einen passenden Schreibtischstuhl und eine klassische Lampe mit mattgrünem

Glasschirm. An der rechten Wand steht ein Chesterfield-Sofa, davor ein kleiner Mahagoni-Couchtisch, auf dem eine Kristallkaraffe mit Gläsern auf einem silbernen Tablett steht.

Kay pfeift leise durch die Zähne. „Fehlt nur noch, dass Sherlock Holmes gleich zur Tür reinkommt."

„Dieser Raum war früher das Dienstzimmer von Hauptmann Julius Caesar von Leichner, unserem ehemaligen Chef", erklärt Graßl. „Dieser Mann war eine Institution. Er hat die Dienststelle Jahrzehnte geleitet und war so fasziniert vom Untersberg, den ganzen Gängen und Sagen, dass er bei jedem Verbrechen sofort eine Verbindung zum Berg witterte. Als er in Pension ging, hat er von oberster Stelle die Erlaubnis bekommen, hier weiter zu recherchieren."

„Und? Hat er je einen Fall gelöst mit seiner Theorie?", fragt Rupi, der sich mit verschränkten Armen an die Wand gelehnt hat.

Graßl zuckt mit den Schultern. „Sein Enkel, Aurelian, ist vor einem halben Jahr in den Bergen verschwunden – einfach weg. Der Verlust hat den alten Mann völlig aus der Bahn geworfen. Seitdem vergeht kein Tag, an dem er nicht wie besessen nach Zeugen und Zusammenhängen sucht. Er ist davon besessen, den Enkelsohn oder seinen Mörder zu finden."

Alle sind still, nur das Ticken der alten Uhr auf dem Schreibtisch ist noch zu hören.

„Vielen Dank, Kollege Graßl", sagt Aysha. Und als dieser keine Anstalten macht, den Raum zu verlassen, folgt in strengem Ton: „Bis später, Otto."

Sie schließt die Tür, zieht den Schreibtischstuhl in Richtung Sofa und fordert Kay und Alois mit einer Handbewegung auf, sich zu setzen. „Gut. Dann fangen wir an."

Kay wird langsam ungeduldig, ihm dauert das alles viel zu lange. Er hat seine Hoffnung, Merle noch lebend zu finden, trotz all der neuen Entwicklungen, noch immer nicht ganz aufgegeben. Alois macht einen müden Eindruck. Es scheint, als ob ihn das Ganze doch stärker mitgenommen hat. Seine 75 Jahre merkt man ihm plötzlich an.

„Ich denke, wir könnten alle einen starken Kaffee gebrauchen, ich werde mal beim Otto nachhören, ob er einen organisieren kann", bemerkt Rupi und verlässt den Raum.

Kay macht sich ein bisschen Sorgen um Alois: „Wenn wir hier gleich fertig sind, fahre ich dich direkt nach Hause. Es wird auch bald dunkel und auf den verdammten Berg kommen wir auch nicht mehr."

Rupi kehrt mit drei dampfenden Pappbechern zurück und Asyha drückt die Aufnahmetaste auf ihrem Diensthandy.

Alois ist etwas irritiert: „Werden wir jetzt verhört?"

„Nein, das ist kein Verhör, aber Sie müssen mir alles erzählen, was bisher geschehen ist, was Sie gesehen haben. Wir müssen jetzt alle Details kennen und die Abläufe genau rekonstruieren. Der Pathologe hat bestätigt, dass die Frau keines natürlichen Todes gestorben ist. Es besteht zumindest der Verdacht auf ein Tötungsdelikt." Ihr Tonfall duldet keine Widerrede.

Alois sprudelt sofort los. „Ich suche seit zwei Tagen mit Kay und Sven nach ihren Ehefrauen. Die waren zum Wandern hier und sind jetzt verschwunden. Wir sind die geplanten Routen abgelaufen, haben aber niemanden gefunden."

Die Kommissarin hebt leicht die Augenbrauen „Und warum seid ihr auf eigene Faust los, es gibt doch die Bergrettung?"

Alois zuckt mit den Schultern „Ja schon, aber Kay und Sven wollten auch was tun. Und... na ja…ein Hubschrauber kann nicht in jedes Loch reinschauen."

„Aber weshalb habt ihr dann auf diesem unzugänglichen Plateau gesucht, wollten die Frauen etwa mit Steigeisen in die Wand?"

„Nein, nein", mischt sich Kay ein. „Die wollten eine Hüttenwanderung machen, alles war durchgeplant. Sie wollten nur markierte Wege vom Deutschen Alpenverein gehen."

„Und wie seid ihr dann auf dieses Plateau gekommen?"

„Durch Zufall", antwortet Kay. „Die Bergretter haben bei einem Helikopterflug einen roten Punkt entdeckt. Sie sind runter und haben dabei festgestellt, dass der rote Punkt ein Zelt war. Das haben wir zufällig erfahren und deshalb sind Alois, Sven und ich auch dorthin."

Aysha notiert etwas, dann blickt sie auf. „Hatten Ihre Frauen ein Zelt dabei?"

„Nein", sagte Kay bestimmt.

Alois ergänzt: „Das Zelt war leer, mitten auf dem Plateau – ein Ort, wo niemand einfach so zeltet. Dort lagen auch Zigarettenstummel rum, und da waren Reste einer Feuerstelle. Es war klar: da muss jemand gewesen sein."

Er macht eine kurze Pause, fährt dann mit belegter Stimme fort. „Wir sind dann in die Gänge rein, die von dort oben abgehen. Und dort haben wir sie gefunden …"

Alois' Stimme wird immer leiser. „In einem der Gänge lag Runa – Svens Frau. Tot. Und im anderen ein junger Mann, auch tot."

Aysha holt ein Blatt Papier aus ihrer Mappe, zeichnet eine Bergkulisse und in die Mitte einen Kreis.

„So jetzt seid ihr dran! Wie viele Gänge führen von diesem Plateau weg?"

Kay nimmt den Stift und malt vier Quadrate, eines weit links vom großen Kreis, die drei anderen genau gegenüber auf der rechten Seite. In die Mitte des Kreises malt er die Konturen eines Iglu-Zeltes.

„Links vom Zelt gibt es nur einen Gang, dort haben wir Runa gefunden. Auf der gegenüberliegenden Seite führen drei Gänge in den Felsen hinein. Der linke ist eine Sackgasse, der mittlere Gang endet an einer T-Kreuzung. Geht man dort nach rechts, landet man wieder auf dem Plateau, wie eine Art Nadelkurve. Geht man aber an der T-Kreuzung nach links .... da haben wir den jungen Mann gefunden."

Aysha nickt langsam.

Alois beugt sich nach vorne und tippt mit dem Finger auf die Skizze. „Und wenn man diesen Gang, wo wir den Toten gefunden haben, noch weitergeht – ihr werdet es kaum glauben – steht man plötzlich an einem Ausgang – und Salzburg liegt einem zu Füßen."

Seine Stimme ist voller Staunen „Ich lebe mein ganzes Leben hier, bin immer in den Bergen unterwegs, aber diesen Höhlenweg kannte ich nicht. Ein völlig neuer Durchgang durch den Untersberg."

Aysha runzelt die Stirn. „Moment. Welcher Gang genau führt nach Salzburg?"

Sie zeigt mit dem Bleistift auf die Zeichnung. „Ihr sagt, das Plateau sei nur mit dem Helikopter erreichbar – aber wenn es diesen Tunnel gibt..., dann kann man ja einfach vom Tal aus hochwandern, durch den Berg und kommt hier oben raus?"

Kay nickt. Alois bestätigt: „Ja. Ja, und der geheime Gang aus dem Tal scheint unter diesen verrückten jungen Leuten bekannt zu sein, die immer alles mit Fotos ins Internet stellen, in diese, wie heißt das doch gleich - sozialistischen Medien. Als Kay und ich runtergegangen sind, sind uns zwei mit einem Moped entgegengekommen."

„Sozialen Medien", korrigiert Rupi trocken und stellt einen Rucksack auf den Tisch. „Keine Angst, ich habe Handschuhe dabei, damit die Spurensicherung nichts zu meckern hat."

Er öffnet den Reißverschluss und holt eine kleine Kosmetiktasche hervor – darin ein Handspiegel, ein Lippenstift und ein Kajalstift.

„Ist der von Ihrer Frau oder der Freundin?"

„Nein, nein, aber den Rucksack kenne ich, der lag neben dem toten Mann."

Rupi klappt sein Notizbuch zu. „Ich danke Ihnen, erst einmal. Bitte bleiben Sie erreichbar – es kann sein, dass wir Rückfragen haben."

Kay glaubt seinen Ohren nicht zu trauen. „Ich bin gerne bereit zu helfen - aber wer sucht nach meiner Frau? Vielleicht liegt sie irgendwo verletzt oder bewusstlos im Berg oder wird festgehalten. Sie können doch jetzt nicht Feierabend machen."

Rupi schaut auf die Uhr. „Feierabend? Ganz bestimmt nicht. In einer Stunde findet eine erste Pressekonferenz statt. Inzwischen haben schon zahlreiche Neugierige Wind davon bekommen, dass am Berg Leichen gefunden worden sind. Wenn wir jetzt schweigen, haben wir morgen hundert Privatermittler am Berg."

Aysha ergänzt: „Wir hoffen auf Hinweise aus der Bevölkerung. Vielleicht kennt jemand diesen versteckten Zugang durch den Berg oder hat die jungen Leute gesehen, die da oben unterwegs waren. Ab morgen sind die Leichenfunde das Thema in ganz Bayern und Österreich. Jede zusätzliche Information bringt uns weiter."

Kay presst die Lippen zusammen. „Die Polizei in Berchtesgaden hat Fotos von meiner Frau und ihrer Freundin – das waren die letzten, die sie uns geschickt haben. Die müssen an die Medien. Nur dann macht eine Fahndung Sinn."

„Ist bereits in Vorbereitung", sagt Rupi ruhig.

Kay verabschiedet sich ohne weiteren Kommentar und geht mit Alois zum Auto – innerlich zerrissen zwischen Wut, Sorge und Ohnmacht.

„Wo schlofst denn heute Nacht?", fragt Alois. „Komm ruhig zu uns, wir hätten noch ein Zimmer frei."

Kay findet dieses Angebot sehr nett, aber in seiner aktuellen Verfassung hat er keine Lust auf Familienanschluss und möchte auch nicht in einem alten Kinderzimmer übernachten.

„Danke Alois, aber ich fahre noch zu Sven ins Krankenhaus und dann nehme ich mir ein Zimmer im Hotel, wo ich von der Bar direkt ins Bett falle. Du bist ein echter Freund, ohne deine Hilfe wären wir noch nicht so weit."

Sie steigen ins Auto und fahren schweigend vom Hof. An der nächsten Kreuzung verabschiedet sich Alois. Kay fährt weiter nach Salzburg ins Krankenhaus.

Im Krankenhaus liegt Sven bereits in tiefem Schlaf. Das Beruhigungsmittel wirkt offensichtlich, vor dem Morgengrauen sei er nicht wieder ansprechbar, erläutert die Stationsschwester.

Kay nimmt den Weg zurück nach Berchtesgaden, mietet ein Zimmer im Hotel Edelweiß, trinkt an der Bar lustlos ein Bier und geht dann rasch auf sein Zimmer. Er ist erschöpft, aber zu aufgewühlt, um zu schlafen. Also schaltet er den Fernseher ein, sucht nach dem ORF – in der Hoffnung, dort etwas über die angekündigte Pressekonferenz zu erfahren.

Zur selben Zeit macht sich Aysha in ihrem Büro noch ein paar Notizen, dann schaut sie rasch in den Spiegel. Sie ist nicht eitel, aber professionell genug - gleich werden nicht nur Mikrofone, sondern auch die Kameras von BR und ORF und den regionalen Printmedien auf sie gerichtet sein. Sie will nicht nur kompetent wirken, sondern auch gut rüberkommen.

***

In der Eishöhle herrscht immer noch Ratlosigkeit. Die Kontaktaufnahme zu Peer funktioniert nicht. Das panische Schreien hat zwar aufgehört, zu hören ist nur noch ein Schluchzen.

Einsatzleiter Gustav schaut seine Mannschaft eindringlich an. „Wir brauchen jemanden, der sich traut, durch diese Spalte herunterzuklettern, um nach Peer zu schauen."

Niemand meldet sich, die meisten blicken zu Boden, weichen Gustavs Blick aus.

Schließlich meldet sich eine junge Kollegin, zierlich, aber entschlossen: „Chef, ich mach das." Sie sieht ihre Chance, Mut zu zeigen – nicht nur, weil es getan werden muss, sondern auch, um zu beweisen, dass nicht nur Männer in Extremsituationen funktionieren.

Schnell wird der schlanken jungen Frau ein Sicherungsgurt angelegt und die Stirnlampe justiert. Dann wird sie vorsichtig durch den Spalt in die untere Ebene der Eishöhle abgeseilt. Kaum unten, fängt auch sie an zu schreien, schrill und durchdringend, als wären da unten Gespenster. Dann ist plötzlich alles ruhig.

„Mona, was ist los? Hast du Peer gefunden?" Keine Antwort, nur ihr Name schallt als Echo durch die düstere Höhle.

Jetzt gibt es kein Zögern mehr. Zwei Männer beginnen, mit Eispickeln und Bohrern die schmale Öffnung zu erweitern. Schicht für Schicht schlagen sie sich durch die dicke Eisdecke. Endlich löst sich ein großer Brocken, ein Durchgang wird frei.

Max springt als erster hinunter und traut seinen Augen nicht. In der fahlen, flackernden Beleuchtung der Stirnlampen offenbart sich ein Bild des Grauens.

Mitten im Raum stehen Peer und Mona – eng umschlungen, die Gesichter starr, die Augen weit aufgerissen. Sie zittern unkontrolliert, reagieren auf keine Ansprache. Und um sie herum: Leichen.

Aus dem Eis ragen Körper heraus, eingefroren in seltsamen Posen – als wären sie in der Bewegung erstarrt. Die Haut ist bläulich, von Frost überzogen, einzelne Gliedmaßen sind vom Eis umschlossen, sehen aus wie in einem Glasquader.

Max schluckt, kämpft gegen das Aufsteigen von Übelkeit an. Doch schnell setzt sein professioneller Reflex ein.

„Seile runter – sofort! Wir holen erst die Kollegen rauf, so schnell es geht. Wärmedecken, heiße Getränke – keine Diskussion. Fragen später!"

Mona und Peer werden langsam nach oben gezogen – regungslos, unterkühlt, aber lebend. Ob sie überhaupt realisieren, was sie gesehen haben, ist in diesem Moment unklar.

„Gustav…, das musst du dir selbst ansehen." Max versucht, einen klaren Kopf zu behalten. Selbst ihn, den hartgesottenen Mann der Bergrettung, der schon so viele furchtbare Unfälle erlebt hat, lässt der Anblick der Leichen erschauern.

Die anderen Bergretter, die jetzt vorsichtig nach und nach in die Eiskammer klettern, starren fassungslos auf den Leichenberg. Blut ist nicht sichtbar, die Kälte hat alles erstarren lassen und konserviert. Die Szene wirkt surreal, wie ein makaberes Schreckenskabinett aus einem Horrorfilm.

Nur langsam wird allen bewusst, dass sie nicht nur in eine tragische Rettungsaktion geraten sind, sondern offensichtlich den Ort eines furchtbaren Verbrechens entdeckt haben, das finsterer und brutaler ist, als sie sich je hätten vorstellen können.

Gustav bricht das Schweigen: „Wir müssen sofort die Polizei informieren! Alle raus hier. Zurück zur Hütte. Ich alarmiere die Spurensicherung und einen Psychologen. Ab jetzt übernimmt die Polizei. Wenn sie uns hier nicht mehr braucht, dann könnt ihr nach Hause zu euren Familien."

Hugo findet seine Stimme wieder: „Und was machst du? Kommst du etwa nicht mit?"

„Ich warte, bis die Polizei mit der Spurensicherung und den Forensikern angekommen ist. Und noch etwas: ab sofort gilt absolute Schweigepflicht. Kein Wort an die Presse, auch nicht an die Familien. Das hier ist jetzt ein Tatort. Klar?"

Die Männer nicken und gehen schweigend in Richtung Hütte, in der sie seit Tagen ihr Basislager aufgeschlagen haben.

Gustav wählt Nummer der Polizei in Berchtesgaden.

„Eisleichen... im Untersberg?“, wiederholt Franz Huber, der diensthabende Beamte, als habe er sich verhört. Er schüttelt nur den Kopf und blickt völlig starr vor sich hin - so etwas im beschaulichen Berchtesgaden, er weiß, dass das für seine kleine Polizeitruppe eine Nummer zu groß ist. Der Fall ist einfach unglaublich, deshalb wählt er die Nummer der Ermittlungsabteilung beim Bayerischen Landeskriminalamt in München.

„Sperrt alles ab und stellt über Nacht eine Wache auf. Der Tatort muss unangetastet bleiben. Ich schicke ein Ermittlerteam und die Spurensicherung – sie sind morgen früh bei euch. Heute hat es keinen Zweck mehr. Bis zu euch sind aus München ein paar Kilometer zu fahren", sagt der Mann vom LKA.

Tag 6

Am nächsten Morgen steht Leutnant Verwall überpünktlich auf dem Heli-Flugplatz. Die kühle Morgenluft liegt schwer über dem Tal, feuchter Nebel kriecht über den Asphalt. Stefan, der Kollege der Spurensicherung, ist auch schon da und kommt mit einem dampfenden Kaffeebecher in der Hand quer über den Platz.

„Da ist ja die aus Funk und Fernsehen bekannte Ermittlerin in einem doppelten Mordfall", ruft er grinsend. „Du hast gestern gut ausgesehen - souverän, kompetent, fast ein bisschen angsteinflößend."

Aysha winkt lachend ab, versucht locker zu bleiben, aber ihre Wangen werden leicht rot. Ihre Mutter hatte gestern nach der Pressekonferenz gleich dreimal voller Stolz angerufen. Sogar ihre kleine Schwester hatte ein Selfie mit dem Fernsehbild der Ermittlerin gepostet.

„Hat sich schon jemand gemeldet, gibt es Zeugen", fragt Stefan und nippt an seinem Kaffee.

Aysha schüttelt den Kopf. „Nichts. Keine Zeugen, kein anonymer Anruf", antwortet sie. Zugleich schaut sie zum Eingang, zupft an ihren Pullover und richtet ihre Haare, denn über den Platz kommt Falko, der Pilot. Er sieht aus, als sei er einem Werbefilm entsprungen: kantiges Kinn, leicht zerzaustes Haar und eine Sonnenbrille – obwohl es noch dämmerig ist.

„Die Sprecherin der Mordkommission persönlich", bemerkt er mit einem Zwinkern. „Also, auf ein Neues."

Sie steigen ein, ziehen die Kopfhörer an und Falko startet den Motor. Die Rotoren setzen sich langsam in Bewegung und drehen sich dann unter ohrenbetäubendem Lärm immer schneller. Aysha drückt die Kopfhörer fest an die Ohren, Falko gibt ein kurzes Zeichen – dann hebt der Hubschrauber ab, rüttelnd, zitternd, senkrecht in den Himmel. Unter ihnen schrumpft die Welt auf Spielzeugformat.

Wenige Minuten später schwebt die Maschine über dem Plateau – der Ort, der jetzt in aller Munde ist. Aysha wird als Erste abgeseilt, Stefan folgt ihr. Kaum haben sie den Boden berührt, ist der Heli weg. Für die Polizistin hätte der Flug durchaus länger dauern können. Jetzt ist sie mit Stefan allein und Falko leider wieder weg.

Auf dem Felsvorsprung herrscht trügerische Stille, kein Wind, kein Vogelgezwitscher. Stefan schaut sich eingehend die Feuerstelle an. Mit einer Pinzette sammelt er die herumliegenden Zigarettenstummel ein und nimmt Fingerabdrücke von den im Kreis liegenden Steinen, die wohl als Heringe für das rote Zelt dienten. Dann untersucht er das Zelt und vor allem die Müsliverpackungen, die im Inneren liegen.

„Komm, lass uns in den Gang hineingehen“, sagt Stefan schließlich und schaltet seine Stirnlampe ein. Gemeinsam gehen die beiden in den Gang hinein, in dem laut der Skizze die erste Tote, Runa, gefunden wurde. Der Lichtstrahl schneidet in das dunkle Loch des Ganges wie ein Skalpell.

„Wir müssen vorsichtig sein und dürfen nicht noch mehr kaputt machen. Hier gibt es Fußabdrücke wie Sand am Meer, das wird ohnehin schon schwer, etwas Verwertbares zu finden. Das kann dauern, bis ich mich durchgearbeitet habe.“

„Hier wurde Runa gefunden“, sagt Aysha leise und zeigt auf die mit rotem Filzstift markierte Stelle.

Sie gehen weiter und stehen vor einer Felswand.

„Weit und breit kein Durchgang, kein Spalt. Das scheint die Sackgasse zu sein, von der Alois und Kay gestern erzählt haben.

Auf dem Rückweg verheddert sich Ayshas Fuß in irgendeiner Schlinge. Sie flucht leise, bückt sich – und hält inne. Zwischen Staub, Geröll und einer zerknitterten Plastiktüte liegt etwas, das hier nicht hingehört. Eingedrückt, mit einem kaputten Display, aber eindeutig ein Handy. Es liegt vor ihr wie ein geheimer Zeuge.

„Stefan! Komm mal – hier ist was. Schnell." Ihre Stimme klingt schärfer, heller als sonst. Stefan ist rasch herbeigeeilt und beugt sich über das Fundstück. „Heilige …!" Er zieht vorsichtig Handschuhe über. „Fass nichts an. Das kann ein ganz wichtiges Puzzleteil sein, das kann alles verändern."

Vorsichtig steckt der Kriminaltechniker das Beweisstück in eine kleine Plastiktüte und verstaut es neben dem Beutel mit den Kippen in seinem Rucksack. Sie ahnen, dass, egal wem das Handy gehört, dieser Fund ihre Arbeiten gewaltig nach vorne bringen kann.

Aysha ist jetzt voll im Ermittlungsfieber. „Ich will jetzt auch den anderen Gang sehen", ruft sie ungeduldig. "Da, wo der junge Typ gefunden wurde." Ohne auf eine Antwort zu warten, macht sie sich auf den Weg zurück zum Plateau und in den anderen Gang. Ihre Schritte sind schnell, zielstrebig.

Stefan folgt ihr, stochert dabei mit einem Stock in dem Unrat, der links und rechts des Weges liegt. Es riecht feucht und nach etwas, das entfernt an Moder erinnert. Der Gang wirkt unheimlich.

Aysha bleibt stehen „Warte!" Sie geht in die Hocke, leuchtet mit der Taschenlampe auf den Boden „Sieh mal."

Auf dem Boden ist eine Kreideskizze zu sehen, die Umrisse eines menschlichen Körpers, daneben Pfeile, ein Datum.

„Unser Inspektor Graßl hat sich wieder selbst übertroffen", murmelt sie und ihr Ton schwankt zwischen Respekt und Ironie. „Professionelle Leichenmarkierung auf Höhlenboden – wahrscheinlich schaut er zu viele Krimis im Fernsehen."

Stefan überhört diese Spitze, er mag Otto Graßl. Solche eifrigen und gewissenhaften Kollegen gibt es nicht mehr viele unter den Beamten. Er leuchtet die Felswände ab, fotografiert die Skizze auf dem Boden und sammelt einige herumliegende Steine auf.

„Graßl macht das, was viele längst aufgegeben haben – er nimmt den Beruf noch ernst", sagt er trocken, während er sich mit einem kleinen Metallspachtel eine Bodenprobe nimmt. Er verpackt sie so akribisch, als hätte er Gold gefunden.

Aysha beobachtet den Kollegen und ein Lächeln umspielt ihre Lippen. Dieser Fall hat alles, was sie sich je gewünscht hat – Komplexität, Öffentlichkeit, Druck. Endlich ein Fall, der ihrer Karriere einen Schub verleihen könnte.

„Habt ihr eigentlich schon erste Erkenntnisse, wie der junge Mann ums Leben gekommen ist?"

Stefan zögert. „Noch nichts Endgültiges. Aber er hatte eine starke Kopfverletzung, Blut am Hinterkopf. Es ist nicht sicher, ob er unglücklich gestürzt ist oder jemand einem Stein nach ihm geworfen hat. Alles ist denkbar."

„Absicht oder Unfall?", hakt Aysha nach.

„Das ist offen. Es gibt keinen Hinweis auf einen eindeutigen Tatort außer diesem hier. Keine sichtbaren Spuren, die wegführen. Er könnte tatsächlich einer dieser Influencer gewesen sein. Immer auf der Jagd nach dem perfekten Foto, am besten an einem Ort, den sonst keiner kennt. Das Plateau gilt wohl als Geheimtipp in der Szene. Und die Konkurrenz unter den Influencern ist riesig, je mehr Likes desto mehr Geld und Macht. Vielleicht liegt da der Schlüssel zur Lösung des Falles. Vielleicht war das hier kein Zufall. Vielleicht war das geplant. Konkurrenz, Neid... oder jemand war sauer, weil er ausgebootet wurde."

Aysha nickt nachdenklich. „Ja, Konkurrenz und Neid, immer wieder die gleichen Motive für Gewalttaten, erscheint mir nicht abwegig. Komm, lass uns noch bis zum Ende des Gangs gehen, ich will mir auch den neu entdeckten Ausgang genauer anschauen, vielleicht gibt es da noch wichtige Hinweise."

Sie möchte nichts übersehen, ihr Gehirn arbeitet auf Hochtouren, schließlich ist sie ehrgeizig und zusammen mit Rupi die Hauptermittlerin. Und sie ist hier auf dem Plateau in der Pole Position. Das gefundene Handy ist ihre große Hoffnung. Sobald sie wieder unten sind, will sie es sofort analysieren lassen.

„Wir brauchen noch die Tatwaffe", bremst Stefan, „es sieht danach aus, dass der Typ hier oben die tödlichen Verletzungen erlitten hat, nirgendwo sonst haben wir Blutspuren gefunden. Wenn er mit einem Stein erschlagen wurde, liegt das Ding hier irgendwo."

Sorgfältig schaut sich Stefan jeden Stein genau an, er ist sich sicher, dass hier irgendwo noch wichtige Beweisstücke herumliegen. Und tatsächlich, hört Aysha ein triumphierendes: "Bingo, hier ist er!" Stolz hält Stefan einen Stein in die Höhe, an dem Blut klebt.

„Du hast eine gute Spürnase: Lass uns schnell mit den Sachen ins Labor."

„Jetzt nur nicht hektisch werden. Vielleicht finden wir noch mehr. Zieh dir Handschuhe an und helfe mir bei der Suche in diesem ganzen Müll."

Sie stochern planlos links und rechts an der Felsmauer herum, zwischen all den Pappbechern, Weinflaschen und Zigarettenschachteln. Aysha hält inne, irgendwie fühlt sich etwas anders an. Sie nimmt ihre Stirnlampe ab und leuchtet die verdächtige Stelle gezielt ab. Und tatsächlich, unter dem ganzen Unrat liegt ein weiteres Handy.

Kein Zweifel. Ihre Augen glänzen. Zwei Handys. Zwei Tote. Und irgendwo da draußen – eine Vermisste. Oder eine Täterin.

„Stefan, was darf ich mir wünschen, wenn ich noch ein wichtiges Beweisstück finde?"

Stefan kniet mit konzentriertem Blick am Boden, er hebt nicht einmal den Kopf.

„Einen Riesen-Eisbecher mit Sahne im schönsten Eiscafé von Salzburg. Aber nur, wenn dein Fund alles in den Schatten stellt, was wir bisher haben. Und ich meine alles, Frau Fernsehkommissarin."

Aysha hält ihrem Kollegen das gefundene Handy vor die Nase. „Na, da staunst du wohl! Wie viele Eiskugeln darf ich mir aussuchen?"

Stefan richtet sich langsam auf, mustert das Gerät.

„Okay… das ist gut. Richtig gut."

Er verpackt auch dieses Handy in seinen Rucksack. „Lass uns den Weg bis zum neuentdeckten Ausgang gehen, vielleicht finden wir noch mehr."

Aysha seufzt leise. Sie hat keine Lust mehr, diesen modrigen und vermüllten Gang weiter zu inspizieren, sie möchte lieber mit Falko über den Wolken schweben und dann die Handys analysieren lassen. Aber Stefan ist schon weiter gegangen. Ohne sich umzudrehen, ruft er: „Das hier ist der Gang Richtung Salzburg. Den haben Kay und Alois gestern entdeckt."

Aysha zieht ihre Lampe zurecht und folgt ihm.

Am Ausgang angekommen, müssen Aysha und Stefan blinzeln und ihre Augen mit den Händen gegen die einfallende Sonne abschirmen, um etwas zu erkennen. Der plötzliche Kontrast zur feuchten Finsternis des Höhlensystems lässt die Konturen draußen fast flimmern.

„Wahnsinn", murmelt Stefan und tritt vorsichtig ins Freie. „Dieser Berg ist ein Schweizer Käse. Wenn sich herumspricht, dass man hier ganz ohne Klettersteig auf das Plateau kommt, machen sich bald ganze Wandergruppen durch den Berg auf den Weg."

Dann holt er ein Seil aus seinem Rucksack und sperrt den Eingang provisorisch ab.

„Das reicht hoffentlich erst einmal."

Aysha stimmt zu: „Dieser Eingang muss unbedingt offiziell gesperrt werden, mit Brettern und einem zusätzlichen Schild Betreten verboten, sonst haben wir hier bald eine Völkerwanderung." Dann verschwindet sie wieder im Berg.

„Halt, wo willst du hin?" Stefan klopft sich den Staub von den Knien. „Ich habe genug gesammelt. Wir nehmen jetzt den Weg hier runter, dann braucht man nicht wieder den Heli zu aktivieren. Ich organisiere uns ein Taxi, und wir können unten an der Landstraße sofort einsteigen."

Über Asyhas Gesicht huscht ein Schatten der Enttäuschung. Die Aussicht auf einen erneuten Flug über die Berge, mit Falko, war für sie ein heimlicher Lichtpunkt gewesen.

„Klar" sagt sie knapp und ganz Profi lässt sich nichts anmerken. Gute Idee."

***

Vor der Eishöhle ist am frühen Morgen viel los. Der Eingang wurde über Nacht gesichert, niemand durfte hinein. Jetzt ist das Team des LKA München eingetroffen.

Es wird angeführt von Hauptkommissar Fikret Kohlmayer, einem ruhigen, erfahrenen Ermittler, und seinem jüngeren Kollegen Boris Brinkmöller. Mit angereist sind auch zwei Forensiker sowie mehrere Experten aus der Kriminaltechnik. Alle sind mit dicken Rucksäcken ausgerüstet, als machten sie eine größere Expedition. Mit im Gepäck sind nicht nur LED-Flutlichter, um den Tatort auszuleuchten, sondern auch UV-Lampen und forensische Leuchten zur Untersuchung von Körperflüssigkeiten. Ein Rucksack allein ist voll mit Digitalkameras, Stativen und speziellen Makroobjektiven für detaillierte Nahaufnahmen. Maßbänder, Klebefolien und Sprays für Fingerabdrücke auf speziellen Oberflächen, sterile Behältnisse für Haare und Fasern. Auch Chemikalien zur Untersuchung von Drogen oder zum Sichtbarmachen von Blut haben sie dabei. Alles ist perfekt geplant für eine

Spurensicherung in einer der ungewöhnlichsten Umgebungen, die man sich vorstellen kann.

Gustav und seine Mannschaft schauen sich das ganze Spektakel mit Neugierde an. „Meine Güte, wollt ihr den Mount Everest erforschen?"

Kohlmayer lächelt nur knapp. „Na, das muss schon sein, bei so einem Fall. Wir wollen die Hintergründe rasch klären und die Verantwortlichen finden, da sind wir schon auf absolute Präzision, den Schutz des Tatorts und der gefundenen Beweise angewiesen. Da zählt jedes Detail."

Die Flutlichter werden aufgestellt, sie tauchen die Höhle bis in den letzten Winkel in ein gespenstisches Licht. Die Szenerie wirkt surreal: Die eingefrorenen Körper sind von einer Eis- und Kristallschicht überzogen und sehen aus wie in einem Wachsfigurenkabinett.

Jetzt sind vor allem die klassischen W-Fragen der Kripo zu beantworten:

Wer sind die Toten?

Wann, wo und warum wurden sie getötet?

Und: Wer hat sie in dieser Eishalle deponiert?

Brinkmöller drängt: „Die Toten müssen schnellstens geborgen und in die Rechtsmedizin transportiert werden."

Doch Milan, der Leiter der Spurensicherung, winkt ab. Er ist ein alter Hase und lässt sich nicht hetzen.

„Langsam. Die sind gut konserviert, da kommt es nicht auf einen Tag an. Jetzt gehts um Spuren und die Details am Fundort, das alles könnte durch einen zu raschen Abtransport verwischt oder zerstört werden. Aber ich befürchte, wir werden nicht allzu viel finden, auf dem Eis haften keine Hinweise."

Er hat Recht. Schuhe hinterlassen keine Abdrücke, Körperflüssigkeiten frieren sofort ein. Trotzdem wird der Tatort aus allen Perspektiven fotografiert, gemessen, untersucht. Das Ergebnis ist ernüchternd.

„Hier wurde nicht getötet", sagt Milan schließlich. „Der Schlüssel liegt bei den Toten selbst. Wir müssen die Leichen einzeln herausholen, die Todesursachen feststellen und dann nach einem möglichen Tatort suchen."

Mit größtmöglicher Vorsicht wird das Eis um die Körper mit kleinen Pickeln entfernt - Millimeter für Millimeter. Jeder Schlag erzeugt ein gespenstisches Echo, es klingt, als würden die Toten schreien.

Die Spannung steigt. Keiner weiß, was sich unter der Eisdecke noch verbirgt. Vielleicht eine weitere Kammer? Besteht Einsturzgefahr?

Andreas, der Einzige, der die Höhle wirklich gut kennt, ist seit gestern verschwunden und auch heute nicht wieder aufgetaucht.

***

Statt mit dem charmanten Falko vom Berg zu schweben, sitzt Aysha mit Stefan im Taxi. Kein romantischer Ausklang, sondern nüchterne Ermittlungsarbeit erwartet sie in der Dienststelle.

Stefan hat es eilig, er möchte schnellstens in sein Labor, um die zahlreichen Beweisstücke auszuwerten, die er gerade an den beiden Tatorten gefunden hat. Das Zelt, die Bodenproben, der blutverschmierte Stein, der eventuell als Tatwerkzeug benutzt wurden.

Vor allem die Analyse der unzähligen Fingerabdrücke, die zunächst sichtbar gemacht und dann mit denen der beiden Toten abgeglichen werden müssen, ist sehr aufwändig und kann dauern. Alles Routine, aber mühsam.

Stefan hofft aber, dass sich das bald ändern wird. Er hat in einem Fachartikel von einem neuen Nanostoff gelesen, der Fingerabdrücke in hoher Qualität in Minuten aufdeckt und das alles vor Ort. Fotografieren, weiterleiten, analysieren, alles geht in einem Schritt und blitzschnell. Eine Revolution. Aber das ist Zukunftsmusik, vor allem in Österreich, wo die Behörden bekanntlich langsam mahlen. Also bleibt vorerst klassische Technik und Geduld angesagt.

Aysha geht in der Zwischenzeit zu den IT-Experten der Kriminalpolizei. Die beiden Handys sind, davon ist sie überzeugt, wichtige Bausteine für die weiteren Ermittlungen. Diese Geräte sind heutzutage ausgelagerte Gehirne, manchmal wissen die digitalen Begleiter mehr über uns als wir selbst. In ihnen stecken Gespräche, Bilder, Bewegungsmuster – die Geschichte hinter dem Verbrechen, vielleicht sogar Hinweise auf den Täter.

In der IT-Abteilung geht sie zu einer jungen Expertin. Paulina Schmelzer ist neu im Team, aber man sagt, sie sei schnell und scharfsinnig – jemand, der Muster erkennt, wo andere nur Daten sehen.

Aysha übergibt ihr die Handys. Schmelzer koppelt eins der Handys mit ihrem Rechner, der größere Bildschirm schafft einen besseren Überblick. Schnell hat sie die Sperrfunktion des ersten Handys überwunden und klickt sich durch das Menü.

„Den Fotos nach zu urteilen“, sagt die Expertin „gehört dieses Handy der toten Frau aus Köln. Anhand der Bilder und den WhatsApp-Nachrichten lässt sich erkennen, dass sie in der Nacht vom Dienstag auf Mittwoch noch gelebt hat. Schau, hier auf dem Foto sitzen die beiden Frauen gutgelaunt beim Essen in einer Hütte. Also lebten sie da noch."

Paulina und Aysha klicken sich weiter durch den Messenger, durch Nachrichtenchats, die Fotoalben. Jede neue Datei, jede Nachricht könnte eine Spur sein. Station für Station gleichen sie die Bilder mit der geplanten Wanderroute ab – wie sie Kay und Alois beschrieben hatten.

Der ersten zwei Tage sind vollständig dokumentiert: Störhaus, Berchtesgadener Hochthron, die Mittagsscharte, sogar kurze Videos vom Aufstieg. Doch dann fällt Aysha etwas auf.

„Moment – vom Zeppezauerhaus gibt es kein einziges Bild. Stattdessen: Klettersteig, Eishöhle … und diese Hütte hier."

Sie tippt auf ein Foto. Zu sehen sind zwei Frauen, auf dem Tisch stehen dampfende Kaaspressknödel und kleine Gläser mit Schnaps.

„Paulina, kennst du die Hütte?"

Die junge IT-lerin beugt sich vor und schaut genauer hin.

„Hm … auf der deutschen Seite kenne ich mich nicht so gut aus. Aber schau – das hier war das letzte Bild. Dienstag, 22.05 Uhr. Seitdem wurde das Handy nicht mehr benutzt."

Aysha starrt auf das Display und brummelt vor sich hin: „Ab da verliert sich tatsächlich jede Spur. Und seitdem haben die beiden sich nicht mehr gemeldet und sind verschwunden. Jetzt ist die eine tot und die andere wird vermisst."

Während Paulina durch die restlichen Apps klickt, ruft Aysha bei Rupi an.

„Ich schick dir gleich ein Bild. Das Innere einer Hütte – rustikal, kleiner Holztisch, Fenster mit karierten Vorhängen. Die beiden Frauen haben da Schnaps getrunken. Wir müssen diese Hütte finden – da waren sie noch am Leben. Ich komme jetzt."

Asyha schnappt sich ihre Jacke und eilt aus der Tür.

„Halt, verschwinde nicht so schnell, ich habe noch was Wichtiges. Die Frau hatte zwei AirTags mit dem Handy gekoppelt. Einen mit dem Namen Mini, der andere heißt Rucksack. Und …" Paulina klickt weiter: „Wir können sehen, wo sie zuletzt geortet wurden. Genau hier – zwei blinkende Punkte, dort befinden sich die beiden Gegenstände."

Aysha dreht sich um. „Du machst Witze."

„Das ist kein Witz", sagt Paulina ruhig, ohne den Blick vom Bildschirm zu nehmen. „Apple hat diese Tracker entwickelt, mit denen man Gegenstände wie Schlüssel, Geldbörsen, Rucksäcke und sogar Autos verfolgen und finden kannst. Einfach genial, die Dinger."

Sie zoomt auf die Karte. Zwei kleine blinkende Punkte.

„Der AirTag ist ein kleiner, runder Bluetooth-Tracker. Die Tote hatte offensichtlich zwei davon, einen in ihrem Auto und den anderen in ihrem Rucksack."

Aysha schaut sie ungläubig an – überrascht, fast überfordert.

„Und du kannst… das einfach sehen?"

Paulina nickt.

„Solange der AirTag in der Nähe eines Apple-Geräts ist, wird die Position übermittelt. Das Netz ist riesig. Man kann fast alles verfolgen – solange die Batterie hält."

Aysha beugt sich näher. Ihre Augen hängen jetzt an den beiden blinkenden Markierungen. Der Punkt mit dem Label Rucksack liegt irgendwo auf dem Berg. Der zweite – Auto – scheint in einem kleinen Ort unten im Tal zu stehen.

„Wenn das hier stimmt…", murmelt Aysha, „…dann ist ihr Rucksack noch irgendwo da draußen. Und das Auto… vielleicht hat es jemand weggefahren. Vielleicht der Täter."

Plötzlich klingelt ihr Diensthandy. Es ist Rupi. „Wir haben Zeugen", platzt es aus ihm heraus. „Eine Familie hat die beiden Frauen in dieser kleinen Hütte getroffen, genau an dem Tag, als das Gewitter aufzog. Sie haben gemeinsam das Unwetter abgewartet. Die Leute sind sich zu 100% sicher."

„Was sagst du da? Wo sind die Leute und woher wissen sie, dass die beiden Frauen verschwunden und es genau diese beiden sind?"

„Du wirst es nicht glauben – sie haben die Nachrichten gesehen, dein Interview, gestern Abend. Die Frau hat die Vermissten erkannt. Die Familie kommt aus Sachsen, macht hier Urlaub mit den Kindern, reist aber morgen schon wieder ab. Ich habe ihre Kontaktdaten aufgenommen."

Er macht eine kurze Pause. „Liebste Kollegin, darf ich mal fragen, wo du den halben Vormittag gesteckt hast? Du verpasst die halbe Ermittlung."

Aysha überhört die Ironie.

„Ich bin bei Paulina in der IT – ich komme jetzt, ich glaube, wir haben den Rucksack der Toten geortet."

Am anderen Ende der Leitung hört sie nur noch: „Und mein Vater ist der Kaiser von China".

Aysha packt das Handy von Runa ein und eilt zur Tür. „Falls du auf dem anderen Handy etwas findest, dann melde dich. Stefan meinte, dass es dem toten Influencer gehören könnte."

„Warte nicht allzu lange mit der Suche", ruft Paulina ihr zu „man weiß nie, wie lange die AirTag-Batterien halten.“

Aysha zeigt noch rasch mit dem Daumen nach oben und weg ist sie.

Rupi wartet schon ungeduldig. Dass Asyha ihn über die gefundenen Handys nicht sofort informiert hat, ärgert ihn. Zugegeben, er hatte freiwillig auf den Heli-Flug verzichtet, aber schließlich ist er der Chef und sie seine Assistentin, da verbieten sich solche Alleingänge. Das wird er ihr gleich - möglichst diplomatisch - erklären.

Dazu kommt er aber nicht, denn bevor er sich versieht, öffnet Aysha mit Schwung die Bürotür, läuft strahlend durch das Zimmer und fällt ihm um den Hals.

„Wir wissen, wo der Rucksack der toten Frau ist! Schau hier - da wo es blinkt. Sie hatte einen Tracker reingelegt, damit sie ihn, falls er gestohlen wird, wiederfindet. Was für eine geniale Erfindung.“

Durch die plötzliche Umarmung ist Rupi völlig überrumpelt, sein Ärger von eben wie weggeblasen.

„Du meinst so eine Art elektronische Fußfessel, wie man es bei Freigängern macht?“

Sie nickt eifrig. „Genau das. Nur smarter.“

„Es ist schon dunkel, jetzt bringt eine Suche nichts mehr, aber morgen in der Früh, suchen wir den Rucksack und diese Berghütte. Am besten wir trennen uns, du gehst mit Alois und Kay den blinkenden Punkt suchen und ich suche mal diese Hütte, auf der das letzte Foto entstanden ist.“

„Okay Chef. Ich rufe Falko an, dann kann er uns wieder auf dem Plateau absetzen", sagt Aysha strahlend.

„Das brauchst du nicht. Du nimmst das Auto, sammelst Alois und Kay ein – und dann geht ihr über den neuen Weg, quer durch den Berg. Das ist schneller. Und billiger als ein Helikopter."

Der Satz sitzt. Ayshas Lächeln gefriert. Ohne ein weiteres Wort greift sie nach ihrer Handtasche, dreht sich um und verlässt das Büro.

Rupi bleibt zurück. Er weiß, der Spruch war spitz. Vielleicht ein bisschen zu spitz. Aber Dienst ist Dienst. Und Schmetterlinge im Bauch gehören nicht dazu.

Tag 7

Am nächsten Morgen ist der Frust bei Aysha verflogen. Das Joggen mit ihrer Freundin entlang der Salzach hat ihren Kopf freigemacht. Heute ist ein neuer Tag, die Suche geht weiter und vielleicht wird es einen Durchbruch geben.

Als sie mit dem Fahrrad die Dienststelle der Kriminalpolizei erreicht, sieht sie noch kurz Rupi. Er sitzt auf seiner schweren BMW, das Visier halb geöffnet. Ihre Blicke treffen sich kurz. Er hebt die Hand zum Gruß, dann donnert er vom Hof. Sein Auftrag ist, die Berghütte zu finden, in der die Frauen ihren letzten Schnaps getrunken haben.

Aysha winkt freundlich zurück, trotz der Enttäuschung über den entgangenen Hubschrauberflug. Dann holt sie im Büro den Autoschlüssel und Runas Handy. Mit einem kurzen Blick vergewissert sie sich, ob der AirTag noch blinkt und fährt dann wie verabredet zum Parkplatz, wo Kay und Alois schon auf sie warten. Während der Fahrt erklärt sie ihren beiden Mitfahrern, wonach sie heute suchen.

Alois schüttelt mit dem Kopf „I versteh nix, was habt ihr gfunden und was machen wir jetzt da oben? Einen blinkenden Punkt suchen?“

Aysha verdreht die Augen, aber Kay erklärt geduldig, warum ein digitaler Tracker ihnen heute den Weg weisen soll.

„Alois, pass auf. Ein AirTag ist wie ein elektronischer Spürhund. Das Gerät ist so groß wie ein Zwei-Euro-Stück. Innen ist ein Sender, der mit einer Knopfzellen-Batterie funktioniert. Dieses kleine Gerät kannst du an dein Fahrrad, an deinen Schlüsselbund anhängen oder ins Portemonnaie legen. Dann koppelst du es mit deinem Handy. Wenn du deinen

Hausschlüssel verlegst, dann musst du nicht alle Schubladen aufmachen, sondern öffnest die App Wo ist? und der blinkende Punkt zeigt dir, wo der Schlüssel herumliegt."

Alois runzelt die Stirn. „Aha, und Runa hatte so ein Gerät in ihrem Rucksack? Und wir laufen jetzt diesem blinkendem Punkt nach?"

„Genau", nickt Aysha, „deshalb gehen wir wieder hoch auf das Plateau und in den Gang, wo ihr die Frau gefunden habt. Mit etwas Glück finden wir vielleicht ihren Rucksack."

Aysha parkt das Auto in der Nähe des kleinen Schotterwegs, der nach oben zu dem neuentdeckten Gang führt.

Alois ist immer noch etwas verwundert. „Teufelszeug, aber ich lasse mich gerne überraschen. Vielleicht hat die neue Technik doch auch was Gutes."

Der Aufstieg ist kurz und steil. Bald stehen sie vor dem Loch, das Stefan gestern abgesperrt hat. Ein Seil hängt lose davor – das angekündigte Schild Betreten verboten fehlt noch.

Kay schmunzelt. Hier geht wohl alles genauso langsam wie in Köln, so ein neues Schild scheint auch hier ein riesiger Verwaltungsakt, schießt es ihm durch den Kopf. Im Gänsemarsch gehen sie in das Höhlensystem hinein, vorbei an der Kreidezeichnung von Graßl und an dem vielen Müll. Sie überqueren das Plateau und betreten den Gang, in dem Runa gefunden wurde.

Aysha schaltet Runas Handy ein. Der blinkende Punkt ist noch da – ganz in der Nähe. „Erstaunlich, dass diese Technik sogar mitten im Felsen funktioniert."

Sie hält das Handy hoch, mit jedem Schritt schrumpft die Entfernung. Der Punkt blinkt fast direkt vor ihnen. Doch plötzlich endet der Gang und sie stehen vor einer Felswand.

„So weit waren wir schon einmal, das hier ist und bleibt eine Sackgasse." Alois schüttelt mit dem Kopf. „Wo soll hier ein Rucksack stehen? Dieser ganze Hightech-Schnickschnack - völliger Schmarrn. Habe ich mir gleich gedacht."

„Verdammte Scheiße!" Aysha hämmert frustriert gegen den Felsen. „Wieder nichts. So ein Mist! Alles umsonst! Mit dem Heli wären wir längst unten, aber nein, Rupi zählt jeden Cent, als wär's sein eigenes Konto!"

Sie schimpft immer weiter, schlägt immer wieder mit den Fäusten gegen den Felsen. Plötzlich verstummt sie – ihre Finger verharren auf dem Stein.

„Moment mal ..." Sie tastet die Oberfläche ab. „Hier ... das ist seltsam. Der Stein ist hier eiskalt – und daneben viel wärmer."

Alois runzelt die Stirn. „Und was willst du damit sagen?"

Aysha drückt ihm das Handy mit dem blinkenden Punkt in die Hand und leuchtet mit der Taschenlampe Zentimeter für Zentimeter die Wand ab.

Kay tritt näher und versucht auch etwas zu entdecken. Der Lichtkegel wandert langsam nach oben, dann senkrecht nach unten. „Schau, da ist eine leichte Unebenheit in dem Felsen", bemerkt er und zeigt auf eine Linie, die wie eine sehr, sehr schmale Fuge aussieht.

„Genau, das ist kein natürlicher Riss", flüstert Aysha und auch Alois nickt.

Zu dritt stemmen sie sich gegen den Felsen und tatsächlich: die Wand bewegt sich. Ein kleines Knirschen, dann wird die Fuge langsam breiter, ein Spalt öffnet sich.

„Ich fasse es nicht, eine als Fels getarnte Tür mitten im Berg!“ Alois ist der erste, der seine Stimme wiederfindet.

Hinter der Tür geht der Gang weiter, diesmal leicht bergauf. Und der blinkende Punkt kommt immer näher. Aysha geht voraus, immer tiefer ins Ungewisse. Kay bekommt langsam Beklemmungen, er hat Angst, gleich seine Merle zu finden.

Dann stehen sie ain einen Raum voller Getränkekisten; Bier, Wein, Mineralwasser, Limonaden.

„Eine geheime Versorgungskammer mitten im Berg?“ Kay staunt.

"I glaubs nit. Schauts mal, der blinkende Punkt ist ganz nah und es piept. Der Rucksack muss hier sein.“ Alois scheint sich mit dem Tracker angefreundet zu haben. Er geht zwischen den Kisten hin und her und sucht jede Ecke ab.

„Jesus Maria, i hob ihn“, schallt es durch den Keller.

Kay und Aysha können seinen Jubel nicht hören, denn sie sind bereits im zweiten Raum. Dort steht eine Holzleiter, die zu einer Klappe in der Decke führt. Die Kommissarin klettert hinauf und drückt die hölzerne Klappe hoch. Ein schwerer Geruch von Schmalz und gebratenen Kaspressknödeln schlägt ihr entgegen. Als sie den Kopf durch die Öffnung steckt, sieht sie eine voll eingerichtete Küche. Eine Frau steht am Herd, neben ihr ein Mann.

„Hallo, nicht erschrecken“, ruft Aysha rasch, darum bemüht, ihre Stimme ruhig zu halten. „Wir sind keine Einbrecher, Sie brauchen keine Angst zu haben.“ Die Frau und der

Mann sind herumgefahren und stehen jetzt vor Schock wie einbetoniert. Sie sagen kein Wort.

Inzwischen tauchen auch Kay und Alois durch die Luke auf – Alois mit Runas Rucksack über der Schulter.

„Gestatten, Aysha Verwall, Kriminalpolizei Salzburg." Sie zeigt routiniert ihren Ausweis. „Wir ermitteln in einem Vermisstenfall."

Ihre Worte hängen für einen Moment schwer in der Luft, nur das Zischen der Pfanne ist zu hören. Die beiden am Herd zucken nur mit den Schultern und signalisieren wortlos, dass sie nichts verstehen. Aysha spürt, wie sich die Härchen in ihrem Nacken aufstellen. Irgendetwas stimmt hier nicht.

Sie zuckt Ihr Handy und tipp auf die Fotos der beiden Vermissten „Kennen Sie die beiden Frauen? Waren die hier oben?"

Doch ohne Erfolg, sowohl der Mann als auch die Frau schauen völlig apathisch.

Die Toten, die Geheimtür, die feuchten Kellerräume, Runas Rucksack – und jetzt diese Treppe, die durch eine Luke direkt in eine Küche führt. Alles zusammen ergibt ein Bild, das ihr nicht gefällt. Sie wirft einen prüfenden Blick auf die beiden am Herd. Sie wirken seltsam abwesend, wie Statisten in einer Theaterszene. Zwei Menschen in der Gastronomie, die kein Wort verstehen? Auf einer Berghütte? Unmöglich schießt es ihr durch den Kopf.

Kay wird zunehmend ungeduldig, das dauert ihm mal wieder alles zu lange. Er nimmt Runas Rucksack: „Dieser Rucksack gehörte ihr… dieser Frau." Dabei tippt er auf das Foto: „Und jetzt ist diese Frau tot und die andere wird vermisst", schreit er die beiden wild gestikulierend an.

Die beiden schauen zum Boden und schütteln mit dem Kopf. Das bringt Kay endgültig auf die Palme. „Verdammt, reagiert doch endlich!“ Er packt den Mann an den Schultern, schüttelt ihn so heftig, dass dessen Kopf nach hinten fällt. Fast hätte er ihm eine Ohrfeige verpasst, wäre Alois nicht dazwischen gegangen.

Kay lässt den Mann los. Der richtet sich langsam wieder auf, so mechanisch wie eine Puppe.

„So kommen wir nicht weiter“, sagt die Kommissarin. „Wir brauchen einen Dolmetscher. Welche Sprache ist das?“

Sie schaut zu Kay und Alois, aber die schütteln nur ratlos den Kopf. „Keine Ahnung“, murmelt Kay und lässt seinen Blick schweifen.

Er geht in die angrenzende Gaststube und bleibt vor einer Reihe alter vergilbter Fotos stehen. Das älteste Bild trägt die Jahreszahl 1925 und zeigt ein kleines Holzhaus, einfach und windschief. Das nächste Foto stammt von 1936 – die Hütte größer, mit Terrasse, aber noch immer schlicht. Neuere Fotos entdeckt er nicht.

„Vielleicht sollten wir beim Alpenverein anrufen,“ sagt er, ohne den Blick von den Bildern zu nehmen. „Die müssen doch wissen, wo genau wir sind und wer aktuell diese Hütte bewirtschaftet. Das wäre einfacher, als hier zu rätseln.“

„Da kimmst nit weiter. Die Hütte gehört zur Eishöhle, die hat nichts mit dem Alpenverein zu tun. Die von der Eishöhle werden aber bestimmt wissen, wer sie in diesem Jahr gepachtet hat."

Aysha könnte Alois küssen, der alte Bergführer ist Gold wert. Sie sucht in ihrem Handy die Nummer des Höhlenvereins.

***

Rupi ist froh, dass er Aysha heute Morgen, als sie mit dem Fahrrad auf den Hof kam, nicht in die Augen schauen musste. Er war gestern nicht gerade nett zu ihr gewesen, als er den Helikopter-Flug gestrichen hatte. Das alles ist jetzt aber vergessen. Der Motor seiner BMW brüllt durch die Stille der Berge. Der Wind pfeift an ihm vorbei, der Duft von Fichten und kalter Morgenluft dringt durch das Visier. Er will heute unbedingt diese Berghütte finden.

Da die gesuchte Hütte auf der deutschen Seite liegt, beschließt er, seine Kollegen in Berchtesgaden einzubeziehen. Und vielleicht, so hofft er, kann ihn einer sogar begleiten.

Er wählt die Nummer der Polizeiinspektion Berchtesgaden. Schon beim ersten Klingeln meldet sich Franz Huber.

„Servus, hier ist Rupi Strolz von der Mordkommission Salzburg.

„Grüß di", antwortet Huber. „Wie kann ich helfen?"

„Ich denke, ihr verfolgt unsere Ermittlungen in dem Fall der beiden deutschen Frauen, die vor ein paar Tagen verschwunden sind."

„Ja, ja wir haben gehört, dass ihr eine tot gefunden habt und die andere noch nicht. "

„Ich suche eine Berghütte, in der die Frauen zuletzt waren. Die liegt bei euch auf der deutschen Seite. Kannst du mit mir kommen oder mir jemanden zur Seite stellen, der sich in der Gegend auskennt?“

„Du, das geht gar nicht. Ich habe kein Personal. Wir hatten gestern einen gruseligen Fund in der Eishöhle, der uns komplett lahmlegt. Alle meine Leute sind da beschäftigt. Am besten machst du es allein, meine Prokura hast du.“

„Einen gruseligen Fund?“ Rupi hebt die Augenbraue. „Was habt ihr gefunden? Karl den Großen, erhängt an seinem Bart?“

„Schmarrn.“ Huber lacht kurz, dann wird er ernst. „Wir haben mehrere Leichen gefunden, alle eingefroren. Die Presse weiß noch nichts, aber das dauert nicht mehr lange.“

Rupi stockt, ihm fällt die Kinnlade herunter, er glaubt nicht, was er da von dem deutschen Kollegen erfährt. „Gleich mehrere Leichen? Das kann ich nicht glauben. Ich bin in zwanzig Minuten bei dir.“

Strolz dreht den Zündschlüssel um und schon dröhnt der Motor auf. Der Sound der schweren BMW gefällt ihm. Das Wetter ist perfekt für eine Fahrt durch die Bergwelt.

Als er den ersten Gang einlegt und die Maschine die schmalen Straßen entlangschießt, huscht ihm ein Grinsen über das Gesicht. Besser als jeder Heliflug. Und tausendmal besser als ein Fußmarsch.

Der Fahrtwind zerrt an seiner Jacke, der Blick auf die schroffen Felswände links und rechts erinnert ihn daran, wie lange er schon keine richtige Motorradtour mehr mit seinen alten Kumpels gemacht hat. Das muss ich ändern, nimmt er sich vor.

Bald tauchen die ersten Dächer von Berchtesgaden auf, eingerahmt vom gewaltigen Watzmann-Massiv.

Franz Huber sitzt hinter seinem Schreibtisch, auf dem eine Keksdose, zwei Tassen und eine Thermoskanne stehen. So viel Gastfreundschaft hat Rupi gar nicht erwartet. Hinter Huber hängt eine große Übersichtskarte der Gegend. Auf dem Untersberg stecken überall rote und gelbe Fähnchen, der Kollege scheint vom Schreibtisch aus die Aufräumarbeiten minutiös zu verfolgen.

Huber gießt Kaffee in die Tassen ein, nimmt einen Schluck und fängt an zu erzählen.

„Seit dem großen Unwetter Anfang dieser Woche haben wir alle Zugänge von der Mittagsscharte in Richtung Thomas Eder-Steig abgesperrt. Das ist dort einfach zu gefährlich, alles voller Geröll, die Bergwacht hat dort ordentlich zu tun. Und mittendrin, hier ...", er deutet mit dem Finger auf ein rotes Fähnchen, „liegt die Eishöhle." Rupi folgt dem Finger seines Kollegen und spürt eine Unruhe.

„Wir mussten den Eingang sprengen, der war komplett verschüttet." Er macht eine kurze Pause und dreht sich zu Rupi um.

„Bei einer Kontrolle im Inneren der Höhle ist einer der Männer in eine Gletscherspalte abgerutscht. Du musst wissen – dort ist alles aus Eis: Wände, Boden, selbst die Decke. Wie eine Kathedrale aus Glas."

Rupi runzelt die Stirn. „Und jetzt ist das Eis gebrochen und alle sind tot? Alle Männer des Trupps? Das ist ja furchtbar!"

„Nein, viel schlimmer. Da, wo der eine in die Spalte gerutscht ist, war unten ein großer Raum und in diesem Raum, halte dich fest, lagen elf Leichen, alle gefroren."

Rupi blinzelt. Was er da hört, klingt, als würde jemand den Plot eines Horrorfilms nacherzählen. Er starrt Huber an, versucht in dessen Gesicht einen Schimmer von Ironie oder einen schlechten Scherz zu erkennen – vergeblich.

Hat der zu viel Obstler intus? Oder hängt der noch in irgendeinem Gruselfilm von gestern Abend? Rupi weiß nicht, was er von der Geschichte halten soll.

Doch Hubers Blick bleibt ernst.

„Nachdem wir die Meldung erhalten haben, haben wir sofort Großalarm ausgelöst. Jetzt ist das LKA München in der Eishöhle. Ermittler, Spurensicherung, Forensiker, Ärzte – die ganze Palette. Und die brauchen meine Jungs zur Unterstützung. Deshalb, Rupi, kann ich dir keinen meiner Leute geben. Verstehst du?"

Rupi versteht gar nichts. Sein Gehirn arbeitet auf Hochtouren: Leichen im Eis, die tote Frau, der tote Influencer im Berg - und alles in unmittelbarer Nähe. Gibt es da eine Verbindung? Ist da ein Serienmörder unterwegs? Befindet sich die vermisste Deutsche vielleicht auch in der Eishöhle?

Er holt tief Luft: „Liegen die Körper noch in der Höhle oder sind die schon alle abtransportiert?"

„Na, die sind noch alle oben", sagt Huber. „Spuren sichern im Eis ist ein Albtraum. Wir machen Passfotos von den Toten, um sie zu identifizieren. Bislang haben alle, die da oben arbeiten und diese furchtbare Sache hautnah erlebt haben, eisern geschwiegen, aber ich denke, so etwas kann und darf man nicht geheim halten - spätestens morgen gibt's eine Pressekonferenz. Wir brauchen die Öffentlichkeit für die weiteren Ermittlungen."

Rupi ist fassungslos und geschockt, kippt seinen inzwischen kalt gewordenen Kaffee runter, verabschiedet sich. Er versucht, seine Gedanken zu sortieren, diese neue

Entwicklung, diese Horrorgeschichte hat ihn zutiefst verwirrt. Zum Glück liegt die Eishöhle auf deutscher Seite und ist damit ein Fall für die deutsche Polizei, aber wenn es zwischen den Fällen eine Verbindung gibt, dann sind auch er und Asyha gefordert. Schon draußen fällt ihm ein, weshalb er überhaupt den Kollegen aufgesucht hat.

Er geht zurück und zeigt Huber die wenigen Fotos auf den die vermissten Frauen noch lebend zu sehen sind.

„Schau Mal kennst du diese Berghütte, die suche ich."

Huber setzt seine Lesebrille auf, schiebt die Fotos hin und her „Klar, das ist die kleine Berghütte, wo die Bergretter seit Tagen ihr Basislager aufgeschlagen haben. Du fährst hinter der Talstation Grödig rechts einen kleinen Schotterweg hoch. Irgendwann muss du dein Maschinchen abstellen und weiter zu Fuß gehen."

Rupi bedankt sich, setzt seinen Helm auf und startet sein Motorrad. Auf dem Weg zu der Berghütte, dem eigentlichen Ziel seiner heutigen Dienstreise, stoppt er kurz am Kiosk. Bei der neuen Nachrichtenlage braucht er dringend ein Päckchen Zigaretten. Seine guten Vorsätze, mit dem Rauchen aufzuhören, verdrängt der 45-jährige Oberleutnant für den Augenblick. Er öffnet die Packung, macht sich eine Zigarette an und versucht das Chaos in seinem Kopf zu ordnen. Dabei fällt sein Blick auf den vor dem Kiosk stehenden Zeitungsständer: Welche Überschriften wird es ab morgen geben, fragt er sich:

Massengrab im Eis entdeckt.

Tödliche Alpen: Wer hier wandert, riskiert sein Leben.

Er schnippt die Zigarette weg, setzt den Helm auf und startet die BMW. Sein nächstes Ziel: Grödig/St. Leonhard. An der Gondelstation soll er die Landstraße verlassen und dann den Schotterweg hochfahren, so hat es ihm Huber beschrieben.

In scharfen und engen Kehren schlängelt sich der Weg nach oben, ab und zu kann man schon das Dach einer Hütte sehen. Dann endet der Weg. In einer kleinen Einbuchtung stellt er seine Maschine ab, verstaut den Helm unter dem Sozius und beginnt mit dem Aufstieg.

Rund um die Hütte sieht er die Zelte und die Ausrüstung der Bergwacht. Das muss das Basislager sei, vermutet Rupi.

Die Terrasse der kleinen Berghütte ist menschenleer. Rupi öffnet die Tür und geht hinein. Er schaut sich um und erkennt an den karierten Tischdecken, Vorhängen und der Pendeluhr, dass er in der richtigen Hütte ist.

Drinnen duftet es nach Gebratenem. Die Küchentür steht offen. Ein Mann und eine Frau stehen über den Herd gebeugt, hantieren mit Pfannen und Messern. In der Pfanne brutzeln Kaaspressknödel. Die beiden reden schnell und aufgeregt miteinander, bemerken ihn nicht.

Der Kommissar spitzt seine Ohren, aber er versteht kein Wort. Die Sprache klingt sehr fremd, er kann sie nicht zuordnen. Kroatisch, bulgarisch, rumänisch, russisch oder griechisch, auf keinen Fall spanisch oder italienisch, das hätte er sofort erkannt.

Er räuspert sich laut.

„Ich komme", ruft der Mann und legt das Handtuch, das er als Schürze umgebunden hatte, auf die Küchenplatte.

„Geschlossen, nix essen." Sein Deutsch klingt gebrochen.

„Ich möchte nichts essen. Sind Sie der Chef?"

„Nein, Chef nicht da, ich und Frau nur Küche."

„Wie lange sind sie schon hier oben in der Küche?"

„Zehn Uhr", antwortet der fremdländisch aussehende Mann und deutet auf die Pendeluhr an der Wand der Gaststube.

Rupi mustert ihn genauer. Nach Koch sieht er so gar nicht aus: Er ist etwa Mitte vierzig, groß, schlank, hat einen Dreitagebart. Seine Hände sind auffällig zart und gepflegt, keine Spur von Schwielen, Wunden oder Brandnarben. Eher die Hände eines Büroangestellten oder Musikers als die eines Hüttenkochs. Rupi zieht sein Handy heraus und zeigt dem Mann die letzten Fotos von Runa und Merle beim Essen in dieser Hütte.

„Kennen Sie die beiden Frauen?" Der Mann schaut nur kurz auf die Fotos, schüttelt vehement den Kopf und verschwindet wieder in die Küche.

Rupi lässt nicht locker, schaltet heimlich die Sprachaufnahme in seinem Handy ein, geht in die Küche und zeigt der Frau die beiden Fotos.

„Kennen Sie die beiden Frauen?"

Die Frau zuckt mit den Schultern, auch sie scheint nichts zu verstehen. Er versucht es auf Englisch, aber auch das funktioniert nicht. Dann diskutieren die beiden ‚Köche' heftig miteinander, anscheinend in ihrer Muttersprache.

Rupi lauscht, versucht irgendetwas zu verstehen, vergeblich.

„Woher kommen Sie?" Seine Stimme klingt schärfer. „Welche Sprache sprechen Sie? Polnisch? Bulgarisch? Russisch? Griechisch?"

Keine Reaktion. Die beiden gestikulieren heftig, reden aufeinander ein – und ignorieren ihn vollkommen. Er fragt nach den Namen, nach einem Pass, zeigt die Polizeimarke, aber weder der Mann noch die Frau lassen sich davon beeindrucken.

Genervt geht Rupi auf die Terrasse. Wenigstens hier gibt es ein schwaches Handynetz. Er schickt die Sprachaufnahme, die er heimlich gemacht hat, an die Kriminaltechnik mit der dringenden Bitte, die Sprache zu identifizieren und einen Dolmetscher zu organisieren.

„Okay, dann eben nicht." Rupis Stimme klingt jetzt amtlich, härter. „Sie bleiben hier oben, bis ich mit einem Dolmetscher wiederkomme. Haben Sie das verstanden?"

Er spricht betont langsam, deutet zur Tür und dann auf den Boden. „Hier bleiben."

Mit einem unguten Gefühl verlässt er die Hütte. Alles in ihm sagt, dass hier etwas nicht stimmt – aber ohne Durchsuchungsbefehl oder dringenden Tatverdacht sind ihm die Hände gebunden.

Für Rupi ist es, als würde er ein Puzzle mit tausend Teilen zusammensetzen – langsam entsteht ein Gesamtbild. Was er in diesem Moment nicht ahnt: Nur wenige Stunden vor ihm standen Aysha, Kay und Alois auf derselben Terrasse, führten dieselben erfolglosen Gespräche.

Die Sache wird immer komplizierter, auch die Leichen in der Eishöhle, von denen Franz Huber erzählt hat, gehen Rupi nicht aus dem Kopf. Aufgeregt und nachdenklich zugleich steckt er sich eine weitere Zigarette an und genießt die beruhigende Wirkung der tiefen Züge. Dann steigt er auf sein Motorrad und fährt zurück zur Dienststelle, in der Hoffnung, dass Stefan die Sprache inzwischen identifiziert hat.

***

In der unteren Halle der Eishöhle werden die eingefrorenen Leichen Zentimeter für Zentimeter aus ihrem frostigen Grab befreit. Die Männer und Frauen arbeiten hochkonzentriert, jeder Handgriff sitzt.

Milan, der erfahrene Leiter der Spurensicherung, überwacht die Arbeiten genauestens. Sein Blick ist konzentriert und wachsam.

„Nehmt die kleinen Dampfstrahler", weist er die Techniker an. „Damit löst ihr das Eis präziser und die Körper bleiben unbeschädigt."

Nur langsam taut das Eis um die Leichen, das Wasser rinnt in dünnen Fäden davon. Es ist eine geduldige, beinahe meditative Arbeit. Kein Wort fällt. Nur das leise Zischen des Dampfes, das gelegentliche Kratzen von Werkzeug auf dem Felsen ist zu hören.

Nach und nach wird das wahre Ausmaß des Grauens sichtbar. Da die Körper anfangs zum Teil übereinander lagen, war nicht gleich ersichtlich, wie viele Leichen das Eis barg. Jetzt sind die Arbeiten fast abgeschlossen und es liegen elf Tote nebeneinander. Aufgereiht wie Puppen.

Die Körper zeigen auf den ersten Blick keine auffälligen Verletzungen, keine Spuren brutaler Gewalteinwirkung. Das Gesicht einer Frau wirkt fast entspannt, als hätte sie in ihrem letzten Moment etwas Schönes gesehen. Die Linien um ihren Mund deuten ein Lächeln an. Ein bisschen weiter liegt ein junger Mann, auch sein Gesicht zeigt eine tiefe Zufriedenheit.

Die Auslöser der Polizeikameras klicken unermüdlich. Die Nahaufnahmen werden für die spätere Identifizierung gebraucht.

Kommissar Kohlmeyer steht abseits, schweigend. Der Anblick nimmt ihn mehr mit, als er zeigen will.

„Wollt ihr die hier untersuchen oder erst in der Rechtsmedizin?"

Milan schaut nicht auf. Seine Stimme ist sachlich, fast mechanisch.

„Die müssen hier raus. Für eine rechtsmedizinische Untersuchung brauchen wir einen OP-Tisch. Die Körper müssen langsam aufgetaut werden. So sind die gesetzlich festgelegten Regeln." Dabei greift er zum Funkgerät und nimmt Kontakt mit der Rechtsmedizin des LKA auf.

„Ich denke, wir alle können jetzt eine Pause gebrauchen", sagt Kohlmeyer. „Lasst uns zur Hütte gehen und etwas Abstand gewinnen. Es sind nur fünfzehn Minuten Fußmarsch, frische Bergluft wird uns guttun. Und ich habe gehört, dort gibt's hervorragende Kaaspressknödel."

Er versucht, die Stimmung der Mannschaft zu heben. Nach dem Fund der elf Toten liegt eine bedrückende Schwere in der Luft.

Milan nickt zustimmend.

„Eine sehr gute Idee. Meine Leute brauchen eine Auszeit. Ich habe auch schon von dem neuen Pächterpaar gehört, die scheinen gut zu kochen. Während der Pandemie war dort oben tote Hose. Aber inzwischen soll der Laden wieder boomen!"

Die Münchener Crew legt ihr Werkzeug zusammen, spannt große weiße Sperrwände vor den Eingang der Höhle – ein provisorischer Vorhang zwischen Tatort und Touristenpfad. Dann gehen sie zur Hütte. Nur die beiden Kommissare bleiben zurück.

„Wir sollten trotz der ganzen Absperrungen hier mindestens einen zur Wache abstellen, ich kann gerne die erste Schicht übernehmen", gibt Boris zu bedenken.

„Du hast Recht, wir mussten schon diverse Wanderer verscheuchen. Ich bleibe gerne mit dir hier oben", stimmt Fikret zu. „Meine Frau hat mir sowieso ein viel zu großes Verpflegungspaket mitgegeben. Gesund und reichlich. Ich teile gerne mit dir", sagt Kohlmeyer und öffnet seinen Rucksack.

Brinkmöller greift in die Tupperdose.

„Danke, das sieht sehr lecker aus. Das nächste Mal bringe ich etwas mit. Meine neue Freundin kann kochen. Richtig gut sogar."

Kohlmayer zieht eine Augenbraue hoch.

„Ach, die Staatsanwältin? Ich habe schon gehört, dass da was im Busche sein könnte bei euch, dass ihr eventuell zusammenziehen wollt."

Boris tut, als würde er sich die Stirn wischen. „Verdammt, dieser Flurfunk, ihr alten Füchse kriegt aber auch alles raus."

Sie lachen leise.

Die zwei Kommissare sitzen vor weißen Absperrwänden, mit zu vielen Toten hinter ihren Rücken – und trotzdem genießen sie einen Moment Menschlichkeit. So eine Pause macht den Kopf frei.

Die beiden verbindet mehr als nur der Beruf. Sie sind Freunde geworden. Trotz Altersdifferenz, trotz unterschiedlicher Herkunft, trotz entgegengesetztem Temperament. Der eine hat den Überblick und das feine Gespür, der andere die Energie und den Biss. Sie vertrauen einander. Und sie wissen: Dieser Fall wird sie beide verändern.

Boris blickt in die Ferne und beißt in das Sandwich. Der Nebel im Tal erinnert ihn an seine Heimat, die Ostsee. Damals, als er noch in Kiel lebte, konnte der Wind einen vom Rad pusten.

„Vermisst du den Norden eigentlich manchmal?", fragt Fikret intuitiv, ohne aufzusehen.

Boris zögert. „Manchmal vermisse ich den Wind. Der weht im Norden alle Sorgen aus dem Kopf. Aber seit ich wieder mehr Zeit in Gesellschaft verbringe, ist's anders."

„Mit Gesellschaft, da meinst du die Staatsanwältin?", fragt Fikret, der ein Lächeln nicht ganz unterdrücken kann.

Boris zuckt die Schultern. „Könnte was Ernstes werden. Nicht wie die Geschichten davor. Und ja – vielleicht auch mehr als nur ein paar Nächte und ein Frühstück."

Boris ist ein Mann, der durch seine Erscheinung sofort auffällt. Groß gewachsen, breite Schultern. Er strahlt eine Mischung aus jugendlichem Ehrgeiz und souveräner Gelassenheit aus, eine Zusammenarbeit mit ihm ist sehr angenehm. Erst vor ein paar Jahren ist er aus dem kühlen, stürmischen Norddeutschland nach München gezogen. Und obwohl er den rauen Wind der Küste vermisst, gefällt ihm die gemütliche bayrische Lebensweise.

Fikret nickt langsam.

„Das ist gut. Gönn dir das. Zu zweit ist das Leben einfach schöner. Man kann alles teilen, Freude und Trauer." Seine Stimme klingt leise, fast brüchig. „Meine Mutter hat immer gesagt: Der Mensch kann viel ertragen – aber nicht allein. Diese Einstellung hat sie damals weit gebracht. Die Änderungsschneiderei in Straubing hat ihr die Welt geöffnet. Sie hat rasch Deutsch gelernt, Freundinnen gefunden und sich in der neuen Heimat schnell eingelebt. "

Boris schweigt. Er weiß, dass Fikret als Kind mit seinen Eltern als erste Gastarbeitergeneration aus der Türkei nach Deutschland gekommen ist. Die Einzelheiten kannte er bisher aber noch nicht.

„Und dein Vater, war er auch glücklich in der neuen Heimat?", fragt er schließlich.

„Nein, er ist zurück nach Anatolien, er kam nicht klar mit dem Leben in Deutschland. Meine Eltern haben sich getrennt. Aber dann hat meine Mutter Franz kennengelernt, meinen Deutschlehrer. Sie haben geheiratet und er hat mich adoptiert."

Fikret war immer ehrgeizig, er ist seinen Weg gegangen und heute als Kriminalhauptkommissar beim LKA in München tätig. Jetzt steht er kurz vor der Pensionierung. Der Einsatz in der Eishöhle könnte sein letzter großer Fall werden. Er merkt, dass die Einsätze der letzten Jahre nicht spurlos an ihm vorbeigegangen sind, und der aktuelle Fall, den ganzen Tag hier oben in der Eishöhle, ist schon sehr fordernd, körperlich und psychisch. Bei den Ermittlungen vor Ort sind die Tage oft länger als die üblichen acht Stunden im Büro.

Auch an diesem Tag verlassen die beiden LKA-Ermittler den Tatort erst in der Dämmerung. Die Kälte sitzt in den Knochen. Während das Team oben in der Hütte oder den Zelten übernachtet, haben die beiden ein Hotel unten im Tal. An der Hotelbar trinken sie noch ein Bier.

„Ein großer Fall", murmelt Fikret, ohne vom Glas aufzusehen.

Boris nickt. „Und die Ermittlungen können dauern. Das wird sicher kompliziert und zieht sich hin."

Sie wissen es beide: Es wird Wochen dauern, bis die Toten identifiziert sind. Monate, bis man weiß, wer sie dort hingebracht hat – und warum.

Beim LKA gelten die beiden als eingespieltes Duo. Wenn es schwierig wird, wenn niemand weiterweiß, dann ruft man Kohlmeyer und Brinkmöller. Nicht weil sie laut sind, sondern weil sie gut ermitteln und liefern.

„Wir sind inzwischen wie ein altes Ehepaar“, sagt Boris und grinst. Dann klopft er Fikret auf die Schulter. „Beim nächsten Mal will ich ein Doppelzimmer mit dir. Das ist auf jeden Fall billiger und familiärer.“

„Stell dir den Wecker. Acht Uhr Frühstück.“

***

Stefan hat inzwischen die Sprachaufnahme analysiert, die Rupi heimlich in der Küche der Berghütte gemacht hat.

„Ich habe es herausgefunden“ sagt er knapp. „Die sprechen Rumänisch.“

„Rumänisch?“ Rupi runzelt die Stirn „Okay. Dann müssen wir schauen, ob wir jemanden in München oder Salzburg finden, der übersetzen kann. Uni, Sprachzentren, soziale Netzwerke – es gibt doch bestimmt Dolmetschernetzwerke.“

„Klar. Aber sag mal … die Aufnahme war heimlich, oder?“

„Ja. Behalte es für dich“, entgegnet Rupi scharf. „Vor Gericht dürfen wir das nicht erwähnen.“

Stefan lacht. „Dann viel Glück, Chef. Einen vereidigten Dolmetscher für Rumänisch hier in der Gegend aufzutreiben, wird sicher nicht einfach.“

Da könnte Stefan Recht haben. Rupi überlegt, wie er aus der Nummer rauskommt, zumal er keine Lust hat, jetzt bei Instagram und Co. nach einem Dolmetscher für Rumänisch zu suchen. Außerdem muss dieser Mensch auch ein Dolmetscherzertifikat haben, sonst sind die Aussagen der beiden Verdächtigen vor Gericht ungültig.

Strolz überlegt, bis ihm die rettende Idee kommt. Er lässt den neuen Auszubildenden kommen. „Suche uns bitte einen vereidigten Dolmetscher für Rumänisch. Aber schnell sollte es gehen."

Dann greift Rupi zum Telefon und ruft seinen deutschen Kollegen an.

„Franz, hast du was Neues über die Leichen in der Eishöhle?" Seine Stimme klingt angespannt, beinahe ungeduldig.

„Ich halte mich da raus. Ganz ehrlich, das ist für mich eine Nummer zu groß. Inzwischen haben das LKA München und die Staatsanwaltschaft alles übernommen. Ich gebe dir eine Nummer, die darfst du aber nur im äußersten Notfall anrufen. Die sind im Stress."

„Danke, Franz." Rupi legt auf, atmet tief durch – und wählt sofort die Nummer.

„Boris Brinkmöller, LKA München. Was ist jetzt schon wieder?" Die Stimme am anderen Ende der Leitung klingt müde und gereizt.

„Ruprecht Strolz, Mordkommission Salzburg. Entschuldigen Sie die Störung, aber wir ermitteln in Mordfällen, die am gleichen Ort passiert sind. Ich habe zwei Tote und eine Vermisste am Untersberg – und Sie haben elf Leichen in der Eishöhle. Vielleicht hängt das zusammen."

Kurze Stille. „Sie meinen, Ihre Fälle haben was mit meinen Leichen zu tun? Klingt nach einem Albtraum."

„Vielleicht. Wir sollten es unbedingt prüfen. Ich schlage vor, wir treffen uns morgen um zehn Uhr in Salzburg und tauschen Infos aus, bevor die Presse davon Wind bekommt."

Brinkmöller knurrt etwas Unverständliches. „Sie haben Recht. Ich bringe meinen Chef mit. Aber eins sag ich Ihnen, Strolz: Wenn die Fälle zusammengehören, dann wird das eine riesige Nummer."

Die Leitung bricht ab.

Rupi lehnt sich zurück, spürt das dumpfe Pochen in den Schläfen. Elf Leichen im Eis, zwei Morde, eine Vermisste – und diese verdammte Hütte mit den stummen Köchen. Alles dreht sich um den Untersberg.

Er zündet sich wieder eine Zigarette an, starrt in die Dunkelheit. Morgen um zehn. Vielleicht wird dann alles klarer. Oder noch viel schlimmer.

Rupi lässt im Sekretariat den großen Besprechungssaal reservieren und versucht Aysha zu erreichen – leider vergeblich. Nur der Anrufbeantworter meldet sich: „Hier spricht Leutnant Aysha Verwall, ich bin in einem wichtigen Meeting..."

Meeting klingt gut, murmelt Rupi und nimmt sich vor, seinen eigenen AB-Text endlich zu ändern.

Dann geht er zur Kriminaltechnik. Seit Stefan die Spurensicherung übernommen hat, ist das Labor bestens ausgestattet. Musste man früher bestimmte Analysen auswärts vornehmen lassen, ist jetzt alles vor Ort möglich, egal ob DNA-Spuren, Fingerabdrücke, Reifenspuren, eine Urinanalyse oder Drogen- und Alkoholtests.

Rupi findet den Chef im weißen Kittel über einer Probe.

„Die Fingerabdrücke auf dem Zelt, an den Kippen und dem Handy passen alle zu dem Toten mit dem geschminkten Gesicht", erklärt Stefan. „Aber auf dem Stein mit seinem Blut sind fremde Abdrücke."

„Du meinst der Stein ist die Tatwaffe?"

„Ja. Der Pathologe sagt: Tod durch Schlag auf den Hinterkopf. Der junge Mann ist nicht durch Drogen, einen Sturz oder einen Herzinfarkt ums Leben gekommen."

„Vielleicht war es diese Runa, sie kam auf das Plateau, sah das Zelt, schaute hinein und da packte er sie von hinten. Sie wehrte sich, nahm den Stein, und schon ist es passiert."

Stefan schüttelt den Kopf. „Rupi, für wie blöd hältst du die Spusi. Die Fingerabdrücke auf dem Stein sind nicht die der Toten, auch das haben wir überprüft. Der Mann war nie in dem Gang, wo die Frau lag – und sie war nie auf dem Plateau, da sind die Fußspuren eindeutig. Sie haben sich nicht getroffen. Da war eine dritte Person im Spiel."

„Was ist mit den anderen Fußabdrücken?"

„Es gibt viele andere, die aus der Sackgasse kommen, auf dem Plateau enden und wieder in die Sackgasse gehen. Und es gibt welche, die auf dem Plateau sind, dann in den Gang führen, in dem der junge Mann lag, und noch weiter bis zum Ausgang. Aber die können auch von uns allen sein. Dazu habt ihr Polizisten und die Hobbyermittler schon zu viel verwischt", bemerkt Stefan etwas vorwurfsvoll.

„Also, du meinst, die Frau kam aus dem Nichts, war betäubt und fiel einfach um?"

„Ob aus dem Nichts, das weiß ich nicht, aber es steht fest, dass ihre Fußabdrücke an dem Felsen beginnen. Und hinter der Stelle, an der sie lag, habe ich keine weiteren Spuren von ihr gefunden."

„Dann ist deine Vermutung also, dass der Typ im Zelt übernachtet hat, um morgens als erster das beste Foto für seinen Instagram-Account zu machen? Er hat den Wecker gestellt, sich geschminkt und dann im Gegenlicht der aufgehenden Sonne Selfies gemacht?“ Rupi schüttelt den Kopf.

„So in etwa. Paulina hat auf seinem Handy extravagante Fotos gefunden - die er um vier Uhr morgens gemacht hat. Das letzte Selbstporträt zeigt, was er für ein selbstverliebter Gockel war. Im Mittelpunkt steht nicht die Landschaft, sondern er selbst. Hochladen konnte er nichts mehr – vorher kam wohl der Stein.“

Rupi denkt laut: „Vielleicht tauchte ein zweiter Influencer auf, wollte das gleiche Foto, und zack – mit dem Stein hat er die Konkurrenz ausgeschaltet.“

„Klingt logisch, ist aber reine Spekulation. Wir müssen jetzt alle Social-Media-Kanäle checken: nach Fotos suchen, die von diesem Plateau an dem fraglichen Tag gemacht wurden. Dann hättest du zumindest einen überschaubaren Kreis von Zeugen oder – oder sogar den Täter.“

„Gute Idee“, meint Rupi. „Wäre das nicht was für dein Team?“

Stefan schüttelt den Kopf. „Nicht wir. Wir sind unterbesetzt. Diese Internetrecherche, das ist etwas für deine Abteilung, Herr Oberleutnant.“ Er beugt sich wieder über sein Mikroskop und beendet das Gespräch.

Rupi verlässt die Kriminaltechnik. Auf seinem Schreibtisch findet er einen Zettel:

Sehr geehrter Herr Oberleutnant Strolz, hier meine Recherche zu den Dolmetschern. Alle haben Zeit, warten auf Ihren Rückruf. Gruß Malte. Darunter drei Namen mit Nummern.

Rupi ist beeindruckt. Der Junge scheint nicht auf den Kopf gefallen zu sein und schnell zu arbeiten. Ein wenig schämt er sich sogar, dass er bislang noch nicht mal wusste, wie der Auszubildende heißt. Das muss sich sofort ändern - er ruft den Azubi zu sich.

„Malte, Kompliment, das war gute Arbeit und schnell sind Sie. Gefällt es Ihnen bei uns?"

Der 19-Jährige nickt nervös.

„Gut. Ich bin der Rupi, wir duzen uns hier alle. Wie lange bist du noch bei uns?"

„Noch drei Wochen, dann geht es zur nächsten Station?"

„Perfekt, dann bist du jetzt mein persönlicher Co-Ermittler. Du suchst jetzt auf allen Plattformen Fotos vom Plateau, notierst Follower, Uhrzeiten, Querverbindungen. Und check noch mal die Handyfotos von dem Toten. Wenn dir was komisch vorkommt, geh zu Stefan." Dann drückt er Malte das Handy des Influencers in die Hand.

Beim Verlassen des Zimmers stößt der sichtlich verdutzte junge Mann fast mit Aysha zusammen.

„Neuer Mitarbeiter? Seit wann interessierst du dich für Azubis?"

„Der Junge ist klasse, hat schon einen Dolmetscher für Rumänisch organisiert und checkt jetzt die Follower des toten Influencers."

Rupi macht eine kurze Kunstpause. „Und du? Wo warst du so lange, hast du mit Alois und Kay auf dem Plateau gepicknickt?"

Aysha ignoriert den Seitenhieb. „Wir haben den Rucksack, und eine geheime Tür gefunden – die führt in einen Keller unter einer alten Berghütte. Da haben wir einen Mann und eine Frau angetroffen, die kein Wort Deutsch verstehen."

„Darf ich weitererzählen", Rupi unterbricht sie. „Der Mann und die Frau standen in der Küche am Herd und verstanden kein Wort. Erkannten weder die beiden Frauen auf dem Foto noch den Rucksack. Stimmts?", beendet Rupi die Geschichte.

„Ja, aber woher weißt du das, spionierst du mir jetzt nach?"

Rupi grinst, schiebt ihr eine Mon Cheri-Praline hin und erzählt ihr von seinem Hüttenbesuch. „Übrigens, der Dolmetscher kommt morgen um elf. Wir müssen die beiden knacken, die spielen die Ahnungslosen, wissen aber garantiert mehr."

„Das denke ich auch, irgendetwas stimmt da nicht."

„Vorher, um zehn Uhr, treffen wir die Kollegen vom LKA Bayern. Boris Brinkmöller und Fikret Kohlmayer aus München ermitteln in dem Fall der elf Leichen in der Eishöhle. Da habe ich mir gedacht, vielleicht wäre da ein Austausch nicht schlecht. So viele Tote in einem Berg, das kommt mir sehr verdächtig vor – wenn es da keinen Zusammenhang gibt …"

Rupi redet ohne Punkt und Komma und merkt gar nicht, dass Aysha ihn seit geraumer Zeit völlig entgeistert anschaut. „Was erzählst du da von elf Leichen? Und jetzt die Münchener Kripo? Dieser Fall ist unserer, den lasse ich mir nicht so schnell wegnehmen."

Rupi merkt, dass seine Kollegin noch gar nicht von dem Gruselfund in der Eishöhle wissen kann, über den Franz Huber heute berichtet hat. Er schiebt eine weitere Praline über den Tisch und erzählt der ungläubig Schauenden über den Leichenfund in der Eishöhle. Das Wenige, was er von Huber erfahren hat.

Aysha glaubt ihren Ohren nicht zu trauen. „Was…, Leichen im Eis? Hast du bei der Motorradspritztour zu viel Sonne abbekommen?"

„Nein, nein, das stimmt wirklich, ich konnte es erst auch nicht glauben, so etwas hier in den Bergen. Da gibt es bestimmt einen Zusammenhang. Also, morgen um zehn Uhr sind wir erst mit den Kollegen aus München verabredet und tauschen uns aus, bevor um vierzehn Uhr die Journalistenmeute über uns herfällt. Dazwischen kannst du mit dem Dolmetscher zu den Rumänen auf der Hütte fahren."

Tag 8

Der Frühstücksraum in dem Hotel, in dem die beiden LKA-Ermittler übernachtet haben, ist rappelvoll. Überall Männer in karierten Hemden und Dreiviertelhosen mit unzähligen Taschen an den Hosenbeinen. Die dazugehörigen Frauen tragen Funktionsshirts und kleine Taschen, die um ihre Hüften baumeln. Die Stimmung unter den Hotelgästen ist ausgelassen. Für Fikret ein gutes Zeichen, dass die Nachricht von dem Horror-Fund im Untersberg noch nicht durchgesickert ist.

Boris erscheint im Türrahmen und sucht verschlafen nach dem Kaffeeautomaten. „Da bist du ja, jetzt aber mal hopp", versucht Fikret den Kollegen zu wecken. „Warum müssen wir uns eigentlich mit den Ösis treffen, kennst du die?"

„Nur vom Telefon. Habe aber gehört, dass die wohl öfter gemeinsam an Fällen arbeiten. Die haben aktuell zwei Leichen und eine Vermisste, vielleicht gibt es einen Zusammenhang mit unserem Fall", sagt Boris und köpft sein Frühstücksei.

Fikret schaufelt sich eine riesige Portion Müsli mit Joghurt und frischem Obst in eine Schale und nimmt vom Buffet noch zwei Brezeln - als Notration für den Tag. Aus Erfahrung weiß er, dass es in den Polizeidienststellen und am Tatort meist nichts zu essen gibt.

Eine halbe Stunde später parken sie vor der Dienststelle der Kripo Salzburg, wo Rupi und Aysha schon warten. Boris' Laune steigt sofort: Statt der befürchteten Männerrunde mit aufgeblasenen Egos hofft er jetzt, dass eine junge Ermittlerin für eine aufgelockerte Atmosphäre sorgt.

Aysha hat in der Mitte des Tisches ein Mikrofon aufgestellt, um den Ermittlungsstand auch digital zu sichern, und übernimmt das Wort.

„Wir ermitteln in dem Fall von zwei Wanderinnen aus Köln. Die eine wird noch vermisst, die andere haben wir tot gefunden. Laut Obduktionsbericht ist sie an einer Überdosis Propofol gestorben. Die Leiche lag mitten im Untersberg, in einem Gang."

Sie tippt auf die Karte. „Wir haben auch ihr Handy gefunden und ausgewertet. Dank eines AirTags fanden wir ihren Rucksack – im gleichen Gang, aber hinter einer als Fels getarnten Tür. Dahinter befindet sich ein schmaler Gang, der direkt in den Keller einer alten Hütte führt. Diese wird von einem rumänischen Paar bewirtschaftet, das angeblich kein Wort Deutsch spricht und die beiden Frauen nicht gesehen haben will."

Aysha macht eine Pause, schaut in die Herrenrunde: „Soweit alles klar oder gibt es Fragen?"

Fikret hakt nach. „Nicht gesehen haben will – das klingt, als ob du denen nicht glaubst."

Rupi übernimmt: „Das tun wir auch nicht. Die letzten Fotos auf dem Handy der Toten sind beim Essen in dieser Hütte gemacht worden. Es gibt auch Zeugen. Ein Ehepaar aus Sachsen, das sich mit seinen Kindern in der Hütte vor dem Gewitter geschützt hat, hat sich bei uns gemeldet. Sie haben die beiden Frauen dort getroffen und eindeutig identifiziert. Zur selben Zeit soll auch ein Einheimischer kurz dort oben gewesen sein. Der soll in einem Sägewerk arbeiten und joggt angeblich immer nach Feierabend hoch, isst Kuchen, rennt wieder runter. Den Typ haben wir noch nicht gefunden. Wir haben den Hüttenwirten unabhängig voneinander die Fotos von den Frauen gezeigt – beide haben nur den Kopf geschüttelt und irgendwie benehmen sie sich... seltsam."

Boris nickt langsam. „Die Frauen waren zusammen in der Hütte. Das Hüttenpaar ist die letzte bekannte Verbindung und tut so, als wüsste es von nichts."

„Genau", sagt Aysha. „Jetzt stellt sich die Frage: Wo ist die zweite Frau, wo ist ihr Rucksack und wer hat der anderen wann, wo und wie dieses Betäubungsmittel verabreicht? Sie wird wohl kaum selbst eine Überdosis genommen haben."

„Dann haben wir noch einen Toten, einen jungen Mann, der offensichtlich auf dem Plateau gezeltet hat. Der wurde mit einem Stein erschlagen. Sein Handy ist ausgewertet, er scheint, ein Influencer zu sein. Nach der Spurenlage hat er die tote Frau nicht getroffen. Alles sehr merkwürdig."

Fikret lehnt sich vor. „Okay, dann haltet euch fest, bei uns ist das Ganze noch viel abstruser und rätselhafter: Wir haben elf Leichen. Tiefgefroren. In einer geheimen Kammer in der Eishöhle. Keine Identität, keine Papiere. Wir gleichen gerade die Fotos, die wir gemacht haben, mit Vermisstendateien ab. Auch wir brauchen die Presse, wir müssen informieren und wir brauchen Hinweise aus der Bevölkerung."

Rupi zückt sein Handy und zeigt das Foto von Merle. „Wenn die bei euren Eisleichen dabei ist, dann haben wir eine echte Schnittmenge. Ich schick euch das Bild."

„Egal ob Merle dabei ist oder nicht, wir müssen jetzt dringend das rumänische Paar befragen. Der Dolmetscher kommt in zehn Minuten. Kollegen, wir bleiben im Kontakt." Aysha macht das Mikrofon aus und eilt aus dem Zimmer.

Einen Moment herrscht Stille, bis Fikret sich räuspert: „Respekt. So bringt man komplexe Fälle auf den Punkt. Jungs, da können wir uns echt was abschauen."

Dann klatscht er in die Hände. „Los jetzt. Die Presse sitzt uns im Nacken. Um vierzehn Uhr stehen Fernsehen, BR, ORF, RTL und N-TV, die lokalen Radiosender und die ganzen Printmedien vor der Tür. Dann lassen wir die Bombe platzen – ohne Öffentlichkeit kommen wir hier keinen Schritt weiter."

„Drei Stunden haben wir noch", wirft Rupi ein. „Bis dahin hat Aysha hoffentlich bei der Vernehmung der Hüttenleute etwas herausbekommen. Und wenn wir ein paar Fotos von euren Eismenschen zeigen könnten, dass wäre perfekt. Vielleicht melden sich ja Zeugen, die jemanden erkennen."

„Spurensicherung arbeitet schon dran", sagt Boris grinsend. „Elf Porträts nebeneinander – das sieht aus wie ein Fahndungsplakat aus RAF-Zeiten."

Keiner lacht.

***

In der Eishöhle einigt man sich darauf, erst einmal eine junge Frau und einen Mann zu bergen. Ihre Körper sind nur spärlich mit Eis überzogen, sie sehen wie Eisskulpturen aus. Es scheinen die letzten Opfer zu sein. Die Leichen werden fotografiert, vor allem die Gesichter. Dann werden auf einer Bahre nacheinander aus der Eishalle getragen.

Gustav hat inzwischen einen Heli angefordert, um die Toten ins Tal zu transportieren.

Natürlich macht das hektische Treiben vor dem Eingang der Eishöhle neugierig. Trotz der weiträumigen Absperrungen tummeln sich schon zahlreiche Wanderer am Eingang, die die Absperrbänder ignorieren und mit ihren Handys nach der besten Perspektive für ein Sensationsbild suchen. Gustav versucht, die Menschen fernzuhalten – er fürchtet, dass Fotos viral gehen und der grausige Fund vor der großen Pressekonferenz an die Öffentlichkeit gelangt.

Der heranschwebende Helikopter macht die Sache nur noch spannender. Er hat über der Eishöhle Position bezogen und lässt langsam den Rettungskorb hinunter. Die ersten Toten, die junge Frau und der junge Mann, werden in den Korb hineingelegt und ins Tal gebracht.

Hugo beobachtet den Abtransport und scannt die Runde. „Wo steckt eigentlich der Andreas, der uns gestern einiges über die Eishöhle erzählt hat? Seit gestern ist er verschwunden. Hat ihn jemand vielleicht in der Hütte gesehen?"

„Keine Ahnung", antwortet Xaver, „vielleicht war der Anblick doch zu viel für ihn, schließlich war die Eishöhle sein Arbeitsplatz."

„Wir sollten ihn suchen. Wenn jemand die Höhle kennt, dann er." Hugo zückt sein Handy, um im Büro anzurufen. Er will mehr über versteckte Kammern und Wege erfahren, denn ohne statische Freigabe kommen die Ermittler nicht weiter.

Aus der Eishöhle werden jetzt nach und nach die weiteren Toten herausgetragen. Die Helikopter fliegen nonstop zwischen dem Untersberg und Berchtesgaden. Im Tal steht ein Tross aus Transportfahrzeugen mit Kühlvorrichtung bereit.

Obwohl das Krankenhaus in Salzburg näher liegt, hat das federführende LKA entschieden, der Rechtsmedizin in München die weiteren Arbeiten zu übergeben. Das Klinikum Salzburg ist für eine solche Zahl an Toten nicht optimal ausgestattet. Elf gefrorene Leichen müssen gleichzeitig in die Kühlhäuser und dann nach und nach kurz vor der Obduktion langsam in einem mäßig geheizten Raum aufgetaut werden, um keine Spuren zu vernichten. Das ist eine Herausforderung. Denn nach gerichtsmedizinischem Standard dürfen gefrorene Körper auf keinen Fall mit warmem Wasser oder mit anderen warmen Gegenständen zur Beschleunigung des Auftauens behandelt werden. Da darf gerade jetzt kein Fehler passieren.

Außerdem liegt die Eishöhle auf bayerischem Territorium, und ein wenig bayerischer Eigensinn spielt auch eine Rolle.

***

Der große Vorplatz vor dem Tourismusbüro in Berchtesgaden ist gegen Mittag schon zugeparkt. Übertragungswagen der Medien stehen Stoßstange an Stoßstange. Kameraleute tragen ihre Stative durch die Menge. Die Pressekonferenz wird live übertragen - das Geschehene ist längst kein lokales Ereignis mehr.

Im großen Vortragssaal, in dem sonst Werbefilme über den Königssee und den Obersalzberg gezeigt werden, wird eine Leinwand aufgestellt. Techniker testen die Lautsprecher. Boris steht vorne und prüft die vorbereiteten PowerPoint-Slides. Er möchte die Fotos der Toten gleich der Presse präsentieren. An einem langen Tisch stehen schon die Mikrofone und Namensschilder der Teilnehmer.

Rupi ist aufgeregt und zündet sich schon wieder eine Zigarette an. „Ich rufe Kay an, seine Frau Merle ist eine der elf Leichen. Ich habe sie sofort erkannt." Seine Stimme klingt aufgeregt. „Er darf das nicht aus dem Fernsehen erfahren, das sollte er von uns persönlich gesagt bekommen. Und wir brauchen ihn zur Identifizierung."

Das Telefonat mit Kay hätte er gerne Aysha überlassen, die ist aber mit dem Dolmetscher auf der Hütte. Leider ist sie immer noch nicht zurück, dabei wäre es schon wichtig zu wissen, was sie von den beiden Hüttenbetreibern erfahren hat. Genau danach werden die Journalisten fragen.

Rupi nimmt einen tiefen letzten Zug aus der Zigarette, dann wählt er die Nummer von Kay.

Als Rupi ihm die Nachricht übermittelt, herrscht am anderen Ende lange Stille. Dann ein leises, gepresstes: „Danke." Mehr nicht. Rupi schließt die Augen, er hasst diesen Teil seines Jobs. Trost spenden war nie seine Stärke.

„Kay, ich muss jetzt Schluss machen. Die Pressekonferenz startet in wenigen Minuten. Wir sehen uns gleich im Saal." Hastig legt er auf, steckt das Handy weg und eilt nach vorne.

Der Saal ist jetzt voll. Journalisten reihen sich dicht an dicht, Kameras richten sich aus. Ein Stimmgewirr liegt im Raum, das sofort verstummt, als die Ermittler am Tisch Platz nehmen. Alle Blicke richten sich gespannt auf Boris, Fikret und Rupi. Die Stille vor dem ersten Wort wirkt, als warteten alle auf einen Sturm, der sich zusammenbraut.

Pünktlich um vierzehn Uhr gehen die roten Lämpchen an den Kameras an. Der Stuhl von Aysha bleibt leer.

„Fangt ihr mal, an vielleicht kommt sie noch, außerdem ist euer Fall eh das Highlight", flüstert Strolz den deutschen

Kollegen vom LKA Bayern zu, bevor er dem Pressesprecher der Polizei das Startsignal gibt.

Im Raum ist es mucksmäuschenstill. Boris übernimmt das Wort für das LKA und füttert die Presse wohldosiert mit den Informationen rund um den Fund in der Eishöhle. Nur das Klicken der Fotoapparate zerreißt die gespenstische Stille.

Rupi schaut abwechselnd zur Tür und auf sein Handy. Wo bleibt nur Aysha denkt er. Endlich blinkt eine WhatsApp-Nachricht auf:

Rumänisches Paar verschwunden, Zimmer leer, alles mitgenommen.

Er tippt hastig zurück: *Geflüchtet?*

Ja, sieht so aus. Wir haben's vermasselt. Bin auf dem Weg.

Rupi ringt um Haltung.

Die Rumänen sind weg, kein Wort an die Presse, schreibt er auf einen Zettel und schiebt ihn zu Fikret. In dem Moment erteilt ihm der Pressesprecher das Wort.

Rupi räuspert sich, wechselt in den Profi-Modus und legt die Fotos von Runa und Merle auf die Leinwand. Ruhig schildert er die Suche nach den Vermissten, den Fund von Runa und des Influencers. Rupi berichtet über alle Erkenntnisse, über das Höhlenlabyrinth, die Todesursache von Runa und den neuentdeckten Gang in Richtung Salzburg. Nur die heiklen Details - die geheime Tür, die Verbindung zur Hütte und dass Merle unter den Toten der Eishöhle ist, bleiben unerwähnt. Er verschweigt auch, dass die beiden Rumänen geflüchtet sind. Ein klarer Ermittlungsfehler, das wäre ein gefundenes Fressen für die Presse.

Kaum hat Rupi den letzten Satz gesprochen, schnellen die Hände der Journalisten in die Höhe, ein Stimmengewirr setzt ein.

„Herr Kommissar, gehen Sie inzwischen von einem Gewaltverbrechen aus?“, ruft eine Reporterin vom BR.

„Wie erklären Sie sich die elf Leichen in der Eishöhle – gibt es einen Serienmörder am Untersberg?“, fragt der nächste Reporter, sein Mikrofon weit vorgestreckt.

„Warum wurde die Öffentlichkeit nicht früher informiert? Stimmen die Berichte, dass die Polizei bereits seit Tagen von einer Verbindung zwischen den Fällen weiß?“, schiebt eine Journalistin von der Süddeutschen nach.

„Was ist mit den Hüttenwirten? Wurden sie bereits vernommen?“, ruft jemand von der Lokalzeitung, was sofort zustimmendes Murmeln in den Reihen auslöst.

Rupi hebt beschwichtigend die Hand, seine Stimme bleibt betont ruhig,

„Wir verstehen Ihr Interesse und die Dringlichkeit der Fragen, aber wir können zum jetzigen Zeitpunkt aus ermittlungstechnischen Gründen keine weiteren Details zum Ermittlungsstand nennen.“

Das Blitzlichtgewitter wird dichter.

„Sie können gerne in ihren Berichten die Fotos der Toten veröffentlichen, das ist zwischen den deutschen und österreichischen Behörden abgesprochen", ergänzt Boris. „Wir freuen uns über sachdienliche und weiterführende Hinweise aus der Bevölkerung, insbesondere was die Identität der Toten betrifft, oder über Hinweise, falls jemand Beobachtungen gemacht hat, die ihm verdächtig erscheinen.“

Rupi wird angesichts der nicht enden wollenden Nachfragen zunehmend nervös, wirft einen Blick zur Tür – noch immer keine Aysha. Er spürt, wie die Anspannung im Raum steigt, und sucht nach den richtigen Worten, um die Lage unter Kontrolle zu halten.

„Parallel mit den beiden Frauen war auch ein Mann auf der Hütte, anscheinend ein Einheimischer, der in einem Sägewerk arbeitet und als Ausgleichssport regelmäßig zu dieser Hütte joggt. Der hat sich noch nicht bei uns gemeldet, vielleicht kann die Lokalpresse einen Aufruf starten, auch er könnte ein wichtiger Zeuge sein", startet Rupi einen weiteren Aufruf.

Aysha hat die letzten Minuten der Pressekonferenz ungesehen aus der letzten Reihe verfolgt und ist stolz auf ihren Chef, wie detailgetreu er die Ereignisse der letzten Tage geschildert und wie souverän er ein wichtiges Puzzle-Teil einfach weggelassen hat. Genau richtig, denkt sie.

Der Saal leert sich, die Kameras werden abgeschaltet. Die drei Ermittler nehmen den Hinterausgang, um der Presse nicht vor die Mikrofone zu laufen. Aysha findet ihre Kollegen rauchend auf dem Hof. Keiner sagt etwas, aber alle denken dasselbe: Die Sache ist ihnen gerade ein wenig entglitten.

„Wir müssen nach den beiden Hüttenpächtern suchen", durchbricht Aysha die Lethargie, „die haben sich garantiert nach Rumänien abgesetzt. Wir müssen sofort die Grenzpolizei und die Flughäfen alarmieren."

Rupi nickt, aber schnell wird klar, dass keiner, weder Aysha noch er, ein Foto von dem Pärchen gemacht hat.

„Vielleicht finden wir was auf Runas Handy", schlägt sie vor. Rupi lässt Malte, den Azubi, noch einmal das Fotoalbum auf Runas Handy durchsuchen, in der Hoffnung, dass auf den Fotos von Runa vielleicht auch die Hüttenwirte zu finden sind.

Aysha fühlt sich elend. „Ich rufe das Ehepaar aus Sachsen an. Die saßen doch stundenlang auf der Hütte – vielleicht haben die Fotos gemacht."

„Gute Idee! Und ich lasse jetzt diesen Andreas suchen, der muss die beiden doch kennen, schließlich hat er da oben übernachtet, wenn er die Führungen gemacht hat", beschließt Rupi.

In der Hektik haben die Kommissare völlig übersehen, dass mittlerweile auch Kay und Sven dazugestoßen sind. Rupi fühlt sich nicht so richtig wohl, eben, als er Kay am Telefon gesagt hat, dass Merle tot ist, da musste er ihn nicht anschauen, aber jetzt steht er ihm gegenüber, das ist eine ganz andere Situation. Sven, der inzwischen das Krankenhaus verlassen durfte, sieht ziemlich mitgenommen aus.

„Warum habt ihr die geheime Tür vor der Presse verschwiegen? Und was ist mit den Hüttenwirten? Die sind doch der Schlüssel!" Kays Stimme zittert vor Zorn.

Rupi bleibt ruhig. „Aus ermittlungstaktischen Gründen. Und ja, die Wirte sind weg. Wir waren zu naiv, aber das muss nicht direkt in die Öffentlichkeit posaunt werden. Wir haben es vermasselt: haben keine Fotos, keine Namen, praktisch nichts. Aber wenn wir jetzt eine öffentliche Fahndung nach ihnen starten, verschwinden sie für immer."

Aysha versucht nach vorne zu denken. „Dann machen wir eben Phantombilder von den beiden. Kay, du und Alois, ihr habt sie ja auch gesehen. Wir setzen uns alle zusammen, und Stefan von der Spusi hat die Software." Sie greift sofort zum Handy, während Kay Alois anruft.

Stefan stöhnt, als er vier Leute für zwei Phantombilder sieht. „Ihr wollt ernsthaft zu viert zwei Personen beschreiben? Das gibt Chaos. Ich arbeite erst mit zweien von euch, die anderen korrigieren später. Wer möchte anfangen?"

Aysha tritt sofort vor, Kay folgt.

„Dann los."

Stefan startet die Software: ein Arsenal aus Gesichtsformen, Augen, Haaren, Nasen. Alles erfolgreich erprobt bei zahlreichen nationalen und internationalen Ermittlungen.

Das Bild des Mannes steht nach wenigen Minuten: markantes Gesicht, gepflegter Dreitagebart, tiefe Zornesfalten, schulterlanges, schwarzes Haar mit grauen Strähnen, stechender Blick. „Der wirkt wie ein Naturliebhaber mit aristokratischem Einschlag", murmelt Kay. Auch das Phantombild der Frau ist rasch erstellt.

Dann kommen Rupi und Alois zur Korrektur. „Das ist ja der Hammer, ich muss dem aber auch gar nichts hinzufügen, perfekt!", sagt Rupi. Das Phantombild des Mannes ist so präzise, als hätte man eine Fotografie vor sich.

Alois nickt. „Eine echte Erscheinung. Die Frau war für mich dagegen weniger präsent."

Stefan legt das Phantombild der Frau auf den Bildschirm. Ihr Haar ist das auffälligste Merkmal. Tiefschwarz, durchzogen von feinen, silbernen Strähnchen. Das Gesicht ist fein, bis auf einige dezente Falten um die Mundpartie und in den Augenwinkeln. Die Augen sind klein, stechend und dunkelbraun, auch der Mund ist klein, aber wohlgeformt mit einer schmalen Ober- und Unterlippe, ihre Nase ist unauffällig. Neben dem Mann wirkt sie etwas unscheinbar.

„Ja genau so sah sie aus, bis auf die Lippen. Ich fand sie nicht so schmal, oder Alois?“ Beide gehen einen Schritt zurück und betrachten das Bild aus der Ferne.

Stefan klickt, korrigiert. „So?“

„Perfekt.“

„Gut“, sagt Stefan, „dann gehen die Bilder sofort raus. Wenn die beiden noch in Europa sind, dann kriegen wir sie.“

Malte hat inzwischen Runas Handy komplett durchforstet – ohne Treffer zum rumänischen Paar. Dafür tauchen zahlreiche Fotos aus der Eishöhle auf, auf denen deutlich Andreas zu sehen ist, zusammen mit Runa und Merle.

„Na bitte“, sagt Rupi zufrieden. „Damit ist klar: der Kerl war mit den beiden unterwegs. Wir brauchen ihn dringend, der muss was wissen. Aber wo steckt er? Ist der so ein Weichei, dass ihn die Leichen aus der Bahn geworfen haben?“

Aysha runzelt die Stirn, „Ich habe so ein komisches Gefühl.... das ist mehr als ein Schock. Er ist beim Fund der Leichen in der Eishöhle plötzlich verschwunden und hat sich seitdem nicht mehr blicken lassen. Da stimmt was nicht.“

Alois schüttelt den Kopf. „Ich kenne den Andreas gut. Er kommt hier aus der Gegend, hat studiert und arbeitet im Salzburger Krankenhaus. Die Führungen in der Eishöhle macht er nur nebenbei. Er hat Frau und Kind und ich weiß, wo die wohnen.“

„Alois, du bist unser Mann. Dem Kerl werden wir jetzt einen Besuch abstatten“, sagt Kay entschlossen. Gemeinsam mit Sven und Alois steigt er ins Auto. Die Ermittler folgen schweigend – sie wissen, dass ihnen nach dem Fehler mit den Hüttenwirten Argumente für weitere Diskussionen fehlen.

Nach zwanzig Minuten stehen die Fünf vor einem kleinen Häuschen mit einem gepflegten Vorgarten. In der Garagenauffahrt steht ein Motorrad, eine nagelneue BMW. Alois klingelt, eine junge Frau mit einem Baby auf dem Arm öffnet die Tür.

„Grüs di, Manuela, ist der Andreas da? Du hast bestimmt von dem Drama in der Eishöhle gehört. Die Kollegen brauchen dringend seinen Rat."

Die junge Frau lächelt etwas verunsichert und deutet auf die Bank „Setzt euch bitte. Andreas ist nicht da, er hat sich ein neues Auto bestellt und gestern kam ein Anruf, dass er es heute schon im Werk abholen kann. Er ist direkt losgefahren."

„Wann kommt er zurück?" fragt Kay.

„Er wollte auf dem Rückweg noch seine Schwester besuchen. Ich denke aber, dass er heute Abend wieder da ist."

„Was für ein besonders Auto holt man direkt im Werk ab?" Sven runzelt die Stirn.

„Einen Sportwagen, davon träumt er schon lange. Deshalb ist er mit dem Zug nach Stuttgart."

Aysha möchte diesmal alles richtig machen. „Wir brauchen dringend seine Hilfe. Könnten Sie uns seine Handynummer geben? Vielleicht auch ein Foto?"

Manuela nickt, drückt der jungen Polizistin das Baby in den Arm und verschwindet im Haus. Sie versucht, ihren Mann zu erreichen, aber nur die Mailbox springt an. Auch bei der Schwester meldet sich keiner. Sie schreibt die Telefonnummer auf einen Zettel.

„Danke, Manuela. Das hilft uns sehr", sagt Aysha freundlich, doch innerlich spürt sie ein Ziehen im Bauch.

Kaum haben sie sich vom Hauseingang entfernt bricht Kay als Erster das Schweigen. „Kommt euch das nicht seltsam vor? Neuer Sportwagen, plötzlich nach Stuttgart – und nicht erreichbar? Das stinkt doch."

Rupi trommelt mit den Fingern aufs Autodach. „Und woher hat ein Typ, der angeblich im Krankenhaus arbeitet und Führungen in einer Eishöhle gibt, so viel Geld für einen Sportwagen? Und auch noch ein nagelneues Motorrad vor der Tür. Das passt doch alles nicht zusammen."

Sven lehnt sich nach vorne. „Ich sag's euch: Der ist abgehauen. Der weiß mehr über diese Höhle und die Toten, als er zugegeben hat."

Alois interveniert. „Langsam, so kenn ich den Andreas nicht. Der war immer zuverlässig."

„Eben das macht's verdächtig", kontert Kay. „Ein Mann wie er verschwindet nicht einfach ohne Grund. Ich wette, Stuttgart war nur ein Vorwand."

Aysha tippt bereits auf ihrem Handy. „Ich lasse die Zugverbindungen checken. Wenn er tatsächlich nach Stuttgart gefahren ist, finden wir Spuren."

Rupi nickt. „Und lass uns sein Haus überwachen. Noch einen Fehler dürfen wir uns nicht erlauben."

***

Nach der großen Pressekonferenz bleibt keine Zeit zum Durchschnaufen. Während die Österreicher sich in ihre Baustelle stürzen und versuchen ihre Pannen zu kaschieren, bevor die Staatsanwaltschaft Druck macht, stehen auch die beiden LKA-Ermittler Boris und Fikret noch vor einem Rätsel. Sie sind mit den Leichen in der Eishöhle noch nicht einen Zentimeter weitergekommen.

„Wir brauchen Antworten", murmelt Boris. „Wie kamen die Leichen in die Höhle? Wo ist der eigentliche Tatort?"

Fikret nickt knapp. „Dann los. Zurück zur Höhle, vielleicht haben wir etwas übersehen. Hoffentlich ist die Bergwacht noch da – allein geh ich da nicht rein."

Mit einer Thermoskanne voll Kaffee, übriggeblieben von der Pressekonferenz, machen sie sich auf den Weg. Sie fahren den Schotterweg hoch, parken unterhalb der inzwischen verlassenen Hütte, und gehen Richtung Eishöhle.

„Wenn du bald in Rente bist, könntest du die Hütte übernehmen. Würstl, Kaiserschmarren - das läuft bestimmt", stichelt Boris halb im Spaß.

Fikret ignoriert diesen Vorschlag, schon allein bei dem Wort Ruhestand läuft es ihm kalt über den Rücken. Er hat seinen Job immer gerne gemacht und möchte nicht zu Hause sitzen und auf den Tod warten. Vielleicht arbeite ich als Privatdetektiv weiter, schießt es ihm durch den Kopf, da könnte ich meine Erfahrungen noch mal gut zum Tragen bringen.

Bald erreichen sie den Eingang der Eishöhle – die Kälte schlägt ihnen wie eine Wand entgegen. Sie betreten die Halle, in der die Leichen lagen. Sie ist jetzt leer.

„Verdammt… ohne die Körper wirkt das hier noch gespenstischer," murmelt Boris.

„Schau mal, da hinten." Fikret deutet auf einen schmalen Gang in der Ecke. Ein Geräusch. Leise Schritte.

Boris ruft: „Hallo? Ist da jemand?"

Kurze Stille. Dann eine Stimme: „Hier drüben!"

Zwei Gestalten treten aus dem Schatten, es sind Hugo und Gustav.

„Gott sei Dank, ihr seid's!" Boris atmet hörbar aus. „Wir dachten schon …"

„Dass euch auch der Berggeist holt?" Hugo grinst schief. „Keine Sorge, wir passen auf, dass ihr nicht verloren geht."

„Perfekt," sagt Fikret knapp. „Wir wollen tiefer rein. Kommt ihr mit?"

„Klar," erwidert Gustav.

Boris geht voran, dicht gefolgt von Fikret und den Bergrettern. Die Taschenlampen schneiden schmale Lichtkegel in die Dunkelheit. Die Gänge winden sich endlos, mal eng, mal weit, jeder sieht gleich aus.

„Wo zum Teufel führt das hin?", murmelt Boris.

Auch für Gustav und Hugo ist das hier unbekanntes Terrain, seit Minuten haben sie das Gefühl, im Kreis zu laufen.

„Wir hätten längst etwas finden müssen, wer trägt die Toten, durch den ganzen Berg", brummt Fikret, die Frustration in seiner Stimme ist unüberhörbar. Auch Boris und die beiden Bergretter sind ratlos. Die Kälte kriecht in ihre Knochen und die Orientierung haben sie schon längst verloren.

„Pause. Kaffee." Fikret merkt, dass es so nicht weitergehen kann. Sie kauern sich zusammen und gießen den heißen Kaffee in den Trinkbecher.

„Was zum Teufel sollen wir jetzt machen?" Boris schlürft bibbernd an dem dampfenden Getränk.

„Der Funk ist tot und zurück gehe ich auf keinen Fall," sagt Fikret mit angespanntem Blick. „Also weiter." Er deutet auf einen Abzweig nach links. „Der hier sieht am harmlosesten aus."

Der Tunnel windet sich, steigt an, fällt wieder ab. Nichts ist zu erkennen. Plötzlich weitet sich der Gang zu einem Saal.

Alle bleiben wie erstarrt stehen. Weiße Tücher hängen an den Wänden, in der Mitte ein großer Stahltisch, darüber eine grelle Lampe. Es sieht aus wie eine Mischung aus Zahnarztpraxis und Hightech-OP.

„Das... ist nicht möglich", flüstert Boris.

Fikret tritt näher, streicht über die glatte Oberfläche des Tisches. Alles ist klinisch sauber, modernste Geräte stehen bereit.

„Ein OP-Saal. Mitten im Berg", sagt Gustav mit ungläubigem Staunen.

Die Männer stehen regungslos, ihre Augen scannen jede Ecke.

„Da!" Boris deutet auf einen dunklen Schatten an der hinteren Wand. Tatsächlich – ein weiterer schmaler Tunnel, kaum sichtbar.

Der Gang steigt leicht an, wirkt offener, weniger bedrückend. Hoffnung keimt auf.

Boris bleibt stehen, hebt die Taschenlampe. „Moment - den Gang kenne ich."

Fikret tritt neben ihn, blickt nach vorn – und nickt überrascht. „Verdammt, stimmt. Das ist der Weg zurück."

Tatsächlich führt der Tunnel in die große Haupthalle der Eishöhle. Ein kollektives Aufatmen.

„Hier also schließt sich der Kreis, die Eishöhle und dieser OP-Saal gehören zusammen, das heißt, dass unsere Toten, bevor sie hier abgeladen wurden, alle vorher im OP-Saal waren. Ich ahne Schlimmes …"

Boris' Stimme ist angespannt. „Raus hier. Wir müssen das LKA informieren – und die Obduktion abwarten."

Gerade will er umkehren, da entdeckt er eine weitere Abzweigung.

„Ihr könnt schon weitergehen, ich gehe kurz raus, um zu telefonieren und komme dann nach."

Boris drückt Hugo einen roten Filzstift in die Hand. „Damit ich euch finde, markiert jeden Abzweig, wie bei Hänsel und Gretel."

Ein kurzes Nicken. Dann trennen sie sich, die Anspannung knistert in der eisigen Luft.

***

Das österreichische Ermittlerduo weiß noch nichts von dem OP-Saal, den die Münchner Kollegen entdeckt haben. Ihr Augenmerk konzentriert sich auf Andreas. Für sie ist klar, er ist mehr als nur ein Zeuge. Er hat die deutschen Frauen bei der Führung durch die Eishöhle gesehen, kennt die Rumänen aus der Hütte und er ist verschwunden, als die Leichen gefunden wurden. Das macht ihn verdächtig.

„Lass uns ins Krankenhaus fahren und seine Personalakte prüfen", schlägt Aysha vor. „Er arbeitet in der IT-Abteilung des Krankenhauses. Vielleicht finden wir dort weitere Hinweise."

„Ich möchte seinen Gehaltszettel sehen. Eine neue BMW in der Einfahrt und bald ein Sportwagen. Der verdient offenbar besser als wir." Der Fuhrpark des IT-Experten scheint Rupi sichtlich beeindruckt zu haben.

Rupi fährt wie immer zu schnell. Bei jeder Kurve drückt es Aysha in den Sitz. „Rupi, langsamer. Ich will nicht als Notfall eingeliefert werden."

„Keine Sorge, ich habe alles unter Kontrolle, entspann dich mal."

Aysha verzieht das Gesicht. „Mir wird gleich schlecht. Denk an deine hellen Polster."

Sie versucht sich abzulenken „Was wissen wir eigentlich über den Typen mit dem roten Zelt, gibt es schon einen Obduktionsbericht?"

„Ja," antwortet Rupi. „Er wurde mit einem Stein erschlagen. Die Blutspuren auf dem Stein gehören eindeutig zu ihm. Auf den Kippen war auch seine DNA. Fest steht auch, dass er und Runa sich da oben auf dem Plateau nicht begegnet sind. Es gibt keine Spuren von ihr bei ihm und auch keine von ihm in dem Gang, in dem sie lag."

„Hat dein neuer Assistent Malte in den Social-Media-Kanälen etwas gefunden?"

Rupi nickt. „Noch nichts Konkretes. Aber Malte ist dran – der durchforstet jetzt das ganze Netz."

„Und das Handy des Influencers?", hakt Aysha nach.

Rupi bleibt stehen, wählt Maltes Nummer. „Malte, irgendwas Neues? Verdeckte Hinweise auf dem Handy des Influencers oder in den Posts?"

„Nein. Aber ich versuche gerade, ins Darknet zu kommen. Vielleicht taucht da was auf."

Rupi schmunzelt. Malte war ein Glücksgriff – engagiert, hartnäckig, mit echtem Spürsinn.

Auch Malte liebt seinen Job bei der Polizei. Nach langem Hin und Her hatte er die Ausbildungsstelle endlich ergattert – und nun gleich so ein Wahnsinnsfall! Seine Kumpels wären neidisch, wüssten sie, wie nah er an den Ermittlungen dran ist. Aber Schweigen gehört zum Beruf, das weiß er inzwischen.

Er vertieft sich in das Handy des Influencers, klickt sich durch Menüs, als ihm plötzlich ein alternativer Benutzername ins Auge fällt: Adrik. Er weiß sofort Bescheid – Adrik kommt aus dem slawischen Sprachraum und bedeutet dunkel. Das scheint plausibel.

Malte tippt Adrik ein, und tatsächlich: eine neue Maske öffnet sich und zahlreiche Videos tauchen auf, die aber ganz anders sind als die bisherigen. Die Themen werden ernster und düsterer. Nein, dieser Typ ist kein Selbstdarsteller, er ist ein Umweltaktivist. Er führte wohl ein Doppelleben.

Im letzten Video steht der Influencer in einem dunklen Tunnel, schimpft gegen den „Instagram-Tourismus" und filmt den vermüllten Boden. Plötzlich huschen Füße ins Bild, im Hintergrund ist unscharf eine Gestalt zu sehen. Sekunden später fliegt das Handy offensichtlich im hohen Bogen durch die Luft. Zu hören ist ein dumpfer Schlag, ein Stöhnen, dann bricht das Video ab.

Malte spult zurück, Gänsehaut. Da – ein Arm, ein Stück Oberkörper. Hellblaue Jacke, schwarze Nähte.

Er rennt zu Paulina. Gemeinsam sehen sie sich das Video wieder und wieder an.

„Das könnte der Mord sein", sagt Paulina leise. „Und diese Jacke … die kommt mir bekannt vor."

Sie lädt das Video sofort hoch und schickt es Aysha – die auf der Autofahrt ins Salzburger Krankenhaus sich an den Griffen festklammert, während Rupi die Kurven nimmt wie ein Motorradfahrer.

Der Nachrichtenton erlöst Aysha. „Rupi, langsamer! Paulina hat ein dringendes Video geschickt."

Rupi bleibt auf einen Wanderparkplatz stehen. Sie schauen sich das Video immer wieder an.

„Die Jacke …… die habe ich schon mal gesehen", flüstert Aysha.

„Kommt mir auch bekannt vor", murmelt Rupi.

***

Sven und Kay sind nach der Pressekonferenz etwas ratlos, ihre Frauen sind tot, die Leichen gefunden und identifiziert. Sie sind schon seit einigen Tagen in Berchtesgaden und sie wissen nicht, wie lange sie noch bleiben sollen. Aber zurück nach Köln ist für die beiden keine Option, da wartet keiner auf sie und in den leeren Wohnungen würde die Trauer sie nur überrollen. Hier lenkt sie die Suche nach den Mördern ihrer Frauen ab, auch wenn die Arbeit der Polizei sie zunehmend frustriert. Den zuständigen Ermittlern sind gravierende Pannen unterlaufen, die mögliche Ermittlungserfolge gefährden.

Sie wägen alles ab und beschließen zu bleiben - auf eigene Faust, ohne bürokratische Hindernisse, mit gesundem Menschenverstand, weiter zu ermitteln.

Zuerst muss Sven aber zur Nachkontrolle ins Salzburger Krankenhaus. Blass, aber entschlossen, fragt er an der Auskunft nach dem Weg.

„Sie müssen in den dritten Stock“ erklärt die Empfangsdame, „am Transplantationszentrum links vorbei, dann durch den alten Trakt, immer weiter geradeaus. Nicht abbiegen, das ist hier alles verwirrend, viele verlaufen sich.“

Sie nehmen den Fahrstuhl. Überall riecht es nach Desinfektionsmittel und Essen. Schuhe klappern über die weißen Fliesen. Wägelchen werden hin- und hergeschoben. Auf dem Gang zum Transplantationszentrum hört man aufbrausende Stimmen. Zwei Ärzte stehen sich gegenüber, der eine Anfang dreißig, der andere wesentlich älter, eindeutig vom Typ ‚Gott in Weiß‘.

Sven erkennt den Jüngeren: es ist Dr. Böhle, der hat ihn nach dem Schock versorgt und Runas Obduktion in die Wege geleitet.

Sven und Kay drücken sich in einen Türrahmen und lauschen. Es wird noch einmal laut und hitzig, dann verschwindet der ältere Arzt hinter einer Tür mit dem Schild Zutritt verboten. Der junge Arzt kommt in Svens und Kays Richtung.

„Hallo, Dr. Böhle! Erinnern Sie sich an mich?“

„Ja“, antwortet Böhle zunächst schroff, fängt sich aber sofort. „Entschuldigen Sie, kann ich Ihnen helfen?“

„Ich sollte zur Kontrolle kommen, wir sind auf dem Weg zum Behandlungszimmer.“

Böhle nickt, wirkt nun wieder freundlich. „Sie sehen deutlich besser aus. Alles Gute.“

***

Aysha und Rupi erreichen nach ihrer abenteuerlichen Autofahrt das Krankenhaus. Sie steuern direkt die Verwaltung an. Eine Mitarbeiterin blickt auf.

„Ja bitte?"

Rupi zeigt seinen Dienstausweis. „Wir benötigen Einsicht in die Personalakte von Andreas."

Sie runzelt die Stirn. „Andreas? Welcher Andreas?"

„Der IT-Spezialist, Nachname ist uns gerade entfallen," murmelt Aysha.

Die Frau seufzt. „Den Seidlmayer meinen Sie wohl, der ist unser IT-Experte. Aber ohne Zustimmung meines Chefs geht das nicht, das sind vertrauliche Personaldokumente. Datenschutz ist Ihnen doch bestimmt geläufig."

Rupi wird ungeduldig: „Dann rufen Sie den Chef an, es ist dringend, es geht um eine äußerst wichtige Ermittlung." Die Frau hält Rücksprache, steht dann auf, verschwindet hinter den Regalen und kommt mit einer dünnen Akte zurück.

„Keine Krankentage, null Beschwerden, immer pünktlich, stets hilfsbereit - er scheint der perfekte Mitarbeiter zu sein. Fast unheimlich!", murmelt Rupi.

„Fast verdächtig", ergänzt Aysha. „Und dann noch sein Nebenjob in der Eishöhle, ein bisschen sehr viel für eine Person."

Sie verlassen die Verwaltung und wollen gerade zur Information, um sich nach dem Zimmer von dem jungen Assistenzart zu erkundigen der die Obduktion veranlasst hat, als sie eine Stimme hinter sich hören.

„Wen suchen Sie?" fragt Dr. Böhle von hinten.

„Genau zu Ihnen wollten wir. Wir müssen noch einmal in den Obduktionsbericht über den jungen Influencer sehen. Nach neuesten Recherchen war er auch ein Umweltaktivist – vielleicht könnte das ein wichtiger Anhaltspunkt sein."

Dr. Böhle geht vor, im Schlepptau die beiden Ermittler. So intensiv sie auch die Obduktionsakte des toten Influencers in Augenschein nehmen, entdecken sie nichts Neues. Todesursache ist ein Schlag mit einem stumpfen Gegenstand auf den Hinterkopf, vermutlich mit einem schweren Stein. Mehr ist über den Mann bislang nicht bekannt.

„Wir brauchen dringend Name und Umfeld des Opfers, vielleicht auch Pressebilder von seinen Aktionen. Zum einen müssen wir die Angehörigen informieren, zum anderen sein Umfeld prüfen. Wir tappen völlig im Dunklen. Vielleicht kann Malte, dein neuer Super-Kollege …"

Aysha stockt, sie traut ihren Augen nicht. Kay und Sven kommen um die Ecke. Offensichtlich ermitteln sie auf eigene Faust weiter – und sie kann es ihnen fast nicht verdenken. Sie gehen direkt auf Dr. Böhle zu und die Frage, die Kay dem Arzt stellt, bestätigt Ayshas Vermutung.

„Dr. Böhle, wie lange wirkt Propofol? Kann jemand nach einer Injektion von Propofol noch gehen?"

***

Inzwischen haben die Kühltransporter München erreicht. Nach und nach werden die gefrorenen Körper in die Pathologie gebracht. Es herrscht Hektik, das Personal ist überfordert, sie wissen nicht so recht, wohin mit so vielen leblosen Körpern. Drei Ärzte stehen in voller Montur dazwischen und werfen einen ersten Blick auf die unheimliche Fracht aus Berchtesgaden.

Dr. Elena Roth, die Oberärztin, übernimmt das Kommando: „Sechs in die Kühlfächer, der Rest soll langsam auftauen."

Als die ersten beiden Körper, beinahe eisfrei, auf den Tischen liegen, stockt sie. „Seht euch das an."

Assistenzarzt Marvin beugt sich über den Körper einer jungen Frau.

„Verdammt ... die wurde regelrecht aufgeschlitzt und dann wieder zugetackert."

Auch bei der anderen Leiche dasselbe Bild. Die Ärzte blicken fassungslos auf notdürftig vernähte Wunden und sind sich rasch einig: den Opfern wurden Organe entnommen.

Dr. Roth ringt um Fassung. „Ich vermute, dass die anderen neun Toten nicht anders aussehen. Die scheinen Organräubern in die Hände gefallen zu sein. Das ist schlimmer, als ich mir es vorstellen konnte, wie grausam und geldgierig ist diese Organmafia."

Selbst für routinierte Pathologen ist dieser Anblick schwer zu ertragen: junge, gesunde Menschen, ermordet, ausgeschlachtet wie Ware.

Roth ruft den zuständigen Direktor des LKA an.

„Was sagen Sie, die Leichen sind ausgenommen worden, denen fehlen die wichtigsten Organe? Und Sie meinen, die sind einer Organmafia zum Opfer gefallen? Das kann ich nicht glauben, so was hört man sonst immer nur aus China oder dem Kosovo. Jetzt hier bei uns, mitten im beschaulichen Bayern, sind Sie da ganz sicher?"

„Ja, ich bin sicher“, entgegnet Roth energisch. „Der Schwarzmarkt für Organe ist riesig und es herrscht ein großer Mangel an Spenderorganen. Die werden zu horrenden Summen gehandelt. Und Geldgier kennt keine Grenzen. Aber die Moral sinkt auch, wenn es ums Überleben geht. Wer reich ist, kauft sich ein Herz und fragt nicht, woher es kommt. Und wer arm ist, verkauft seine Niere oder Milz oder sogar einen Lungenflügel, um seine Familie zu ernähren. Und dazwischen stehen skrupellose Täter, die damit Geld verdienen.“

Dr. Aufinger, der LKA-Abteilungsleiter im Rang eines Kriminaldirektors, versucht die Ärztin zu bremsen.

Aber Dr. Roth ist in Rage. Die Pathologin kocht innerlich vor Wut.

„Organraub ist ein Skandal. Würden mehr Menschen Organe spenden, gäbe es diesen Schwarzmarkt nicht. Elf junge Menschen sind abgeschlachtet worden, weil reiche Patienten lieber zahlen, statt auf eine Spende zu warten! Würden mehr Menschen einen verdammten Organspendeausweis haben, gäbe es wahrscheinlich keine so langen Wartelisten und diesen Sumpf könnte man austrocknen!“ Sie macht eine kurze Pause und fragt dann: „Haben Sie eigentlich einen Organspenderausweis?“

„Das ist hier nicht das Thema. Bleiben Sie professionell“, blockt der LKA-Direktor. „Sie obduzieren, wir ermitteln. Ich informiere sofort die Kollegen vor Ort über die neuesten Entwicklungen, in der Hoffnung, dass sich Ihr Verdacht auf Organraub auch bei der Obduktion aller Leichen bestätigt und wir hier keiner falschen Ersteinschätzung aufgesessen sind.“

„Doch! Genau das ist das Thema! Ich bin ziemlich sicher, Sie haben keinen Spenderausweis." Roth tritt wütend gegen einen Stuhl und starrt fassungslos in den Hörer.

Aber LKA-Direktor Aufinger hat längst aufgelegt.

Er lehnt sich zurück, massiert sich die Schläfen. Roths hitzige Tirade hallt noch in seinem Kopf nach – viel Lärm, wenig Substanz, denkt er. Er atmet tief durch, als plötzlich erneut das Telefon schrillt.

Mit einem genervten Blick auf das Display greift er zum Hörer.
„Ja?"

Die Stimme seiner Sekretärin klingt routiniert, aber leicht angespannt:
„Kommissar Brinkmöller aus Berchtesgaden ist in der Leitung."

Aufinger schließt kurz die Augen. Noch ein Anruf, noch ein Problem.

„Stellen Sie durch", sagt er und seufzt – die Müdigkeit in seiner Stimme kaum zu überhören.

Ein Klicken, dann das Rauschen der Verbindung. Der nächste Sturm kündigt sich an.

„Herr Direktor, wir haben im Berg einen komplett eingerichteten OP-Saal entdeckt", beginnt Brinkmöller.

„Das passt. Die Pathologie hat gerade bestätigt, dass die Eisleichen aufgeschnitten, ihnen wohl Organe entnommen und sie notdürftig wieder zugenäht wurden. Alles deutet auf eine Organmafia hin."

Brinkmöller atmet schwer: „Dann wissen wir jetzt, womit wir es zu tun haben. Wir müssen nur noch die Täter finden."

„Behalten Sie einen kühlen Kopf. Und informieren Sie sofort die Kollegen in Salzburg. Der Tatort liegt genau auf der Grenze."

***

Während Kay und Sven mit Dr. Böhle auf dem Krankenhausflur über die Wirkung von Betäubungsmitteln sprechen, klingelt Rupis Telefon. Es ist Boris.

„Was sagst du?" Rupi geht kurz ins Freie. „Moment, langsam, zum Mitschreiben bitte."

Das Telefonat dauert etwas länger, Rupi geht auf und ab und raucht eine Zigarette nach der anderen. Die neuen Infos seines Kollegen über die Todesursache der Leichen aus dem Eis machen ihn sprach- und ratlos. In seinem Kopf rattert es: wer hat hier wann, wie und warum getötet? Wer hat Organe entnommen, wem wurden die Organe eingesetzt, wer steckt hinter der Logistik?

Er drückt die Zigarette aus, nimmt einen Kaugummi und geht zurück zu den anderen.

„Ihr werdet es nicht glauben", beginnt er ohne Vorwarnung. „Die Pathologen in München haben Organraub festgestellt – und Boris mit Fikret haben im Berg einen komplett ausgestatteten OP-Saal entdeckt."

Alle starren ihn an, während er immer weiterredet.

„Da gab es eine komplette Logistik im Berg, wohl aufgebaut von der Organmafia. Das ist ein riesiges Ding. Für die Operationen braucht man Chirurgen, die die Organe fachgerecht entnehmen. Jetzt stellen sich noch mehr Fragen. Wie sind die Organe transportiert worden und wohin? Das muss doch alles Hand in Hand und vor allem schnell gehen."

Dr. Böhle ist der erste, der die Sprache wiederfindet. „Was Sie da erzählen, das klingt wie ein Thriller – aber medizinisch ist das absolut machbar." Er senkt die Stimme: „Lassen Sie uns einen Spaziergang im Park machen, solche Themen sind nichts für die Krankenhausflure."

Sven stimmt ihm zu. „Diese Wände haben Ohren. Als ich hier zur Erholung lag, bekam ich jedes Wort mit, sogar, wer mit wem unter dem Klinikpersonal Stress hat."

Die kleine Gruppe verlässt zügig das Krankenhaus. Draußen im Park kann keiner mithören. Dr. Böhle sieht Sven prüfend an: „Sie meinen, Sie haben gehört, wie hier intrigiert wird?"

„Oh ja", antwortet Sven. „Die jungen Ärzte werden klein gehalten. Ein regelrechter Konkurrenzkampf. Können Sie das bestätigen, Herr Doktor?"

Dr. Böhle zögert kurz. Mit Fremden über Klinik-Interna zu sprechen, ist ihm unangenehm – besonders, weil er selbst betroffen ist. Vor fünf Jahren hat er sein Medizinstudium abgeschlossen, und seitdem arbeitet er als Assistenzarzt in Salzburg. Letztes Jahr stellte ihm Chefarzt Dr. Hossein Reza eine Beförderung in Aussicht. Passiert ist aber nichts, anstatt seiner ist ein Assistenzarzt mit iranischen Wurzeln zum Oberarzt befördert worden. Der Ärger darüber sitzt bei ihm tief, aber jetzt ist nicht der Moment, alte Rechnungen zu begleichen.

Er räuspert sich. „Sie haben gefragt, wer die chirurgischen Fähigkeiten hätte. Nun – wir kennen uns hier mit Organtransplantationen bestens aus. Es gibt eine interdisziplinäre

Transplantationsstation mit fünfzehn Betten. Wir transplantieren fast alle gängigen Organe."

Kay zieht die Augenbrauen hoch. „Das war mir nicht bekannt. Ich dachte, in Österreich gibt es nur vier Transplantationszentren: Wien, Graz, Innsbruck und Linz."

„Salzburg ist das fünfte", antwortet Böhle knapp.

Einen Moment herrscht Schweigen. Rupi tauscht einen vielsagenden Blick mit Aysha. Ein Transplantationszentrum – nur wenige Kilometer vom Tatort entfernt.

„Na, das ist ja… interessant", murmelt Rupi und kaut gedankenverloren auf seinem Kaugummi.

Böhle spürt die Blicke und hebt abwehrend die Hände. „Bevor Sie irgendetwas denken – wir sind hier Ärzte, keine Verbrecher."

„Ich denke, hier wäre ein gutes Pflaster für solche dunklen Geschäfte", wirft Sven ein. „Hier laufen doch allerorts reiche Menschen aus dem Nahen Osten herum. Man sieht sie überall in den Alpendörfern – und die werfen mit Dollars nur so um sich. Zum Beispiel Seefeld: das ist inzwischen fast eine arabische Hochburg. Das sind doch alles potenzielle Kunden mit viel Geld. So eine Transplantation ist kein Schnäppchen, und die Kliniken verdienen prächtig daran."

Keiner spricht es aus, aber irgendwie schwebt es in der Luft, dass es vielleicht doch eine Schnittmenge gibt zwischen dem Organraub im Untersberg und dem nahegelegenen Krankenhaus in Salzburg.

Rupi unterbricht das Schweigen: „Herr Dr. Böhle, sind Ihnen hier irgendwelche Ungereimtheiten aufgefallen? Patienten, die plötzlich auftauchten und genauso schnell wieder gesund verschwanden? Krankenschwestern, die auf einmal eine Rolex auf dem Arm hatten oder Ärzte, die sich Häuser in Florida gekauft haben?“

Böhle schüttelt den Kopf. „Nein, so etwas ist mir nicht bekannt.“

Er verabschiedet sich hastig. Rupi und Sven drücken ihm gleichzeitig ihre Visitenkarten in die Hand. „Falls Ihnen doch etwas einfällt – rufen Sie an. Sie sind nah dran und könnten uns wirklich helfen.“

„Kennen Sie eigentlich Andreas Seidlmayer?“ fragt Sven. „Er soll bei Ihnen in der IT-Abteilung arbeiten.“

Böhle runzelt die Stirn. „Nein, tut mir leid. IT ist nicht mein Bereich.“

Rupi und Aysha tauschen einen knappen Blick. Beide denken dasselbe, weshalb stellt Sven Fragen, die sie als Polizei hätten stellen sollen.

***

Nach den beiden Telefonaten mit seinem LKA-Chef und dem österreichischen Kollegen Rupi zwängt sich Boris zurück ins Eislabyrinth. Die roten Kreuze an den Wänden führen ihn zu seinen Leuten.

„Hallo! Wo seid ihr?" In der Ferne sieht er den Schein der Taschenlampen. Die Enge schluckt das wenige Licht, er kann nur erahnen, wo es weitergeht. Trotz der Widrigkeiten kämpft er sich bis zu den Kollegen durch und berichtet knapp vom Verdacht auf Organraub.

„Du meinst, wir ermitteln hier gegen eine Organmafia?", fragt Fikret. Boris nickt heftig und fügt hinzu: „Das scheint ein unglaublicher Fall zu sein. So etwas …"

Er bricht den Satz ab. Gustav und Hugo zeigen auf eine verrostete Leiter, darüber in der Decke sehen sie eine Holzklappe. Fikret zögert nicht lange, er ist genervt, möchte jetzt Erfolge sehen und endlich raus aus diesem verfluchten Labyrinth. Er steigt auf die rostige Leiter und drückt die Klappe energisch hoch. Statt dem erhofften Ausgang öffnet sich oberhalb schon wieder ein Tunnel.

„Das gibt es doch gar nicht, das ist hier anscheinend ein Tunnelsystem. Da kann man glatt von einer Untergrundorganisation sprechen."

Nach wenigen Metern weitet sich der Gang zu einem kellerartigen Raum voller Getränkekisten. Boris versucht es mit Galgenhumor: „Na immerhin, Almdudler und Weizen für alle."

Mitten in dem Keller steht eine weitere Leiter, diesmal aus Holz und nagelneu. Und in der Decke eine weitere Klappe. Boris klettert hinauf, drückt die Klappe hoch und: steht unvermittelt in einer Küche. Kein Mensch ist zu sehen, alles sieht verlassen aus. Aus dem Gastraum ist lautes Stimmengewirr zu hören.

„Unglaublich" murmelt Boris, „wir sind tatsächlich in der Berghütte gelandet – genau wie die Kollegin Verwall, nur über einen anderen Zugang. Eine weitere unterirdische Verbindung. Die eine vom Plateau, die andere von der Eishöhle über den OP-Saal bis in den Keller dieser Hütte."

Er schüttelt den Kopf und tritt in die Schankstube. Dort sitzen die Männer der Bergwacht in geselliger Runde. Boris verschweigt die Entdeckung, um die Stimmung nicht zu kippen und erkundigt sich nach der Speisekarte.

Milan muss lachen: „Deine Empfehlung war ein Flop. Leider gibt es hier die viel gepriesenen Kaaspressknödel nicht. Der Herd ist kalt und von den Köchen keine Spur. Zum Glück hat sich der Tobias als hervorragender Koch herausgestellt und aus dem, was er in der Küche gefunden hat, etwas Köstliches gezaubert.

Tobias nimmt das Kompliment strahlend entgegen und hält einen weißen Behälter in die Höhe. Ich kann jetzt als euer Koch anheuern und bringe das Essen direkt in die Höhle. Jeder bekommt eine persönliche Portion in einer gut isolierten Tupperdose - von denen gibt es hier genug."

Boris drängt zum Aufbruch, er möchte gemeinsam mit Fikret und den österreichischen Kollegen alle Indizien ordnen und schickt Aysha eine kurze Nachricht:

Zugang von OP-Saal zur Hütte gefunden. Treffen?

Die Antwort kommt sofort: *Hammer. 19 Uhr bei uns im Büro.*

***

Aysha und Rupi sind sich einig, dass auch Stefan und Paulina bei diesem Treffen dabei sein sollten. Auf den Weg ins Büro kaufen sie in ihrer Lieblingsbäckerei ein paar Brezeln und belegte Brötchen. Wer weiß, wie lange die Besprechung dauern wird.

Stefan hat bereits den Flipchart aufgebaut und zwei Kannen Kaffee auf den Tisch gestellt. Paulina hat den Rechner hochgefahren, auf dem die einzelnen Beweisstücke griffbereit sind.

Die Rathausuhr schlägt neunzehn Uhr. Pünktlich fahren Boris und Fikret auf den Parkplatz der Kriminaldienststelle in Salzburg.

„Hereinspaziert. Nehmt euch Kaffee und etwas zu essen - mit leerem Magen denkt es sich nicht gut", begrüßt Rupi die Männer vom LKA.

Fikret übernimmt die Berichterstattung.

„Wir haben einen weiteren unterirdischen Weg im Berg entdeckt: er führt von der Leichenhalle in einen voll funktionsfähigen OP-Saal. Von dort führt ein Tunnel bis in den Keller der uns allen inzwischen bekannten Berghütte. Und alles ist mit Leitern und über Klapptüren miteinander verbunden."

Aysha fragt nach: „Ihr habt einen Gang entdeckt, der von der Eishöhle bis zum OP-Saal und dann weiter bis in den Keller der Berghütte führt? Man kann von der Eishöhle also ungesehen durch einen Tunnel in die Berghütte und dann durch die getarnte Felsentür über das Plateau bis nach Salzburg gelangen? Das wäre doch ein perfekter Flucht- und Schmuggelweg.“

Die beiden LKA-Ermittler nicken. „Nach derzeitigem Stand können wir uns den Ablauf so vorstellen: Die Opfer wurden in die Hütte gelockt und betäubt. Ihnen wurden Blut- und Gewebeproben entnommen, und wenn die mit den Daten der Patienten, die auf ein Organ warten, übereinstimmten, kamen sie in den OP-Saal. Im OP-Saal wurden die Organe entnommen und durch das Tunnelsystem bis nach Salzburg transportiert. Die Leichen wurden in die Eishöhle geschafft und verschwanden dort unauffindbar auf Nimmerwiedersehen."

„Und die Hütte?"

„Die scheint eine wichtige Rolle zu spielen. Sie ist direkt an das Tunnelsystem angeschlossen und das rumänische Ehepaar muss da auch involviert gewesen sein."

„Das passt", wirft Rupi ein. „Das Krankenhaus in Salzburg hat eine Transplantationsstation. Und unser Touristenguide aus der Höhle – dieser Andreas – arbeitet dort als IT-ler."

Er lehnt sich vor. „Jetzt wird ein Schuh draus. Seit dem Fund der Leichen ist er wie vom Erdboden verschluckt. Ganz sicher kein Zufall. Da gibt's eine Verbindung."

„Wo steckt dieser Typ?", knurrt Fikret. „Haben wir irgendetwas gegen ihn in der Hand? Irgendetwas, das für eine Fahndung reicht? Dass er als IT-ler im Krankenhaus arbeitet und nebenbei in der Höhle jobbt, das ist zu dünn."

Er beugt sich vor, die Augen schmal. „Wir müssen den Kerl finden, sonst treten wir auf der Stelle. Wie heißt er noch mal? Andreas…?"

„Seidlmayer", wirft Rupi ein.

„Habt ihr wenigstens ein Foto von ihm?"

Paulina klickt hektisch auf ihrem Laptop. Sekunden später erscheint ein Bild von Andreas mit den beiden Frauen in der Eishöhle.

„Halt!", unterbricht Paulina plötzlich. „Die Jacke! Ich wusste, dass ich die kenne."

Sie öffnet das letzte Video des toten Influencers. „Seht ihr? Dieser Schatten – diese Streifen. Das ist dieselbe Jacke!"

Das Video läuft in Zeitlupe. Hinter dem Influencer taucht eine Gestalt auf. Die Jacke ist unverkennbar. Dann der Steinwurf.

„Das ist er", flüstert Paulina. „Andreas Seidlmayer. Er hat den Influencer erschlagen."

Aysha nickt. „Er ist auch Teil der Organbande. Plötzlich verschwunden, Luxuskarre in Stuttgart gekauft, neues Motorrad – der Mann schwimmt im Geld. Wir lassen sein Haus beobachten."

Für Stefan ist die Sache klar. „Das reicht für eine internationale Fahndung. Da gibt es bestimmt auch eine Verbindung zu dem rumänischen Ehepaar, das die Hütte bewirtschaftet hat. Die drei sind der Schlüssel."

„Genau", mischt sich Fikret ein. „Wenn wir ihn haben, erfahren wir vielleicht auch, weshalb Runa nur betäubt und ihrer Freundin Merle das Herz entnommen wurde." Er eilt aus dem Zimmer, ruft in München beim LKA an, veranlasst die Fahndung.

Im Büro bricht hektische Betriebsamkeit aus. Boris lässt alle Vermisstenfälle in der Region aus den letzten Monaten prüfen. Außerdem sollen auch Phantombilder des rumänischen Paars und ein Foto von Andreas an allen Grenzübergängen und Flughäfen ausgelegt werden. Rupi und Aysha wollen zudem das Transplantationszentrum im Salzburger Krankenhaus genauer unter die Lupe nehmen.

Die Teams arbeiten wie ein Uhrwerk. Kein Konkurrenzdenken, keine Eitelkeiten. Nur der Wille, diesen Fall endlich zu knacken.

Spät am Abend ist der Teller mit den Brötchen leer und auch die Brezeln sind weg. Das alles sieht nach einem wohlverdienten Feierabend aus, aber auch nach neuen spannenden Ermittlungen.

Tag 9

Die Pressekonferenz der Polizei schlägt ein wie eine Bombe. Am nächsten Morgen überschlagen sich die Schlagzeilen:

Organmafia am Untersberg - Wanderer getötet und ihrer Organe beraubt!

Im Text heißt es:

Gesucht werden:

- *Andreas Seidlmayer, ein erfahrener Höhlenführer, der regelmäßig Touren in der Schellenberger Eishöhle anbietet.*
- *Ein rumänisches Ehepaar, das bis vor Kurzem eine Berghütte am Untersberg bewirtschaftet hat.*
- *Ein Einheimischer, Mitarbeiter eines Sägewerks, der häufig in seiner Freizeit zu einer kleinen Berghütte gejoggt sein soll.*

Wer kennt diese Menschen? Bitte melden Sie sich bei der Polizei.

Der öffentliche Aufruf findet große Resonanz in allen Medien. Fernsehsender, Online-Portale und soziale Netzwerke greifen das Thema auf – das Land ist in Aufruhr.

Auch bei der Bevölkerung schlagen die Meldungen wie eine Bombe ein. Egal ob an der Supermarktkasse, beim Bäcker oder an der Tankstelle, alle reden nur noch von dem gefundenen Leichenberg.

Die Polizei wird mit Hinweisen überflutet – doch die meisten davon führen ins Leere. Gerüchte, Zufallsbeobachtungen, falsche Fährten.

Dann klingelt bei Franz Huber das Telefon. Eine Männerstimme, ruhig, fast gelassen.

„Ich glaube, Sie suchen mich“, sagt der Mann, „ich bin der verrückte Bergjogger, der im Sägewerk arbeitet.“

Huber ist sofort alarmiert. Er nimmt die Daten auf, hält den Mann in der Leitung und greift mit der freien Hand zum Handy. Aysha Verwall muss sofort davon erfahren.

„Ich habe einen wichtigen Zeugen am Apparat. Moment, ich verbinde“, sagt er knapp. Aysha ist sofort hellwach.

„Jens Lugner“, stellt der Zeuge sich vor. „Ich bin der Bergläufer, nach dem Sie suchen. Ich kenne die beiden Frauen von der Hütte. Sie wollten alles wissen – sie waren total neugierig und haben mich ausgequetscht wie eine Zitrone. Aber ich hatte keine Lust dazu. Nach einem Stück Kuchen bin ich sofort wieder runter.“

„Wann genau war das?“, fragt Aysha

„So gegen vier Uhr, ich hatte es ziemlich eilig, denn ich musste noch ein Paket für die Hüttenleute an der Post aufgeben."

„Was für ein Paket?“

„Das ging nach Rumänien. Ich vermute Geld oder irgendwelche Sachen für die Verwandtschaft.“

„Können Sie sich an die Adresse erinnern?“

„Nein, das war mir auch egal. Ich habe es gerne für die beiden getan, die kamen ja nur selten von der Hütte ins Tal.“

Aysha bedankt sich bei Jens Lugner und bittet ihn eindringlich, sich sofort zu melden, wenn ihm noch etwas einfallen sollte.

Rupi recherchiert derweil in Sachen Transplantation. Bei dem Thema meint jeder, mitreden zu können, wenn es aber um Details geht, herrscht häufig nur Halbwissen. Er liest über Transportzeiten, Kühlketten, Gewebekompatibilität. Ihm wird bald klar: Das hier war keine spontane Tat. Dahinter steckt eine brutale, perfekt getaktete Logistik.

Beim Lesen kommt ihm eine Idee. „Malte, komm mal bitte."

Der junge Auszubildende taucht sofort auf.

„Hast du einen Motorrad-Führerschein?" Malte schaut verdutzt, nickt dann.

„Gut. Dann simulieren wir einen Organtransport."

Rupi drückt ihm einen Helm in die Hand. „Wir messen die Zeit, die man vom OP-Saal im Berg bis ins Salzburger Krankenhaus benötigt. Dazu werden wir erst ein Motorrad direkt an dem neu entdeckten Ausgang oben auf dem Berg parken. Anschließend fahren wir zusammen mit einem zweiten Motorrad zur Berghütte."

Malte starrt ihn an. „Also soll ich von dem OP-Saal durch den gesamten Berg laufen und dann mit dem Motorrad bis ins Krankenhaus nach Salzburg fahren?"

„Exakt. Du trägst dabei eine Kühltasche voller Eis. Stell dir vor, da drin wäre ein echtes Herz. Wir wollen testen, ob das der Weg ist, den die Organräuber genommen haben. Deshalb solltest du zügig gehen, damit das Eis nicht geschmolzen ist, bevor du unten bist. Sonst wird die heiße Ware unbrauchbar."

Malte schluckt. „Alles klar… Chef."

Rupi hebt den Daumen und startet die BMW, Malte folgt ihm auf dem anderen Dienstmotorrad. Sie parken das eine Fahrzeug am neuen Tunnelausgang hoch am Berg, dann geht es weiter Richtung Berghütte. Malte sitzt jetzt auf dem Sozius hinter Rupi, die Hände klammern sich am Gürtel des

Kommissars. Er ist voller Adrenalin, denn das ist sein erster Außeneinsatz. Gleich darf er in die Haut der Täter schlüpfen. Seine Kumpels würden vor Neid platzen.

Oben an der Hütte herrscht Totenstille. Die Hauptterrasse ist menschenleer, auf der Wiese stehen die leeren Zelte der Bergwacht. In der Hütte ist niemand, die Hüttenwirte auf und davon. Sie haben sich sicherlich in ihre Villa in Rumänien abgesetzt. Leider hat die Interpol-Fahndung bislang noch keinen Erfolg gebracht.

Im Keller findet Rupi die weißen Kühlboxen, von denen ihm der Kollege Boris erzählt hat. Er nimmt eine, befüllt sie mit Eisstücken und legt ein Stück Fleisch, das er im Kühlschrank gefunden hat, hinein. Gemeinsam mit Malte geht er den unterirdischen Weg bis zum OP-Saal.

„Das hier ist dein Startpunkt", erklärt Rupi mit ernster Stimme. „Du gehst immer geradeaus, an den Leitern vorbei, die zurück zur Hütte führen. Dann weiter, bis du zu der Tür im Felsen kommst, die von der anderen Seite getarnt ist. Direkt dahinter geht es zum Plateau."

„Dort, wo das rote Zelt gefunden wurde?"

„Genau. Von dort gehst du über den Vorsprung und siehst vor dir drei Eingänge. Nimm den mittleren und halte dich links. Liegt da am Rande jede Menge Müll, dann bist du richtig."

Malte runzelt die Stirn. „Das ist der Tunnel, in dem der Influencer tot aufgefunden wurde – und der Weg endet genau dort, wo mein Motorrad steht?"

Rupi nickt, legt ihm kurz die Hand auf die Schulter. „Exakt. Und Malte: ... aus dir wird mal ein verdammt guter Kommissar."

Malte nimmt vorsichtig die kleine Kühltasche mit dem Eis und dem Fleischstück in die Hand, startet die Uhr und geht zügig, aber vorsichtig los. Auch Rupi drückt auf Start.

„Ruf mich an, wenn du im Krankenhaus angekommen bist. Und halte dich an die Geschwindigkeitsbeschränkungen, der echte ‚Organbote' wollte garantiert nicht durch zu schnelles Fahren auffallen."

Der Countdown läuft. Während Malte im Dunkel verschwindet und seine Schritte im Höhlengang verhallen, denkt Rupi an die grausame Logistik hinter diesem Geschäft. Herz und Lunge müssen innerhalb von vier bis sechs Stunden eingepflanzt werden, eine Leber spätestens nach zwölf, nur die Nieren halten einen ganzen Tag. Alles muss steril bleiben, immer bei vier Grad Celsius gelagert werden, da darf kein Fehler passieren, sonst sind die Organe nicht mehr brauchbar.

Rupi wird immer mehr klar, wie kaltblütig und präzise die Täter vorgegangen sein müssen. Organe sind mehr wert als Gold, mit ihnen kann man lukrative Geschäfte machen. Deshalb gibt es irgendwo da draußen ein Netzwerk, das bereit ist, über Leichen zu gehen. Rupi ballt die Fäuste. Wenn Malte jetzt schnell durchkommt, haben sie einen Beweis, dass der Untersberg wahrscheinlich als ein Drehkreuz von der Organmafia benutzt wurde.

Rupi zieht Handschuhe über, während er auf Maltes Nachricht wartet, und beginnt, systematisch die Küche zu durchsuchen. Schublade um Schublade, Schrank um Schrank. Töpfe, Pfannen, Geschirr, alles chaotisch verstaut, wie in einer etwas antiquierten Berghütte üblich. Nichts Auffälliges.

Dann hält er inne: Wie naiv sind er und Aysha nur an die Sache herangegangen. Wenn das rumänische Paar hier gewohnt und gearbeitet hat, dann muss es hier von Fingerabdrücken nur so wimmeln. Sofort ruft er Stefan an und bestellt die Kriminaltechniker.

Zur gleichen Zeit geht Malte den Tunnel entlang, die Kühltasche fest im Griff. Sein Keuchen hallt in der stickigen Dunkelheit wider. Die Minuten laufen gnadenlos mit. An der getarnten Felsentür stoppt er kurz, schaut sie sich etwas genauer an und drückt sich dann hindurch – kalte Bergluft schlägt ihm entgegen. Er blinzelt in das grelle Licht vor ihm, erreicht das Plateau, läuft über den schmalen Vorsprung.

Die drei Eingänge tauchen vor ihm auf. Malte nimmt den Mittleren. Er taucht hinein, spürt den Adrenalinschub und läuft los. Dann kommt die T-Kreuzung, rechts und links überall Müll, es dauert Ewigkeiten – endlich steht er vor dem Motorrad. Er setzt den Helm auf, schnallt die Kühltasche auf den Rücken, startet die BMW. Der Motor heult auf.

Die schmale Schotterweg windet sich Serpentine um Serpentine den Berg hinab. Malte duckt sich tief, nimmt jede Kurve wie ein Profi. Er denkt an die Organe, an die Kälte in dieser Tasche, daran, dass irgendwo jemand auf solch eine Lieferung gewartet haben könnte. Das Herz schlägt ihm bis zum Hals.

Jetzt hat er die Landstraße erreicht. 60 km/h – nicht auffallen. Aber es ist nicht mehr weit, die Kulisse von Salzburg schimmert schon am Horizont.

Während Malte die Landstraße erreicht, inspiziert Rupi die Hütte. Er geht die knarrende Holztreppe hoch und steht vor drei Türen. Er öffnet die erste und schaut in ein relativ großes Zimmer mit Dachschrägen und einem winzigen Fenster.

Sieben kleine Betten mit grauen Decken am Fußende - eindeutig ein Bettenlager. So also sieht die vielgelobte Hüttenromantik aus, denkt er. Schulter an Schulter liegt man hier wie Ölsardinen in der Dose. Ein kalter Schauer läuft ihm über den Rücken. Da bleibt er doch lieber zuhause, unten am Fuß der Berge. Und im Urlaub will er ohnehin eher Ruhe und Nichtstun, auf keinen Fall Wander- und Kletterstress. Das überlässt er gerne den verrückten Flachlandtirolern.

Im nächsten Zimmer steht ein einzelnes Bett, mit rot-weiß karierter Bettwäsche und es gibt sogar einen Schrank. Rupi will schon gehen, da fällt ihm ein Bilderrahmen ins Auge.

Er greift danach und erstarrt. Andreas. Im Anzug neben seiner Braut. Ein Hochzeitsfoto. Hier also hat der geschlafen, wenn er Führungen in der Eishöhle machte.

Im dritten Zimmer steht ein Doppelbett, die Decken sind zerwühlt, die Türen des großen Schrankes stehen weit offen, alles leer. Auf dem Brett unter dem Spiegel steht ein Becher mit zwei Zahnbürsten. Das scheint das Schlafzimmer des rumänischen Paares, keine Frage. Eine Fundgrube für die Spusi, denkt Rupi, als sein Handy klingelt.

„Angekommen. Dreißig Minuten, zwanzig Sekunden", keucht Malte.

Dreißig Minuten. Von der Hütte bis Salzburg.

Perfekte Logistik. Den Untersberg haben die Organräuber sicher nicht zufällig gewählt.

***

Dr. Arndt Böhle wälzt sich schlaflos im Bett. Die Begegnung mit den Ermittlern und den Ehemännern geht ihm nicht aus dem Kopf. Seit Stunden kreisen seine Gedanken auch um seinen egozentrischen Chef. Diese Kälte, diese Arroganz. Er hat kein Mitgefühl, keinen Funken Menschlichkeit. Was ist mit dem Hippokratischen Eid, der spielt offensichtlich bei diesem Dr. Reza keine Rolle. Schlichtweg ein Ekelpaket, dem es nur um seinen Ruf geht.

Schließlich steht Böhle auf und schaltet seine mühsam zusammengesparte Siebträger-Maschine an. Während der Kaffee in den Becher rinnt, denkt er an die Luxusvilla von Reza, an seine ständig wechselnden Autos, immer das neueste und teuerste Modell. Böhle selbst verdient mit Nachtschichten ordentlich, aber er lebt normal.

Während er an dem heißen Kaffee nippt, holt er die Visitenkarte von Sven aus seiner Tasche und wählt die Nummer.

Obwohl es noch früh am Morgen ist, meldet sich schon beim zweiten Klingeln eine verschlafene Stimme.

„Hallo?“

„Hier Dr. Böhle aus dem Krankenhaus. Ich habe kaum geschlafen. Die Ereignisse gestern, das hat mich alles aufgewühlt. Inzwischen bin ich zu der Meinung gelangt, dass bei uns im Krankenhaus etwas nicht stimmt. Ich glaube, dass unser Chefarzt irgendetwas mit diesen kriminellen Geschäften am Untersberg zu tun hat, dass er Dreck am Stecken hat. Sie sind ja an einer zügigen Aufklärung interessiert. Deshalb mein Vorschlag, ob wir drei nicht auf eigene Faust ein wenig recherchieren sollen. Das ist weniger auffällig, und die Dienstwege bei der Polizei sind in Österreich wahrscheinlich noch länger und komplexer als bei Ihnen in Deutschland. Nicht umsonst haben wir immer noch Geheime Kommerzienräte und so ein furchtbares Titelgehabe.“

Sven glaubt erst zu träumen, dann räuspert er sich: „Verdammt gute Idee. Ich hole Kay ins Boot. Ihm gehen die Ermittlungen eh nicht schnell genug."

„Super. Ich habe heute Morgen ohnehin frei. Wie wäre es um zehn Uhr im Café Mozart in Salzburg. Ich bringe die Dienstpläne mit. Vielleicht finden wir dabei schon was."

Kay zögert keine Sekunde, als Sven ihm die Neuigkeiten wenig später mitteilt. Sofort machen die beiden sich fertig, frühstücken rasch und fahren los. Sie können diesen neuen Ansatz und die anstehenden Nachforschungen im Krankenhaus kaum erwarten.

Um Punkt zehn treten sie ins Café Mozart. Hohe Decken, Kristalllüster, der Duft frisch gerösteten Kaffees. Noch herrscht hier eine morgendliche Ruhe, erst ab mittags wird es richtig voll und hektisch, denn viele Touristen wollen natürlich die österreichische Gemütlichkeit und Kaffeehauskultur genießen.

Die drei Männer ziehen sich in eine Nische zurück. Sven lehnt sich vor.

„Gut, dass Sie sich gemeldet haben. Auf unsere Loyalität und Verschwiegenheit können Sie zählen."

Böhle nickt, sichtbar angespannt. „Ich denke, am dringlichsten wäre ein Blick in die Transplantationslisten. Die sind auf Dr. Rezas Rechner, da müssen wir rankommen. Das ist der Schlüssel."

Er legt die Dienstpläne auf den Tisch, tippt mit dem Finger auf eine Stelle. „Heute ist er nur bis Mittag im Haus. Ab Nachmittag ist sein Büro leer."

Kay zieht die Augenbrauen hoch. „Also heute?"

„Heute," bestätigt Böhle. Seine Stimme zittert vor Aufregung. „Das ist unsere Chance."

„Aber wie sollen wir an seinen Rechner kommen? Kennen Sie das Passwort?" Kay klingt skeptisch.

„Nicht zu 100 Prozent, aber ich habe eine Vermutung. Der Chefarzt schwärmt oft von seiner alten Heimat, vom Schah von Persien und dessen Frauen. Auch wenn er damals noch ein Kind war, er vergöttert diesen Typen regelrecht. Und seine Frauen verherrlicht er auch immer. Weil er auch Reza heißt, hat er vielleicht den Namen einer Gattin des Schahs als Passwort ausgewählt, entweder Soraya oder Farah Diba. Einen Versuch ist das allemal wert."

„Sollten wir nicht lieber bis abends warten, da ist weniger Betrieb im Krankenhaus", gibt Sven zu bedenken.

„Einverstanden" nickt Böhle. „Treffen wir uns nach Einbruch der Dunkelheit im Parkhaus. Abends parkt da keiner mehr, und man muss kein Ticket ziehen – keine Spuren. Auf dem Dach gibt's einen Hintereingang, den die Raucher nutzen. Ich habe Spätdienst und lasse euch rein."

Der Plan steht. Die verschworene Dreiergemeinschaft ist mittlerweile übereingekommen sich zu duzen. Kay bezahlt für alle die Mélange und sie verlassen das Café.

„Das wird ein langer Tag für uns, wir müssen uns ablenken. Lass uns die Burg anschauen und am frühen Abend ein richtiges Wiener Schnitzel oder einen echten Tafelspitz essen. Wer weiß, was uns heute Nacht erwartet", schlägt Kay vor und klopft seinem Freund kameradschaftlich auf die Schulter.

Am Abend fahren Kay und Sven ins Parkhaus am Krankenhaus, die Abenddämmerung schluckt bereits die

Kontraste. Sie steigen aus und nehmen die Treppe zum Dach. Kaum oben angekommen, sehen sie in der Ferne eine weiß gekleidete Gestalt. Vorsichtig nähern sie sich und atmen auf, als sie Arndt erkennen.

„Gut, dass ihr da seid", flüstert Arndt.

„Na klar," erwidert Sven knapp. „Es wird Zeit, dass wir was tun. Dieses Warten macht einen irre."

Arndt hält die Tür auf und sie betreten einen langen, von kaltweißem Neonlicht erhellten Gang. Zum Glück ist im Moment keine Menschenseele zu sehen.

„Schnell", zischt Arndt. „Dritter Stock. Rezas Büro liegt zwischen Innerer und Transplantationszentrum. Geht vor. Wenn euch jemand erwischt, behauptet ihr, dass ihr die Privatstation Innere sucht und euch verlaufen hättet. Ich werde euch folgen und könnte dann im Falle eines Falles anbieten, euch auf die Innere zu begleiten."

„Du hast das echt durchgeplant", murmelt Kay.

Auf dem Weg zum Treppenhaus wimmelt es von Personal, doch niemand schenkt ihnen Beachtung. So kommen sie unbemerkt bis in den dritten Stock. Hier herrscht gespenstische Ruhe.

Kurz vor dem Büro von Prof. Dr. Reza kommt ihnen ein Pfleger entgegen:

„Kann ich Ihnen behilflich sein?"

Zum Glück eilt Arndt um die Ecke.

„Ah, da sind Sie ja endlich." Der Pfleger nickt und verschwindet hinter der Tür mit der Aufschrift ‚Intensivstation'.

Schnell gehen die drei in das Büro des Chefarztes und schließen leise die Tür. Arndt fährt den Computer hoch, es poppt die Maske „Passwort“ auf. Schnell gibt er ‚Soraya‘ ein. Aber nichts passiert.

„Versuche es mit ‚Farah Diba‘“, meint Kay. „Die schöne Soraya war vor seiner Zeit.“

Sven stimmt zu und ergänzt: „Wenn das auch nicht funktioniert, vielleicht noch das Jahr, als die Revolution begann. So wie ich den Arzt nach deinen Erzählungen einschätze, trauert er bestimmt der Monarchie nach, seine Familie war unter Garantie Anhänger des Schahs und musste deshalb flüchten.“

„Weißt du, wann das war?“

Wie aus der Pistole kommt von Sven: „Wenn ich mich richtig erinnere, 1979.“

„Okay, ich fang mal mit dem Namen und dem Jahr als Kombi an, dann hätten wir immer noch einen Versuch. Ist wie mit einer PIN“, bemerkt Arndt. Seine Finger fliegen über die Tastatur, er tippt: 'farahdiba1979', dann Enter.

„Wir sind drin“, flüstert Arndt. „Jetzt haben wir ihn.“

Schnell durchforstet Arndt den Computer nach Listen, klickt sich durch die verschiedenen Ordner. Seine Finger rasen über die Tastatur: „Listen, Protokolle… hier muss doch was sein.“

Er sucht, scrollt, klickt sich durch die Dokumente.

„Eurotransplant ist eine internationale Organisation mit Sitz in den Niederlanden. Sie verwaltet die Warte- und Spenderlisten. Alles ist nach strengen Richtlinien geregelt. Aber letztlich entscheidet das jeweilige Transplantationszentrum, wer an Eurotransplant gemeldet wird und so auf die Warteliste kommt.“ Er hält innen schaut die beiden an und sucht weiter.

„Auf der Liste ist vermerkt, welche Blutgruppe gesucht wird und was für Gewebemerkmale für eine erfolgreiche Transplantation nötig sind. Eurotransplant gleicht alles ab und falls es ein Match gibt, wird der weitere Transplantationsprozess schnellstmöglich eingeleitet. Dabei gibt es Dringlichkeitsstufen und Kinder haben immer Vorrang. Aber am Ende entscheidet das Transplantationszentrum, wer überhaupt auf diese Liste kommt."

Sven nickt. Kay, der sich in diesem Gebiet etwas auskennt, da er erst kürzlich einen Vortrag zur Transplantationsmedizin gehört hat, ergänzt: „Und genau da liegt die Macht – und der Spielraum für Missbrauch. Obwohl alles getan wird, dass so etwas eigentlich unmöglich sein sollte. Die Bundesärztekammer, die Deutsche Stiftung Organtransplantation und staatliche Behörden überwachen das gesamte Verfahren. Aber wie immer finden Kriminelle problemlos Mittäter und Schlupflöcher."

Arndt klebt förmlich am Bildschirm, scannt aufmerksam die Namenslisten. Manche Namen sind mit Sternchen markiert. „Was soll das bedeuten?", murmelt er und klickt hektisch weiter. Die Zeit drängt, denn sie wollen sich nicht unnötig lange in diesem Zimmer aufhalten.

„Seht mal", flüstert er, „hier ist ein Ordner: ‚Eisherz'. Klingt wie ein billiger Liebesroman."

Sie klicken auf ‚Eisherz'. Auf dem Bildschirm erscheint eine Liste, die genauso aufgebaut ist wie die offizielle Transplantationsliste für Eurotransplant.

Kay beugt sich vor. „Einige der Namen kommen mir bekannt vor." Er schlägt sich vor den Kopf. „Mensch, das sind die Namen mit Sternchen von der offiziellen Empfängerliste."

Neben jedem Namen steht ein Geldbetrag. Sven reißt die Augen auf. „Das ist es! Wir haben's gefunden!"

„Ruhig bleiben", zischt Arndt. „Hier ist ein USB-Stick – wir kopieren alles und verschwinden."

In diesem Moment hören sie Schritte auf dem Flur. Sie löschen das Licht, halten die Luft an und lauschen. Doch die Person geht weiter.

„Wir sollten uns beeilen und unser Schicksal nicht herausfordern! Nichts wie weg hier", drängt Arndt.

Ein letzter Klick – die Daten sind kopiert. Arndt drückt Sven den Stick in die Hand. „Ihr nehmt den Stick mit, bei euch ist er sicherer als hier im Krankenhaus. Und ihr könnt im Hotel alles noch mal in Ruhe abgleichen."

Leise öffnen sie die Tür, spähen vorsichtig in den Flur. Ganz hinten auf dem Flur geht eine Person, die aber um die Ecke verschwindet. Dann eilen die beiden in Richtung Treppenhaus. Für Arndt steht eine lange Nacht an, zumal er die vorherige so schlecht geschlafen hat. Er hofft, dass heute kein Notfall reinkommt.

Sven und Kay fahren ins Hotel.

Kay ist aufgewühlt, „Sollen wir die Listen heute noch abgleichen? Ich bin neugierig. Und schlafen kann ich eh nicht, wie sieht es bei dir aus?"

„Ich bin zwar hundemüde, weiß aber auch, dass ich nicht einschlafen werde, habe zu viele grausige Bilder im Kopf. Was haben Runa und Merle bloß erlebt."

„Okay, gehen wir zu dir oder zu mir?" Sie lachen und gehen in Svens Zimmer. „Du hast einfach den besseren Computer."

Beim Abgleichen der offiziellen Warteliste vom Krankenhaus und der Liste ‚Eisherz' bestätigt sich ihr Verdacht. Hier wird offensichtlich heftig getrickst und das mit Menschenleben.

Kay ist entsetzt. „Wer genügend Geld hat, der bekommt das Organ. Grauenhaft. Eurotransplant arbeitet gemeinnützig und sorgt für einen fairen, internationalen Ablauf, aber daneben machen skrupellose Banden den großen Reibach."

Sven, der Nichtmediziner kommt ins Grübeln. „Wenn nur genügend Menschen bereit wären, ihre Organe zu spenden, dann wäre dieser Schwarzmarkt überflüssig."

„Auf den Listen stehen Blutgruppen und Gewebemerkmale. Die Patienten müssen ständig erreichbar sein. Meldet sich jemand nicht, wird der nächste auf der Liste informiert. Hoffentlich hatte unser Professor Reza wenigstens so viel Anstand, dass er zunächst den ersten Patienten auf der offiziellen Warteliste angerufen hat und erst, wenn der sich nach dem ersten Klingeln nicht gemeldet hat, den mit Sternchen. Auf alle Fälle hat er sich das alles wohl gut bezahlen lassen."

„Das würde bedeuten, dass dieser Reza, neben den Patienten von der offiziellen Liste, immer mal einen Patienten von der illegalen Liste dazwischengeschoben hat. Und da es auf dem Markt zu wenig Organe gibt, hat er die aus der Eishöhle besorgt und seinen privaten Patienten, die auf der ‚Eisherz'-Liste stehen, transplantiert. Dabei hat Reza als Chefarzt auch die ganze Logistik des Krankenhauses benutzt."

„Du hast Recht Sven, das würde vieles erklären. Aber wie haben die das alles organisiert? So eine Logistik ist gigantisch."

„Ich vermute, dieser Reza ist nur Teil einer großen kriminellen Organisation, sozusagen die Sektion Salzburg. Wie konnten die wissen, ob die Organe passen? Kaum jemand hat seine Blutgruppe im Portemonnaie, und was ist mit den Gewebemerkmalen?“

„Bluttests gab es bestimmt vor der Entnahme der Organe. Ein passender Empfänger wurde dann gesucht. Die Gewebemerkmale wurden garantiert nicht abgeglichen, das war dann das Risiko, das die illegalen Empfänger eingegangen sind."

Sven, der sonst nie scharfe Sachen trinkt, schüttet sich einen Cognac aus der Minibar ein. „Das würde dann bedeuten, dass die Leute erst einmal betäubt wurden, und dann wurde ihnen Blut abgenommen. Passte die Blutgruppe, wurden sie getötet, um die Organe zu entnehmen. Bei Runa hat das Mittel nicht gewirkt, sie ist geflohen und Merle musste dran glauben."

„Ja, so könnte es gewesen sein, das ist eine Wahnsinnssache, das wird immer unheimlicher. In was sind unsere Frauen da hineingeraten, und das auf so einer kurzen Bergtour.“

Sven reibt sich die Augen. „Mir reicht es für heute, ich bin reif fürs Bett. Wo sollen wir den Stick verstecken?“

„Zieh erst einmal eine Kopie auf deinen Computer und dann verstecken wir den Stick außerhalb unserer Zimmer. Im Flur stehen auf den Kommoden so riesige künstliche Blumenarrangements, da könnten wir den Stick reinlegen. Ein perfektes Versteck.“

Kay wartet, bis der Kopiervorgang abgeschlossen ist und verlässt Svens Zimmer.

„Morgen ziehen wir noch eine Sicherheitskopie. Ich besorge einen weiteren USB-Stick, so etwas wird es wohl in diesem Ort geben. Sonst müssen wir in Salzburg schauen."

Tag 10

Chefarzt Dr. Hossein Reza kommt morgens bestens gelaunt ins Krankenhaus. Er grüßt überschwänglich und ruft das Team zur Besprechung in sein Zimmer. Es scheint ein ruhiger Tag zu werden, keine großen Operationen, keine Hektik.

Für die Mitarbeiter des Transplantationszentrums ist ein gut gelaunter Chef schon die halbe Miete, denn dass er auch anders kann, das haben alle schon häufiger erlebt. Seine plötzlichen Wutausbrüche sind legendär und haben schon so manchen in die Knie gezwungen.

Kaum ist die Besprechung vorbei, bebt der Gang. Ein markerschütterndes Brüllen schallt aus dem Chefzimmer. Reza tobt, flucht offensichtlich auf Persisch, etwas scheint schief gelaufen zu sein.

Er reißt das Telefon fast aus seiner Halterung und wählt die Nummer der IT-Stelle. „Hier Reza!“, schreit er ins Telefon. „Ich brauche sofort den Seidlmayer. Es gibt ein massives Problem mit meinem Computer.“

Die Stimme am anderen Ende klingt zögerlich. „Seidlmayer ist nicht da, Herr Doktor. Sein Urlaub ist vorbei, aber er ist heute nicht erschienen. Sehr ungewöhnlich – er ist sonst absolut zuverlässig.“

Reza knallt den Hörer auf die Gabel. Sein Blick verengt sich, die Adern an der Schläfe pochen. Kaum hat er aufgelegt, wählt er direkt Andreas’ Handynummer. Mailbox. Er flucht leise. Dann klingelt sein Handy, die Nummer ist unterdrückt. Reza zögert kurz, geht dann aber ran.

„Hossein, ich habe gesehen, dass du angerufen hast“, sagt Andreas mit gedämpfter Stimme. „Ich nutze ab jetzt ein Prepaid-Handy. Niemand kann mich orten. Mir wird das alles zu heiß. Was ist los?“

„Was wird dir zu heiß? Irgendjemand war an meinem Rechner, irgendwer schnüffelt rum. Ich habe unseren Assistenzarzt, diesen Böhle, in Verdacht. Wir sind gestern wieder mal aneinandergeraten. Ich brauche dich, du musst meinen Account checken und alles clean machen."

„Genau deshalb wird es mir zu heiß. Da ist was im Busch. Die haben die Leichen gefunden und jetzt läuft der Polizeiapparat auf Hochtouren. Ich mache mich vom Acker. Du solltest auch verschwinden, man darf uns auf keinen Fall zusammen sehen. Ich fahre schnell nach Hause, packe ein paar Sachen und bin weg. Ich habe gerade das neue Auto abgeholt und ein paar Tage Urlaub eingereicht."

„Die Kollegen sagen, du hattest nur bis gestern Urlaub. Die wundern sich.“

„Oh mein Gott, dann muss ich mich bei dem Antrag vertan haben, dachte ich hätte noch drei Tage - wie blöd.“

Andreas beendet das Gespräch, tritt das Gaspedal seines neuen Sportwagens durch und zischt über die Autobahn. In Bad Reichenhall fährt er von der Autobahn ab, er muss sich etwas abreagieren, das geht am besten auf den einsamen Landstraßen mit den langgestreckten Kurven. Hier kann er seinen neuen Porsche mal so richtig laufen lassen. Das Adrenalin knallt durch seine Adern. Genau das, was er jetzt braucht.

Zu Hause in seinem kleinen Vorort bei Berchtesgaden angekommen, stockt ihm der Atem: Vor seinem Haus steht ein fremdes, dunkles Auto, das er noch nie gesehen hat. Hier in der Gegend kennt man jeden Nachbarn und jedes Auto. Plötzlich fährt ein weiteres unbekanntes Auto vor. Mehrere Männer steigen aus, mustern die Straße und verteilen sich hinter Bäumen und Containern. Sie scheinen die ganze Straße zu beobachten. Das müssen Polizisten sein, denkt Andreas. Die scheinen auf mich zu warten.

Bevor die Falle zuschnappen kann, entscheidet er sich, ohne Gepäck, ohne Abschied von seiner Frau, umzukehren. Um sein Baby tut es ihm leid, wie gerne hätte er es noch einmal in den Arm geschlossen. Sein Eheglück dagegen war schon länger keins mehr. Seine Frau und er hatten gehofft, ein Baby würde die Beziehung retten; aber die letzten Monate waren eher schwieriger als besser gewesen. Er stand unter Arbeitsdruck und war stets nervös, eigentlich ist er jetzt ganz froh, dem ganzen Zirkus entfliehen zu können.

Noch kennt niemand hier seinen neuen Porsche und hinter den getönten Scheiben ist er fast unsichtbar. Er wendet. Auf dem Weg zur Autobahn stoppt er noch vor einer kleinen Volksbankfiliale und hebt eine große Summe Bargeld von seinem Konto ab. Er möchte flexibel sein und möglichst unauffällig verschwinden. Jede Kartenzahlung könnte Spuren hinterlassen. Wenn die Polizei diese Kontobewegung entdeckt, dann wird er schon über alle Berge sein.

Währenddessen läuft Dr. Reza nervös in seinem Büro auf und ab. Wer hat an seinem Rechner geschnüffelt? Was wurde gesucht? Steht er tatsächlich schon im Fokus der Ermittlungsbehörden? Und wie soll er seine Flucht planen? Wie am geschicktesten jeglichen Verdacht vermeiden? Ein plötzlicher, völlig unvermittelter Aufbruch, das würde sicher allen Mitarbeitern und auch der Polizei verdächtig erscheinen und zudem vielleicht auch auf die Verbindung zu Andreas hindeuten.

Reza überlegt fieberhaft, wohin er sich absetzen kann. Direkt nach Rumänien? Oder doch erst ein Versteck bei Freunden in Deutschland?

Eine Option wäre seine Patentante in Hamburg, eine gute Bekannte seiner Eltern. Die Familien verbindet eine langjährige Freundschaft, die schon im Iran bestand. Auch damals, nach der Flucht aus dem Iran, hielten die Familien immer engen Kontakt. Seine Eltern gingen nach Frankfurt und Tante Leila mit ihrer Familie nach Hamburg. Die Idee gefällt ihm ausgezeichnet, zumal er seine Patentante in letzter Zeit ziemlich vernachlässigt hat. Vielleicht eine gute Gelegenheit, die alte Dame zu besuchen, immerhin ist sie schon 93, allerdings geistig hellwach und körperlich noch erstaunlich fit.

Er könnte aber auch nach Köln. Ein enger Freund hat dort eine Wohnung in einem Hochhaus in direkter Rheinlage, die meist leer steht, da er oft im Ausland tätig ist. Alles sehr diskret, ideal für ein kurzfristiges Untertauchen und um Zeit für die weiteren Planungen zu gewinnen.

Auf dem Flur trifft er Dr. Böhle und seine Sekretärin.

„Meine Patentante ist schwer krank. Sie ist 93 und ich habe sie lange vernachlässigt. Jetzt könnten ihre Tage gezählt sein. Ich muss dringend zu ihr nach Hamburg. Dr. Böhle, Sie sind in den nächsten Tagen mein Vertreter, ich weiß meine Patienten bei Ihnen in guten Händen."

Arndt Böhle ist vom ungewöhnlich freundlichen Ton seines Chefs überrascht. Für einen Moment wirkt Dr. Reza fast sympathisch – ein Mann, der sich Sorgen um seine 93-jährige Patentante macht. Arndt kann das nachvollziehen, weiß aber um die belastenden Listen auf seinem Computer. Zweifel nagen an ihm. Bevor er etwas sagen kann, eilt der Chefarzt schon in seinem weißen Mantel davon.

Auf dem Weg zum Auto ruft Reza seinen Kölner Freund an. Er müsse für einige Tage nach Köln, ob er seine Wohnung nutzen darf. Der Freund zögert nicht – schließlich hat Reza ihm vor Jahren mit einer Nierentransplantation das Leben gerettet.

„Kein Problem, ich bin gerade in Südafrika. Bleibe, solange du willst. Schlüssel liegt beim Pförtner, dem sage ich Bescheid. Dein Auto kannst du in der Tiefgarage auf den gelben Markierungen parken. Der Pförtner gibt die auch eine Ausfahrkarte."

Reza bedankt sich und ruft als Nächstes seine Tante Leila an. Köln oder Hamburg, das wird er spontan entscheiden.

„Hallo Tante Leila, wie geht's dir? Wir haben uns lange nicht gesehen. Ich habe ein paar Tage frei und würde gern vorbeikommen, wenn es passt."

„Oh, das wäre schön! Wann denn?"

„Ich weiß noch nicht genau, muss erst noch einen Kollegen treffen, wir besprechen einen Fachartikel. Ich melde mich."

„Okay, sag rechtzeitig Bescheid, ich muss dann meine Termine verschieben – Friseur, Kosmetik, und das Bridge-Turnier steht auch an."

„Mach dir keine Sorgen, das kriegen wir hin. Ich ruf an."

Der Chefarzt ist zufrieden, jetzt hat er mehrere Optionen, volle Flexibilität. Statt ins Krankenhaus zurückzukehren, fährt er direkt nach Hause, packt hastig ein paar Sachen, schnappt sich die Schachtel Mozartkugeln – Tante Leilas Lieblingssüßigkeit – und verschließt die Tür hinter sich. Er steigt in seinen Ferrari, tritt das Gaspedal durch und lässt den Motor aufheulen. Nichts wie weg aus Salzburg.

***

In der kleinen Berghütte wimmelt es von Männern in weißen Anzügen. Rupi ist erleichtert, dass Stefan auch dabei ist – der Kollege weiß, wie man Spuren findet.

„In den unteren Räumen gibt es unzählige Fingerabdrücke, das können wir vernachlässigen. Aber im ersten Stock wird es schon interessanter. In Zimmer von dem rumänischen Paar haben wir zwei verschiedene Fingerabdrücke entdeckt. Und dank der Zahnbürsten haben wir ihre DNA. In Andreas Zimmer sind - so sieht es aus - nur seine Fingerabdrücke. Das werden wir im Labor noch einmal genau prüfen."

Rupi ist angespannt, „Und was ist mit dem Bettenlager?"

„Da sind wir jetzt dran. Vielleicht haben die Kölnerinnen dort übernachtet."

„Wo sind die Kleidung und die Rucksäcke der Toten?"

Stefan grinst: „Die sind bestimmt bei Ebay als gut erhaltene Wanderbekleidung im Angebot."

„Scherzkeks. Die Sachen sind garantiert an die Verwandtschaft in Rumänien verschickt."

Rupi geht auf die Terrasse und macht sich eine Zigarette an. Stefan folgt ihm.

„Ich dachte, du hast mit dem Rauchen aufgehört, haben wir beide nicht eine Wette laufen?"

„Erwischt. Wenn der Fall gelöst ist, werde ich meine Wettschulden begleichen."

Rupi umkreist die Hütte und stellt sich immer wieder dieselben Fragen: weshalb sind die beiden Frauen auf so unterschiedliche Weise zu Tode gekommen? Wieso konnte die eine fliehen, um dann tot zusammenzubrechen?

Stefan reißt ihn aus den Gedanken. „Hammer, wir haben etwas gefunden, das musst du sehen. In einer Schublade liegt ein Stapel von Plastikbeuteln mit Blankozetteln, auf die man Gewebemerkmale und Blutgruppen notieren kann. Und im Gewürzschrank haben wir Flaschen mit K.o.-Tropfen und anderen Betäubungsmitteln gefunden."

„Nicht dein Ernst!" Rupi starrt die Beutel an. „Was für skrupellose Schweine. Die haben tatsächlich in der Küche nicht nur Kaaspressknödel gekocht, sondern die Opfer willenlos gemacht, um sie anschließend kaltblutig zu töten."

Stefan nickt. „Ich bin kein Arzt, aber ich denke, so könnte es gewesen sein. Alles musste Ruckzuck gehen. Herz und Leber halten nicht so lange ohne Konservierung."

„Ich habe mich schon schlau gemacht. Ein Herz oder eine Lunge müssen innerhalb von sechs Stunden transplantiert werden, die Leber innerhalb von zwölf Stunden. Der Weg vom OP-Saal hier im Berg bis zum Krankenhaus in Salzburg dauert dreißig Minuten. Wir haben es mit Malte getestet.

„Massig Zeit für den Boten, um noch locker eine Kaaspressknödel zu essen ...", bemerkt Stefan.

Rupi wirft ihm einen scharfen Blick zu. „Stefan, jetzt wirst du richtig makaber, vergiss nicht, wir ermitteln in einem Fall von Massenmord."

„Schon klar,“ grummelt Stefan, „aber ein bisschen schwarzer Humor hält einen wach.

Es wird immer deutlicher, diese windschiefe Hütte war weit mehr als ein Rückzugsort – sie war das Herzstück einer perfiden Organisation. Die Männer in den weißen Anzügen erkunden nach und nach auch das Außengelände rund um die Hütte. Kein Eimer, keine Kiste bleibt stehen – jeder noch so kleine Hinweis könnte den entscheidenden Durchbruch bringen.

Auch Rupi schleicht in der Gegend herum. Unterhalb der Terrasse entdeckt er zwei Wanderschilder, das eine zeigt nach links, das andere nach rechts. Laut Vernehmungsprotokoll sind die Kölnerinnen hier zuletzt gesehen worden, das hat die Familie aus Sachsen bestätigt. Hier haben sie sich getrennt, die Eltern mit den Kindern sind nach rechts ins Tal und die Frauen wollten über den Grat.

Auf dem linken Schild steht, Zeppezauerhaus 3½ Stunden, daneben eine schwarze Markierung. Kein Wunder, dass sie umgekehrt sind, denkt Rupi. Das schwere Gewitter im Nacken, deshalb war die Notübernachtung ihre einzige Option. Wenn Stefans Team im Bettenlager gleich die Fingerabdrücke von Runa und Merle finden würde, wäre das eine Bestätigung für den Verdacht.

Oben steht Stefan und winkt. „Komm schnell, du wirst es nicht glauben. Wahnsinn.“

Rupi sprintet den Hang hinauf und hofft, dass nicht noch weitere Leichen entdeckt wurden. Stefan steht vor einem massiven Eisentor. „Wir haben eine Kleiderkammer entdeckt. Da drinnen sind die ganzen Klamotten der Toten aus der Eishöhle.“

Die Männer tragen nach und nach Schuhe, Hosen, Jacken, Wanderstöcke und Rucksäcke aus dem Verlies. Der Stapel wird immer größer. Elf paar Schuhe, elf Jacken, elf Hosen. Alle sind fassungslos bei der Ansicht dieser persönlichen Sachen.

„Etwas finde ich merkwürdig, unter den Sachen sind weder Portemonnaies, Uhren, Brillen oder andere Wertgegenstände. Auch beim Wandern braucht man Geld und garantiert auch ein Handy", gibt Stefan zu bedenken.

„Die Wertsachen haben sich die Wirtsleute sicher selbst einverleibt – oder über diesen Hüttenläufer verschickt, der ständig Pakete nach Rumänien zur Post gebracht hat", vermutet Rupi.

Langsam passt vieles zusammen. Die Opfer wurden offenbar in der Hütte abgefangen und unter Drogen gesetzt. Zuerst nahm man ihnen Blut ab – zur Bestimmung der Blutgruppe. Und wenn diese zu einem wartenden Empfänger passte, war das ihr Todesurteil. Die ‚passenden' Spender verließen die Hütte nicht mehr lebend. Die unpassenden durften ihren Rausch ausschlafen – mit Kopfschmerzen und Filmriss, als Folge eines angeblich feuchtfröhlichen Hüttenabends.

Doch eine Frage lässt Rupi nicht los: Was passierte, wenn bei einer Wandergruppe nur einer die passende Blutgruppe hatte? War das vielleicht auch bei den Kölnerinnen der Fall?

***

Nach einer unruhigen Nacht sitzen Kay und Sven beim Frühstücksbüffet.

„Wir müssen uns die Listen nochmal anschauen. Vielleicht entdecken wir einen Hinweis, wer die Hintermänner sind und wie der illegale Organhandel organisiert ist", sagt Kay und beißt in sein Croissant.

Sven starrt auf seinen schwarzen Kaffee. Der Gedanke an Runa lastet wie Blei auf seiner Brust.

„Wie kannst du so ruhig essen?"

„Weil wir klar denken müssen, wenn wir das hier durchziehen wollen." Kay mustert ihn ernst. „Komm. Ich habe zwei Kaffee Melange und Croissants organisiert. Wir gehen auf dein Zimmer. Dort stört uns keiner."

Oben verriegeln sie die Tür. Der Laptop surrt, Kay öffnet die Datei mit den Raubkopien. Auf dem Bildschirm erscheint die offizielle Transplantationsliste - sauber strukturiert. Rund 60 Namen, geordnet nach Organ, Dringlichkeit und Krankengeschichte.

„Nieren sind am häufigsten", murmelt Kay. „Dann Leber, Lunge, Herz. Blutgruppe, Gewebemerkmale … und hier: HU für high urgency. Sieh mal, manche haben ein rotes Sternchen."

„Und da sind die Handynummern."

Kay scrollt weiter. Alles sieht klinisch korrekt aus. Nichts deutet darauf hin, dass hinter dieser Liste Blut klebt.

„Jetzt die ‚Eisherz'-Liste", sagt Kay und öffnet die zweite Datei.

Der Aufbau der zweiten Liste ist identisch mit der offiziellen – nur viel länger. Dutzende Namen, viele davon eindeutig arabisch oder osteuropäisch klingend. Und eine weitere

Spalte mit Zahlen. Niere 35.000 €, Lunge 150.000–250.000 € und Herz bis zu einer Million. Hinter einigen Namen ist ein Haken.

„Das sind ja astronomische Summen“, flüstert Sven. „Die Haken … das heißt wohl: erledigt, tot oder abgesprungen.“ Er schüttelt den Kopf. „200.000 € für eine Lunge, das ist schon happig… ich wusste, dass es teuer ist, aber das hier sind ja exorbitante Zahlen.“

Kay beugt sich vor, die Stirn in Falten. „Das ist ein riesiges Feld, die ganze Infrastruktur und Logistik ist teuer und dann wollen auch alle mitverdienen. Ärzte, Mittelsmänner, Pfleger, und Schweigegelder müssen auch gezahlt werden für alle, die zu viel wissen. Aber die armen Schweine, die aus purer Not ihre Organe verkaufen, die bekommen nur ein paar hundert Euro für eine Niere, während der Empfänger tief in die Tasche greifen muss.“

Sven starrt ihn an. „Das ist … widerlich. Ich habe nie geahnt, wie brutal und menschenverachtend das ist.“

Beide wissen: Sie sind mitten in ein Netz geraten, das für Geld im wahrsten Sinne des Wortes über Leichen geht. Schlimmer als sie sich jemals vorstellen konnten.

„Es gibt auch die andere Seite“, sagt Kay. „Todkranke Menschen, verkaufen ihr ganzes Hab und Gut, um sich ein Organ leisten zu können. Der Mangel an freiwilligen Organspendern treibt den Markt an und ist der ideale Nährboden für die Organmafia. Die elf Toten aus der Eishöhle, auch Merle und Runa, haben mit ihren Leben bezahlt. Und oft sterben bei solchen illegalen Transplantationen auch die Empfänger. Es fehlt eine Nachsorge, es kann zu Infektionen kommen oder der Körper nimmt das fremde Organ nicht an. Das ist ein Himmelfahrtskommando."

Sven schluckt. Medizin war nie sein Ding, allein das Wort Herz treibt ihm Schweißperlen auf die Stirn.

„Ich habe gelesen, dass die Organmafia mittels Agenten in Flüchtlingslagern oder auch Gefängnissen ‚Spender' mit Geldbeträgen anwirbt. In China sollen politische Häftlinge hingerichtet werden, während die Ärzte schon bereitstehen, um den Exekutierten die Organe zu entnehmen. Sogar in den sozialen Medien soll es Anzeigen von Menschen geben, die eine ihrer Nieren verkaufen wollen. Aber wie bringt man Ärzte dazu, bei so etwas mitzumachen?"

„Ich vermute, irgendein Druckmittel werden die Organisationen, die dahinterstehen, schon haben. Man vermutet, dass der illegale Organhandel weltweit jährlich 1,7 Milliarden € erwirtschaftet! Ich wünschte mir eine globale Strafverfolgungsbehörde, um diese mafiösen Strukturen auszutrocknen."

Kay öffnet die Minibar und holt zwei Schweppes heraus. „Wie sollen wir jetzt weiter vorgehen?"

„Ich denke, das wird gerade eine Nummer zu groß für uns." Sven wirkt plötzlich nervös. „Wenn die Mafia merkt, dass jemand ihren Geschäften nachforscht – dann sind die nicht zimperlich, dann geht es auch uns am Ende schnell an den Kragen. Wir müssen sofort die Kriminalkommissare informieren. Die Namen auf der ‚Eisherz'-Liste klingen international, aber die Adressen waren überwiegend in Deutschland und Österreich. Da müssen die Ermittler ran."

Sven wird die Sache zu heiß, Kay als Mediziner hat dagegen buchstäblich Blut geleckt. „Oder sollen wir wenigstens mal den ersten Namen auf der ‚Eisherz'-Liste anrufen?"

Sven hebt abwehrend die Hände. „Ich kann das nicht. Wenn du das machen willst, bitte, aber nur mit unterdrückter Nummer!“

Kay stellt sicher, dass die Anrufkennung ausgeschaltet ist und wählt von der ‚Eisherz‘-Liste eine Nummer im München.

Es meldet sich ein Mann: „Hallo, hier Masur."

„Guten Tag Herr Masur, hier ist das Sekretariat von Dr. Reza …“.

Weiter kommt Kay gar nicht. Am anderen Ende hört er nur ein Schluchzen.

„Wir haben die ganze Zeit auf Ihren Anruf gewartet. Bei jedem Klingeln keimte Hoffnung auf.“ Der Mann ringt nach Fassung: „Unsere Tochter… hat es leider nicht geschafft. Vor zwei Tagen mussten die Apparate abgestellt werden. Wir hatten gehofft, über Ihre Schiene würde sie schneller ein Spenderherz zu bekommen. Wir sind sehr enttäuscht, wochenlang nichts und dabei hatten wir extra eine besonders hohe Anzahlung gemacht.“

Kay ist wie gelähmt. Eben noch hatten sie scharf über solche Menschen geurteilt – jetzt hört er live die Verzweiflung eines Vaters, der sein Kind verloren hat und versteht die Menschen. Wenn eine Organtransplantation die letzte Chance ist, verschwinden Moral und Skrupel. Dann greift man nach dem letzten Strohhalm.

Kay findet schon lange, dass der deutsche Ansatz von Ethik und Moral beim Thema Organspende einfach falsch ist. Dem Missverhältnis zwischen den dringend benötigten Spenderorganen einerseits und der Zahl der Menschen, die bereit sind, sich aktiv zur Organspende zu bekennen, kann nur begegnet werden, wenn man das System ändert. Er persönlich favorisiert die Ausschluss-Variante: jeder Bürger und jede Bürgerin sollten potenzielle Organspender sein, es sei denn, er oder sie hat einen Ausweis dabei, in dem eine Organentnahme nach dem Tod ausdrücklich verneint wird. Vielleicht wären Merle und Runa in einem solchen System auch gar nicht erst in die Fänge dieser skrupellosen Leute gekommen.

Kay sammelt sich und nimmt all seinen Mut zusammen. „Herr Masur, es tut mir unendlich leid. Ich muss mich entschuldigen. Hier ist nicht das Sekretariat von Dr. Reza. Ich bin selbst betroffen. Vielleicht haben Sie von dem Fund der Toten in der Eishöhle gehört, denen Organe auf brutalste Art und Weise entnommen wurden. Meine Frau war auch darunter."

Herr Masur räuspert sich: „Und was möchten Sie von mir? Mir eine Moralpredigt halten?"

Kay hat Angst, dass der Mann sofort auflegt, und er könnte es ihm noch nicht mal verdenken. „Nein. Ich will Sie um Hilfe bitten. Mir ist Ihre Nummer als die eines möglichen Organempfängers zugespielt worden und ich wollte das nutzen, um dabei zu helfen, die Mörder meiner Frau zu finden. Würden Sie mit mir reden? Können Sie mir sagen, wie Sie an Dr. Reza gekommen sind? Es könnte helfen, die Täter zu fassen."

Der Mann am anderen Ende der Leitung zögert. „Ich weiß nicht, ob ich Ihnen trauen kann. Aber jetzt ist ohnehin alles egal, unsere Tochter ist tot. Ja, wir wissen, dass das alles illegal ist, aber wenn man ein schwerkrankes Kind hat, das nur noch eine Chance hat, dann greift man nach jedem noch so dünnen Strohhalm. Ich weiß nicht, woher das Herz kommen sollte. Ich habe nur telefoniert und gezahlt. Bitte halten Sie uns daraus, die Leute sind nicht zimperlich."

Kay lässt nicht locker. „Wir können es anonym machen. Keiner erfährt Ihren Namen. Ich möchte einfach dazu beitragen, dieser Bande, die so skrupellos Menschen wie Sie abzockt, und andere kaltblütig ermorden lässt, das Handwerk zu legen."

„Geben Sie mir Zeit zum Nachdenken. Woher haben Sie unsere Nummer?"

„Sie wurde mir anonym zugespielt. Bitte – darf ich Sie heute Nachmittag noch einmal anrufen?"

Der Mann seufzt. „Ja."

Kay legt auf, mit der leisen Hoffnung, dass Masur doch noch reden wird.

Für Kay und Sven sind der Listenfund und das Telefonat Beweise genug für einen Durchsuchungsbefehl in Dr. Reza Büro - der Chefarzt gehört in U-Haft und sein Rechner muss sofort beschlagnahmt werden.

Sven ruft Oberleutnant Strolz an: „Hier sind die Kölner Ehemänner. Wir haben im Krankenhaus etwas entdeckt, das Sie interessieren wird. Das ist nichts fürs Telefon. Können wir uns vor dem Krankenhaus treffen?"

Rupi verdreht die Augen, meine Güte, immer diese Hobbydetektive. Allerdings, das muss er - wenn auch ungern - zugeben, hatten die beiden bisher schon mehrmals den richtigen Riecher. „Ist es denn wirklich so wichtig?"

„Ich glaube schon, Sie müssen sich ein Bild vor Ort davon machen. Was wir entdeckt haben, ist sensationell. Sie sollten sich bei der Staatsanwaltschaft dringend einen

Durchsuchungsbeschluss für Dr. Rezas Büro und die IT-Stelle besorgen, bevor er merkt, dass wir ihm auf der Spur sind."

„Okay, wir treffen uns vor dem Krankenhaus" sagt Rupi knapp, „Wenn die Verdachtsmomente ausreichen sollten, dann können wir auch einen Durchsuchungsbefehl beantragen."

Rupi beendet das Gespräch und ruft Aysha an.

„Rate mal, wer eben angerufen hat?"

„Die Personalabteilung, du wirst befördert."

„Du möchtest mich loswerden, was sind das für Töne. Nein, die Kölner. Angeblich haben sie etwas im Krankenhaus entdeckt, das den Fall auf den Kopf stellt. Ich habe mich breitschlagen lassen. Treffen uns gleich dort. Ich bin mit dem Motorrad unterwegs, soll ich dich mitnehmen?"

„Bin bei Falko – ist gleich ums Eck. Ich komme selbst."

Ach, schau her, da hat es wohl doch gefunkt zwischen den beiden, denkt Rupi und schwingt sich auf sein Motorrad.

Vor dem Krankenhaus gehen Kay und Sven nervös auf und ab. Als Aysha und Rupi fast gleichzeitig ankommen, entdecken die Kölner sie sofort, winken wild und rennen auf sie zu wie aufgedrehte Kinder.

„Nun bin ich gespannt, was die beiden jetzt schon wieder entdeckt haben wollen", stöhnt Rupi. Auch Aysha ist neugierig. Sie erkennt neidlos an, dass die beiden Männer einfach auf Zack sind und bisher schon wertvolle Beiträge zu den Ermittlungen geleistet haben.

„Wir haben im Büro von Dr. Reza zwei Transplantationslisten gefunden, eine offizielle von Eurotransplant und eine geheime, die heißt ‚Eisherz'. Auf dieser stehen zum Teil andere Namen als auf der von Eurotransplant. Und außerdem hohe Geldbeträge. Wir vermuten, dass Reza an Eurotransplant vorbei Organe an reiche Patienten verkauft hat. Wir haben Raubkopien von den Computerlisten gemacht und alles auf einem Stick gesichert.“

Aysha stockt: „Wie sind Sie bitte an diese Listen gekommen …?“

Rupi hebt abwehrend die Hand. „Das möchte ich gar nicht wissen. So geklaute Listen dürfen wir bei unseren Ermittlungen nicht wirklich verwenden. Lass uns zum Büro des Arztes gehen und schauen, ob wir ihn aufs Glatteis führen können. Sie beide bleiben bitte hier, bis wir das erledigt haben. Wir können uns danach gleich wieder treffen.“

Kay und Sven setzen sich auf die Parkbank gegenüber, während Aysha und Rupi in den dritten Stock fahren zum Büro des Chefarztes.

„Guten Tag, Mordkommission Salzburg, wir möchten mit Dr. Reza sprechen“, melden sie sich im Vorzimmer.

Die Chefsekretärin schaut überrascht. „Oh, das tut mir leid. Er ist nicht da, er musste dringend zu seiner Patentante nach Norddeutschland. Ich weiß nicht, wann er zurückkommt. Vielleicht kann Ihnen sein Vertreter, Dr. Böhle, weiterhelfen?“

„Wir haben keine medizinischen Fragen. Gibt es denn jemanden, der Zugang zu seinem Rechner hat?"

„Nur Andreas, der IT-Spezialist.“

„Der ist untergetaucht“, erklärt Aysha kühl. „Und vermutlich auch Ihr Chef."

Die Sekretärin wird blass. „Geflüchtet? Nein, das kann nicht sein. Was wirft man meinem Chef vor? Sagten Sie nicht eben Mordkommission? Oh mein Gott!"

„Ja, es geht in der Tat um Mord. Wissen Sie etwas über die Transplantationslisten, die der Arbeit von Dr. Reza hier zugrunde liegen. Gibt es neben der Eurotransplant-Liste noch weitere interne Listen? Sind Ihnen irgendwelche Ungereimtheiten aufgefallen?"

„Nein, das weiß ich nicht, diese Dinge bearbeitet Dr. Reza immer persönlich an seinem Computer. Aber jetzt, wo Sie mich so direkt fragen, da gab es schon mal etwas Verwirrung. Einige Mitarbeiter auf der Station haben sich gewundert, warum manchmal ein Patient, der auf der Warteliste weit unten stand, kurzfristig ein neues Organ bekam. Aber niemand stellte Fragen – wir alle freuten uns, wenn jemand überlebte. Und er hatte heute Morgen, vor seiner Abreise, wohl ein Computerproblem, da hat er ziemlich geschimpft."

Aysha nickt knapp. „Vielen Dank für die Infos, wir werden unsere Leute von der Spurensicherung mit einem Durchsuchungsbefehl schicken. Das Büro von Dr. Reza werden wir bis dahin versiegeln. Bitte gehen Sie nach Hause und bleiben in der Stadt."

Die Sekretärin nickt verstört, packt ihre Tasche und verschwindet. Aysha zieht das Siegel über die Tür.

Kurze Zeit später durchsucht die Spurensicherung Dr. Rezas Büro. Sein Festnetzanschluss wird ausgewertet. Die letzten beiden Anrufe fanden gestern statt, einer ausgehend an eine Handy-Nummer, der zweite mit unterdrückter Nummer eingehend. Die ausgehende Nummer kommt Aysha bekannt vor. Die Kommissarin zermartert sich das Hirn, eigentlich hat sie ein gutes fotografisches Gedächtnis, aber im

Moment will der Groschen nicht fallen. Dann macht es doch noch klick: „Ich weiß, wem die Nummer gehört."

„Mach es nicht so spannend!“ Rupi ist gereizt, der ganze Fall nagt inzwischen an seinen Nerven.

„Es ist die Nummer von dem Andreas, irgendwo habe ich sie gesehen, ich weiß nur nicht mehr wo. Mal schauen wer sich meldet.“ Aysha wählt, aber nichts passiert, die Leitung ist tot.

„Und du meinst, er hat mit einer unterdrückten Nummer zurückgerufen?“ Rupi reibt sich die Schläfen.

„Schätze, der ist nicht dumm. Als IT-Spezialist besorgt er sich locker ein Prepaid-Handy. So läuft's doch in jedem Tatort.“

„Also sind Andreas und Reza beide untergetaucht.“

„Genau. Jetzt müssen wir nur herausfinden, wo sie stecken.“

Rupi ruft die Münchener Kollegen an. Schließlich hatten sie bei ihrem letzten grenzüberschreitenden Treffen beschlossen, sich engmaschig auszutauschen.

Sven und Kay sitzen derweil auf der Bank und lassen den Krankenhauseingang nicht aus dem Auge, in der Hoffnung, diesen Dr. Reza oder Andreas zu sehen. Zwar können sie ein hektisches Kommen und Gehen beobachten, aber die österreichischen Ermittler sind die einzigen ihnen bekannten Personen, die das Krankenhaus verlassen.

„Entschuldigung für die Wartezeit“, beginnt Rupi. „aber wir mussten die Spurensicherung holen und das Büro von Dr. Reza versiegeln lassen. Wir konnten nur mit der Sekretärin sprechen, die weiß angeblich von nichts, hat uns aber berichtet, dass ihr Chef sich ein paar Tage freigenommen hat.

Ich glaube, er hat gemerkt, dass jemand auf seinem Rechner rumgeschnüffelt hat. Jetzt ist auch er weg."

Ein Hauch von Anerkennung mischt sich in Rupis Stimme: „Sie hatten mal wieder den richtigen Riecher." Dennoch klingt er frustriert – es nagt sichtlich an ihm, dass die Ehemänner immer wieder auf wichtige Dinge stoßen, während er und Aysha nur der Entwicklung hinterherhecheln.

Kay drückt Aysha den USB-Stick in die Hand. „Hier, die Listen. Wir fahren jetzt zum Feuerwehrfest, Alois hat uns eingeladen. Vielleicht erfahren wir da noch was über den Seidlmayer. Bei einer Maß lockern sich oft die Zungen."

Die Kommissare sind froh, die beiden Kölner für den Abend los zu sein. Trotzdem, irgendwie bleibt ein bitterer Nachgeschmack.

***

Dr. Reza hat inzwischen Österreich und Bayern hinter sich gelassen und fährt langsam Richtung Norden. Nur nicht auffallen, das wäre fatal. Sein topmodernes Radarfallenwarngerät ist eingeschaltet, alles ist auf Vorsicht ausgerichtet.

Während der Fahrt durchspielt er erneut alle Fluchtoptionen: Bei Tante Leila würde er sicherlich gut bewirtet und die Abende wären sehr unterhaltsam, in Köln dagegen säße er einsam in einem Penthouse mit Blick auf den Rhein. Aber völlig anonym und deshalb sicherer. Und dass ihn niemand in Köln vermutet und er hier auch keine Verwandten hat, die die Polizei aufspüren könnte, ist einfach ein starkes Argument für die Stadt am Rhein.

Sein Navi zeigt Köln-Heumar. Bis Hamburg sind es noch über 400 Kilometer. Spontan blinkt er, wechselt auf die A4 und überquert den Rhein. Nach wenigen Minuten parkt er sein Auto in der längsten Tiefgarage Deutschlands an einer gelben Markierung. Holt den Schlüssel beim Pförtner und fährt in die 16. Etage.

Kaum sitzt er mit einem Drink auf der schicken Couch klingelt sein Handy, Nummer unterdrückt. Er zögert zunächst, dann siegt die Neugier und nimmt er ab.

„Hey, ich bin es Andreas, wo steckst du?“

„Ich bin zu meiner alten Tante Leila nach Hamburg unterwegs, der geht es nicht gut. Gib mir deine Nummer, ich rufe dich gleich zurück."

„Hamburg? Bist du wahnsinnig?“

Reza wird etwas energischer: „Diktiere mir jetzt deine Nummer. Bitte!“

Andreas gehorcht, dann wird die Verbindung getrennt.

Dr. Reza googelt das nächste Handygeschäft, nimmt den Aufzug und gibt in sein Navi Severinstrasse ein. Nach zehn Minuten Fußweg hat er den Laden erreicht. Er erklärt dem Verkäufer, dass er sein Handy verloren habe und jetzt rasch Ersatz brauche, ein schlichtes Prepaid-Handy reiche aus, er sei Arzt und müsse nur erreichbar sein. Der Verkäufer holt ein Handy aus dem Regal und macht es startklar. Sobald Reza das Rheinufer wieder erreicht hat, wählt er die Nummer von Andreas.

„Sag mal, wie bescheuert bist du eigentlich? Wir sind auf der Flucht, und du willst plaudern?“

„Sorry Hossein, aber ich bin so was von durcheinander. Ich bin die ganze Nacht durchgefahren und bin jetzt in Ungarn.“

„Was willst du in Ungarn? Interpol hat dich längst auf dem Schirm. Dein Gesicht hängt bestimmt an allen Grenzübergängen. Du bist ein echter Depp."

„Was bildest du dir eigentlich ein, auch deine Fresse ist mit Sicherheit überall bekannt. Die Polizei hat bestimmt längst rausgefunden, wo deine Tante wohnt, und taucht da gleich auf. Vergiss den Brandy mit Tantchen Leila."

Andreas hat jeglichen Respekt gegenüber dem Gott in Weiß verloren, der ihn dazu überredet hat, bei diesem schmutzigen Geschäft mitzumachen. Der ihn als Lockvogel auf die ahnungslosen Wanderer angesetzt und ihm ein Kopfgeld geboten hat. Damals wusste er noch nicht, was mit den Leuten passiert, es hieß lediglich, sie sollten als Probanden an einer medizinischen Studie mitarbeiten.

„Warum glaubst du, dass ich auch gesucht werde?"

„Wenn Böhle deinen Computer gehackt hat, dann hat er auch die Listen gefunden. Der ist doch nicht blöd, der kann sich das zusammenreimen. In zwölf Stunden bist du in den Nachrichten."

„Du meinst, in Ungarn wäre ich sicherer als in Deutschland?"

„Hör zu. In vier Tagen gibt's ein Treffen der Organisation in Rumänien. Der Boss kommt auch. Du hast die Einladung auch bekommen, getarnt als Mail vom Transplantationszentrum Targu Mures. Dort findet zeitgleich ein großer Kongress zu dem Thema statt."

„Okay", sagt Reza knapp. „Wenn das so ist, komme ich auch."

Er gönnt sich einen zweiten Brandy, schaut in seine Mails und tatsächlich da ist sie, die Mail aus Targu Mures. Die

‚Organisation' hat alle in Europa Agierenden zu einer Hauptversammlung eingeladen. Der Chefarzt liest die Mail mehrmals, auf der Suche nach dem Grund für dieses Treffen. Seine Furcht ist, dass der Big Boss schon von dem Chaos in Salzburg weiß. Aber die Mail ist sehr neutral formuliert, sie klingt nicht so, als ob man mit dem Team ‚Eisherz Untersberg' abrechnen wolle. Doch Reza kennt den Boss und hat ein ungutes Gefühl.

In vier Tagen muss er in Targu Mures sein, von Köln sind es fast 2.000 Kilometer. Fliegen und eine Zugfahrt schließt er wegen der möglichen Kontrollen aus, selbst ein Flixbus ist ihm zu unsicher.

Hossein greift zum Handy. „Hallo Peter, ich bin gerade in deiner Megawohnung. Großartiger Blick."

„Fühl dich wie zu Hause, das Bier steht im Kühlschrank, der Cognac im Schrank. Du kannst so lange bleiben, wie du möchtest. Ich bin drei Wochen auf Dienstreise in Südafrika."

„Danke, you are my best friend. Ich muss zu meiner alten Tante Leila nach Hamburg und mit ihr ein bisschen durch die Gegend fahren, habe aber dummerweise meinen Ferrari mit, da kommt Tantchen mit ihren 93 Jahren vielleicht rein, aber nur schwer wieder raus. Hast du vielleicht ein etwas praktischeres Auto hier in Köln stehen, das du mir leihen könntest?"

„Klar. Nimm meinen grauen Macan, K-PM-Kennzeichen, steht auch unten in der Garage. Ich habe da mehrere Plätze nebeneinander. Und aus dem SUV steigt die Dame aus wie aus einer Pferdedroschke. Der Schlüssel liegt im Sekretär, die Papiere sind im Handschuhfach."

„Perfekt. du bist der Beste. Falls du früher zurückkommen solltest, ich lege den Schlüssel von meinem Ferrari in den Sekretär.“

Hossein legt auf. Ein SUV, Kölner Kennzeichen, neutraler geht's kaum. Genau das, was er jetzt braucht.

Um alle Spuren zu verwischen, benutzt er den Rechner von Peter. Das Passwort ist leicht zu knacken – der Zettel klebt unter der Maus.

Auf Google Maps prüft er die verschiedenen Routen nach Rumänien. Auf keinen Fall möchte er durch Bayern und Österreich fahren, dort ist man vielleicht besonders aufmerksam und kontrolliert die Grenzübergänge. Das ist zu riskant. Schließlich entscheidet er sich für den Umweg, über Dresden, Prag, die Slowakei, Ungarn dann nach Targu Mures. Zum Glück hat er jede Menge Bargeld dabei, so kann er tanken, essen und übernachten, ohne verräterische Spuren zu hinterlassen.

Er lehnt sich zurück, lässt den Blick über die nächtliche Skyline von Köln schweifen. Er genießt den letzten Moment Ruhe, bevor der lange Weg nach Siebenbürgen beginnt.

***

Nach dem Treffen mit Strolz und Verwall im Krankenhaus gehen Kay und Sven ins Hotel zurück. Die Kirchturmuhr schlägt sieben Mal - noch eine Stunde, bis das Feuerwehrfest beginnt. Beiden ist nicht nach Festzelt zumute, aber sie möchten Alois nicht enttäuschen und hoffen insgeheim, vielleicht neue Hinweise über Andreas zu bekommen.

„Schade, dass ich meine Trachtenjacke in Köln gelassen habe", seufzt Kay, der in Köln bestens ausgestattet ist – als Karnevalist mit bayerischen Wurzeln hat er schon häufig die Lederhose angehabt.

Sven zuckt die Schultern, er denkt pragmatischer. „Hemd und Jeans reichen völlig." Er verschwindet in seinem Hotelzimmer, springt unter die Dusche, zieht sich um und ist wenige Minuten später abmarschbereit. Viel zu schnell, denn die verbleibende Zeit bis zum Festbeginn zieht sich wie Kaugummi. Um die Zeit zu überbrücken, klappt er den Laptop auf und sieht sich noch einmal die kopierten Listen an. Alles nur PDFs, keine anklickbaren Links, keine schnellen Infos zu den Namen.

Sven hat sich so in die Listen vertieft, dass er fast das Klopfen an der Tür überhört hätte. „Kumpel, hast du unsere Verabredung vergessen? Fünf vor acht!" Kay steht in der Tür.

„Ich habe die Listen noch mal durchgesehen. Meinst du nicht, wir sollten einen zweiten Namen anrufen? Von Masur hören wir sicher nichts mehr."

Kay winkt ab: „Nein. Masur hat uns alles gesagt, was er konnte. Mehr bekommen wir von keinem raus. Komm, wir sparen uns die Kräfte für das Feuerwehrfest, da sollten wir gut drauf und diplomatisch sein. So bekommt man die meisten Infos."

Wenige Minuten später verlassen sie das Hotel. Das Zelt müssen sie nicht lange suchen, sie folgen einfach dem Klang der zünftigen Musik und den ersten Grilldüften. Am Eingang erwartet sie Alois, der sich richtig herausgeputzt hat. Kurze Lederhose, ein Janker und auf dem Kopf ein Hut mit einem prächtigen Gamsbart.

„Na endlich, i docht scho, ihr kimmt nit", begrüßt er seine liebgewonnenen Rheinländer und führt sie durch das Gedränge zu einem Tisch direkt neben der Bühne. Kaum sitzen sie, haben Kay und Sven schon je einen Maßkrug in der Hand. Alois stellt sie seinen Freunden vor, allesamt in bester Laune und offenbar nicht mehr beim ersten Krug.

Die Blasmusik schallt von der Bühne, der Duft von Schweinsbraten, Brathendl und Brezeln liegt in der Luft, und das Stimmengewirr vermischt sich mit herzhaftem Lachen. Die Stimmung ist ausgelassen – der perfekte Nährboden, um beiläufig ins Plaudern zu kommen. Das meiste, was man hört, ist Klatsch und Tratsch: Wer mit wem Streit hat, wo es die nächste Hochzeit gibt, wer krank oder verstorben ist, und welches Grundstück zum Verkauf steht.

Sven hat schon nach einer Stunde keine Lust auf diese Quatscherei und diese Maßkrüge sind eh nicht sein Ding. Kay hingegen ist in seinem bayerischen Element, hebt seine Maß und prostet einer Frau im Dirndl zu, die ihm bekannt vorkommt.

„Servus, irgendwie kommen Sie mir bekannt vor? Haben wir uns schon mal gesehen?"

„Ja freilich, Sie schulden mir noch eine Flasche Rotwein", antwortet die Frau lachend. „Ich habe Ihnen den Lastminute-Bergführer besorgt."

„Ah ja, Sie waren der rettende Engel im Tourismusbüro. Morgen bringe ich Ihnen den besten Zweigelt, den ich finde." Kay lächelt charmant, mit dem festen Ziel, mehr über diesen Andreas zu erfahren.

„Ich bin die Jutta aus dem Tourismusbüro. Übrigens, mein aufrichtiges Beileid, schlimm was da mit Ihrer Frau und deren Freundin passiert ist. Man liest zwar ab und zu was in der Zeitung, aber ich glaube, die Polizei tappt noch ziemlich im Dunkeln."

Kay nickt ernst. „Ja, leider. Irgendwie fehlt da noch der richtige Hinweis. Wem gehört eigentlich diese kleine Berghütte neben der Eishöhle, da hat meine Frau das letzte Foto gemacht, bevor sie verschwunden ist?"

„Da kenne ich mich nicht so gut aus, das weiß ich nicht. Aber warten Sie mal einen Moment." Sie verschwindet kurz und kehrt mit einem Paar zurück, beide Mitte fünfzig und in prächtigen Trachten. Kay winkt hektisch Sven herbei, der gelangweilt herumsteht.

„Das sind der Siggi und die Ioana", sagt sie. „Die haben die Hütte jahrelang bewirtschaftet und kennen sich da oben bestens aus."

Kay und Sven tauschen einen Blick – endlich eine heiße Spur.

„Die Hütte liegt sehr einsam, da freut man sich bestimmt über jeden Gast, oder?" Sven pirscht vor und stellt sich auf ein zähes Frage-Antwortspiel ein, aber Siggi scheint sehr redselig und es sprudelt nur so aus ihm heraus.

„Ich habe die Hütte 2016 gepachtet und schnell gemerkt, dass ich die Küche und das Bettenlager nicht allein schaffen kann. Also habe ich annonciert und da kam Ioana. Sie kam über eine Agentur mit anderen Saisonarbeitern aus Rumänien."

„Sie kommen aus Rumänien", vergewissert sich Sven. Die Frau nickt und lächelt.

„Dort oben ist es einsam und so kamen wir uns näher. Haben dann geheiratet. Leider war es mit dem Hüttentraum 2020 abrupt vorbei. Als Corona ausbrach, kam kein

Wanderer mehr, und unsere Spezialität, die Kaaspressknödel, blieben in der Pfanne liegen. Wir mussten die Pacht kündigen und ins Tal ziehen."

„Das war bestimmt hart", sagt Kay.

„Für Ioana war das schwierig, sie hat sich nicht wohlgefühlt unter den Einheimischen. Sie ist gelernte Krankenschwester, aber ohne gute Sprachkenntnisse ist es nicht einfach, in Bayern einen Job zu finden. Zum Glück hat uns der Andreas geholfen, der Seidlmayer von der Eishöhle. Der hat Ioana dann einen Job im Salzburger Krankenhaus besorgt. Die Österreicher sind da nicht so streng, wer sein Handwerk versteht, kriegt dort leichter eine Chance."

Bei dem Namen Andreas spitzen Kay und Sven die Ohren. Der Abend entwickelt sich plötzlich in eine hochinteressante Richtung.

„Sie meinen, der Andreas aus der Eishöhle, der hat ihrer Frau den Job im Salzburger Krankenhaus besorgt?"

„Genau, der hat oft bei uns in der Hütte übernachtet, wenn er die Führungen gemacht hat, und er hatte einen guten Draht zu den Ärzten. Ioana hat aber nur kurze Zeit dort gearbeitet, weil sie schwanger wurde und das Kind unbedingt in ihrer Heimatstadt in Rumänien zu Welt bringen wollte. Ihre Schwester ist auch Krankenschwester, deshalb fühlte sie sich dort besser aufgehoben."

„Und dann sind sie zusammen nach Rumänien?"

Siggi lächelt: „Ja, das Leben dort ist anders, man muss sich erst eingewöhnen." Er küsst Ioana. „Fragt besser nicht nach dem Kind, es sollte nicht sein. Stattdessen haben wir eine lange Weltreise gemacht und sind erst vor wenigen Tagen zurückgekommen. Aber warum interessiert euch die Hütte?"

Sven tritt Kay gegen das Schienbein: „Wir wollten die Kaaspressknödel probieren, doch die Hütte war zu."

„Was, da ist keiner? Ioana, wo ist denn deine Schwester, die soll doch mit ihrem Mann im Sommer die Hütte bewirtschaften?"

„Sie meinen die Krankenschwester aus Rumänien? Und die können auch Kaaspressknödel dort?", staunt Kay.

„Die kommen aus Targu Mures, dort hat ihr Schwager eine deutsche Mutter und arbeitet als Arzt. Viele in der Gegend haben deutsche Wurzeln, da kennt man die Rezepte."

Siggi prostet den beiden Männern zu und stürmt mit seiner Ehefrau auf die Tanzfläche.

„Arzt, Krankenschwester, Targu Mures", murmelt Sven, „das könnte die Lösung sein. Wir müssen Rupi und Aysha informieren – dann fliegen wir nach Rumänien."

„Unrealistisch ohne Sprachkenntnisse und Kontakte", warnt Kay, doch Sven eilt auf die Tanzfläche. Fünf Minuten später hat er die Namen von Ioanas Schwester und ihrem Mann.

Sie verlassen sofort das Fest, und lassen einen enttäuschten Alois zurück.

„Ich übernehme das Telefonat mit den Kommissaren und unsere Mission ist dann beendet", sagt Kay entschlossen. „Wir kümmern uns um die Freigabe der Leichen von Runa und Merle und fahren nach Köln. Ich muss auch mal wieder arbeiten."

Er ruft sofort Rupi an. Der ist genervt über den späten Anruf, aber die neuen Infos sind tatsächlich sehr brisant. Er bedankt sich und verspricht, am nächsten Tag mit den deutschen und rumänischen Behörden Kontakt aufzunehmen.

Beim Absacker an der Hotelbar sprechen sich Sven und Kay Mut zu, um jetzt den wohl schwierigsten Teil dieser Tage, die Überführung und Beerdigung der Ehefrauen, in Angriff zu nehmen. Sven, der sichtlich mitgenommen ist, rutscht schon länger unruhig auf seinem Barhocker hin und her. Irgendetwas bedrückt ihn, und das scheint nichts mit der Organisation der Beerdigungen zu tun zu haben.

„Ich kann jetzt nicht mit dem Sarg nach Köln, das halte ich nicht aus. Ich muss nach Targu Mures", platzt es plötzlich aus ihm heraus. „Wir können jetzt nicht abbrechen. Die Kommissare treten auf der Stelle. Ohne uns würden sie immer noch in der Eishöhle nach Fingerabdrücken suchen."

„Jetzt bist du aber unfair. Zugegeben, die sind etwas langsam und nicht fehlerfrei. Sie müssen sich aber auch an die geltenden Vorschriften halten. Wir als Zivilisten sind frei, und können die locker umgehen. Außerdem hat Arndt uns ins Vertrauen gezogen, ohne ihn wären wir nie an diese brisanten Listen gekommen."

„Das stimmt – aber ich möchte die Mörder finden - diesen Chefarzt, dieses rumänische Ehepaar hinter Gittern sehen. Die Spur nach Targu Mures ist zu wichtig, um jetzt aufzuhören."

Sven wirkt entschlossener denn je. Kay zögert, bestellt ein zweites Bier, doch während er den ersten Schluck nimmt, tippt er schon auf seinem Handy. „Okay… wie kommt man überhaupt nach Siebenbürgen?"

Ein schneller Blick auf die Karten-App: Mit dem Auto sind es weit über 1000 Kilometer, das hat keinen Zweck. Als sie die Bar nach Mitternacht verlassen, steht ihre Reiseroute. Wizz Air fliegt direkt ab Salzburg nach Bukarest, das dauert zwei Stunden, dann ein kurzer Anschlussflug mit TAROM nach Cluj-Napoca. Das dauert nur 55 Minuten.

„Okay, das passt. Wir mieten uns dann am Flughafen ein Auto, von Cluj aus sind es nur noch 70 Kilometer."

Sven ist voller Tatendrang, Kay hat noch Bedenken. „Der Reiseplan passt. Aber wie sollen wir dort jemanden finden? Wir können die Sprache nicht, kennen niemanden und immerhin hat Targu Mures über 100.000 Einwohner."

Davon lässt Sven sich nicht beeindrucken. Wenn er sich eine Sache in den Kopf gesetzt hat, dann gibt er nicht auf.

„Ich habe gestern die Presse nach den neuesten Meldungen über illegalen Organhandel in Rumänien durchforstet und bin in einem Nachrichtenmagazin auf zwei rumänische Journalisten gestoßen, die seit Jahren zum Thema illegaler Organhandel recherchieren."

Kay versteht sofort „Du willst deren Kontakt?"

„Genau. Eine Freundin von Runa arbeitet bei dem Magazin. Ich rufe sie gleich an. Wir bieten denen exklusiv unsere Story mit allen Fotos und Namen der Verdächtigen und dafür möchten wir die Kontaktdaten der rumänischen Kollegen. Wenn die Flugverbindungen funktionieren, sind wir morgen Abend in Targu Mures."

Kay findet die Idee zwar gut, ist aber nicht überzeugt, dass Svens Plan aufgeht, da sind zu viele Unwägbarkeiten drin. Aber er sagt nichts. Svens Blick glüht vor Entschlossenheit – Widerstand ist zwecklos.

Tag 11

Brinkmöller und Kohlmeyer, sitzen im Salzburger Polizeipräsidium. In einem freien Dienstzimmer redigieren sie den Entwurf der Pressemitteilung, die noch heute veröffentlicht werden muss, um endlich mehr Licht in den Fall zu bringen. Von den elf Leichen aus der Eishöhle wurde nur Merle identifiziert. Das ist einfach zu wenig. Viel zu wenig. Neben den Fotos der Toten sollen jetzt auch Fotos der Kleidungsstücke und Rucksäcke veröffentlicht werden.

„Wir sollten die Pressemitteilung nicht nur in Deutschland und Österreich, sondern auch europaweit verschicken, wer weiß, woher die Opfer alle stammen,“, sagt Boris. „Und mehrsprachig. Englisch, Italienisch, Spanisch, Französisch – vielleicht auch Türkisch und Arabisch.“

„Wie stellst du dir das vor? Das ist ein Wahnsinnsaufwand.“ Fikret schaut etwas zweifelnd.

Die Tür öffnet sich. Aysha und Rupi treten ein. „Was tüftelt ihr zwei da herum?“

„Wir holen nochmal die Öffentlichkeit ins Boot“, erklärt Boris. „Es muss Familien geben, die ihre Vermissten erkennen.“

„Wer weiß, vielleicht waren das alles Aussteigerinnen, Selbstsucher, einsame Frauen auf der Suche nach einem Abenteuer, in jeder Hinsicht?“ Fikret zieht die Augenbrauen hoch, halb neugierig, halb spöttisch.

Aysha funkelt ihn an. „Oder einfach Wanderer, die zur falschen Zeit am falschen Ort waren.“

Diese spitzen Bemerkungen der männlichen Kollegen schwingen schon lange bei den Ermittlungen mit. Ja, unter den Toten sind auffallend viele Frauen, aber Aysha findet es unerträglich, dass die Männer im Team jeder alleinreisenden Frau Liebeskummer oder die Suche nach einem Abenteuer unterstellen. Was für ein Unsinn, welche kranke Männerfantasien, denkt sie sich. Elf Tote, egal wer sie waren. Mord ist Mord.

Rupi kennt Aysha gut genug, um ihre Gedanken zu lesen. Diese Diskussionen hatten sie schon oft – und sie enden selten gut. Also lenkt er das Gespräch sofort zurück aufs Wesentliche.

„Die Pressemitteilung muss auch auf Rumänisch raus", beginnt er. „Und wir haben eine neue heiße Spur. Kay und Sven haben wieder auf eigene Faust ermittelt, und …"

„Was für eine Spur?" Fikret lehnt sich nach vorn. Er ist neugierig.

„Die blutige Spur führt nach Siebenbürgen. Gestern Abend waren wir noch froh, die beiden Kölner im Krankenhaus loszuwerden. Aber beim Feuerwehrfest, wohin Alois sie eingeladen hat, haben sie den ehemaligen Hüttenpächter getroffen – einen Mann, der offenbar gerne redet."

„Jetzt mach's nicht so spannend", drängt Boris. „Siebenbürgen – das klingt nach Graf Dracula und Vampiren."

Rupi fasst das Neueste zusammen und betont zum Schluss: „Wir müssen vorsichtig sein. Ioana, die rumänische Frau des Ex-Pächters, war bis vor wenigen Tagen auf Weltreise. Sie ist völlig ahnungslos, was hier passiert ist, und hat deshalb den Vornamen ihrer Schwester ausgeplaudert.

„Dann dürfen wir auch die Phantombilder des Hüttenpaares nicht veröffentlichen", wirft Fikret ein. „Wenn Ioana ihre Schwester erkennt, warnt sie sie sofort. Wir müssen behutsam vorgehen. Keine Bilder, kein Fahndungsaufruf. Wir suchen im Hintergrund – sonst sind die beiden über alle Berge."

Ein Moment der Stille. Jeder spürt, wie ernst es jetzt wird.

Aysha wird ungeduldig. „Einverstanden – aber wir haben keine Zeit zu verlieren. Jede Stunde, die wir warten, ist ein Vorsprung für die beiden und bald sind sie weg."

„...Über die sieben Berge, bei den sieben Dracula-Zwergen …" Boris verstummt unter den Blicken der anderen. Schlechter Moment für Humor.

„In den nächsten Tagen spielt die Musik in Targu Mures", fährt Rupi fort. „Wir müssen die dortigen Behörden informieren und Europol einschalten."

„Und dringend mit den Kölnern sprechen", unterbricht Aysha. „Die sitzen doch bestimmt schon im Flieger."

Rupi ruft sofort Kay, dann Sven an. Fehlanzeige. Dann ruft er im Hotel Edelweiß an. „Die haben heute Morgen ausgecheckt", sagt die freundliche Dame von der Hotelrezeption.

Der Fall wird immer komplexer und größer. Und weil er jetzt auch noch weitergehende internationale Dimensionen annimmt, möchte Boris mit LKA-Direktor Aufinger das weitere Vorgehen abstimmen.

„Der Fall wächst uns über den Kopf", sagt er knapp. „Wir brauchen grünes Licht und die offizielle Einschaltung von Europol."

„Zum Glück ist Rumänien in der EU, wir kennen die Kollegen dort seit Jahren. Das läuft normalerweise reibungslos.

Danke Ihnen für die gute Arbeit“, antwortet der LKA-Direktor knapp.

Boris verschluckt sich fast. „Wie bitte? Sie meinen, Kollege Fikret und ich sind jetzt raus, die Ermittlungen sollen jetzt ganz auf der Europol-Schiene und bei den rumänischen Kollegen weiterlaufen? Das können Sie nicht mit uns machen. Wir ackern hier seit Tagen, die Fische sind am Haken und jemand anderes soll sie ans Land ziehen? Die rumänischen Behörden kennen doch die ganzen Details und die einzelnen Personen nicht, das kann nach hinten los gehen."

„Ich verstehe Sie, aber bei grenzüberschreitenden Delikten gelten klare Regeln.“

Boris lässt nicht locker, bis der Chef nachgibt: „Meinetwegen, einer von Ihnen fliegt mit – rein unterstützend.“

Boris nickt knapp. „Das reicht. Dann pack ich den Koffer.“

Zeitgleich haben auch die beiden österreichischen Ermittler Strolz und Verwall beim Bundeskriminalamt in Wien um Erlaubnis gebeten, nach Rumänien zu reisen. Doch sie stoßen auf Granit.

„Sie bleiben bitte vor Ort“, ertönt es im schönsten Wiener Dialekt. „Wir brauchen Sie hier. Klären Sie die Verbindung zwischen dem OP-Saal im Untersberg und dem Salzburger Krankenhaus. Identifizieren Sie die Toten. Finden Sie heraus, wie die Opfer in die Fänge dieser Mafia geraten sind. Ohne diese Details können wir das Netzwerk nicht zerschlagen. Außerdem – wer sagt denn, dass die Gesuchten überhaupt in Targu Mures auftauchen?“

Tag 12

Andreas Seidlmayer ist schon seit zwei Tagen in Targu Mures, er hat sich in einer kleinen Pension am Stadtrand einquartiert. Dort fühlt er sich sicherer. Außerdem nehmen die Hotels astronomische Preise, weil in der Stadt aktuell der viertägige internationale Transplantationskongress stattfindet. Seine Pension ist günstig, niemand fragt nach seiner Herkunft. Zwar müsste er eigentlich nicht sparen, da er in der letzten Wander-Saison mit seinem Sonderjob gut verdient hat, aber er möchte seine persönlichen Daten auf keinen Fall an einer Hotelrezeption hinterlassen. In der Pension fragt niemand nach Details seiner Herkunft, man ist froh, einen zahlungskräftigen Gast zu haben und außerdem können neugierige Nachfragen rasch mit einer Euro-Note erstickt werden.

Während Andreas in der Pension auf den Anruf von Hossein wartet, gerät er ins Grübeln und bedauert insgeheim, in welche beschissene Situation er sich durch seine Geldgier gebracht hat.

Vor über zwei Jahren hat er Hossein im Krankenhaus kennengelernt, damals hatte der Chefarzt ständig Computerprobleme und rief permanent beim IT-Service an. So sind sie Freunde geworden. Dann erzählte Hossein ihm von einer medizinischen Studie, für die Probanden gesucht wurden. Er drückte ihm einen Zettel in die Hand, auf dem stand: *Gesucht werden Männer und Frauen, maximal 45 Jahre alt, schlank, gesund und fit.* Diese Menschen sollten gegen eine Vermittlungsgebühr zu Andrei und Lorena in die Berghütte gebracht werden. Für Andreas, der oft am Untersberg arbeitete, ein einfacher und lukrativer Job. Mit dem Geld tilgte er seinen Kredit, heiratete und gönnte sich eine Hochzeitsreise auf einem Kreuzfahrtschiff.

In der letzten Saison bat Hossein Andreas um einen zweiten Gefallen: Er sollte nicht nur Probanden auswählen und zur Berghütte bringen, sondern auch Kühlboxen durch den Berg zum Krankenhaus transportieren. Da wurde ihm klar, dass die beiden Rumänen, die die Hütte betrieben, und Hossein in krumme Geschäfte verwickelt waren. Das wäre der richtige Zeitpunkt gewesen, zur Polizei zu gehen und die drei hochgehen zu lassen - doch die angebotenen Geldbeträge waren zu verlockend. Außerdem hatte Hossein ihn als IT-Betreuer ins Vertrauen gezogen. So wurde Andreas vom ahnungslosen Boten zum Teil der illegalen Struktur.

Die beiden Frauen aus Köln waren die letzten, die er vermittelte – allerdings ungewollt. An jenem Tag kam vieles zusammen. Die Kölnerinnen waren nett und neugierig während der Führung durch die Eishöhle. Als dann das Gewitter losbrach, empfahl er ihnen die Berghütte als Schutz, ohne Hintergedanken. Doch aus Angst vor dem dunklen und schwierigen Wanderweg zum Zeppezauerhaus kehrten sie zurück und baten Andrei inständig um eine Übernachtung – und tappten so in die Falle.

Am nächsten Morgen waren sie tot und er, der Idiot mit den Dollarzeichen in den Augen, musste mit dem Herz von Merle über das Plateau nach Salzburg, wo Hossein schon wie ein Geier auf die Lieferung wartete.

Dieser arrogante Heini brüllte ihn an, warum es diesmal so lange gedauert habe – ob er etwa ein Picknick auf dem Plateau gemacht hätte.

„Nein", hat er damals zurückgebrüllt, „ich habe eben einen jungen Mann mit einem Stein erschlagen, weil dieser mir den Weg versperrte."

Hossein ließ das völlig kalt, er erwiderte mit Wut und Sarkasmus: „Ich hoffe, du hast wenigstens seine Nieren mitgebracht."

Dieser Dialog lässt ihn heute noch erschaudern. Bei seinem letzten Auftrag gab es viele Patzer. Als er aus dem Keller der Hütte mit der Kühlbox aufs Plateau wollte, da stolperte er auch noch über diese andere Kölnerin, die mitten auf dem Weg lag. Der hatte Lorena das Betäubungsmittel verabreicht, aber wohl in einer falschen Dosierung, denn offensichtlich war sie nicht direkt bewusstlos, sondern konnte in einem unbeobachteten Moment zunächst entkommen, bevor dann das Propofol doch seine Wirkung zeigte.

Das Klingeln seines Handys reißt Andreas aus seinen Gedanken.

„Ich bin jetzt angekommen, wo bist du? Sollen wir nicht was essen gehen und unsere weitere Strategie beraten?", fragt Hossein.

Doch Andreas blockt ab, „Ich bin außerhalb der Stadt und schon betrunken. Ich kann nicht mehr fahren. Treffen wir uns morgen bei Andrei und Lorena, um alles zu besprechen."

„Schade" sagt Hossein schließlich. „Dann eben morgen um zehn bei Andrei."

Hossein denkt laut nach, dieser Andreas ist ein echter Tölpel. Hat nie geschnallt, dass er nur als Lockvogel benutzt wird und dachte tatsächlich, er transportiert Forellen in der Kühlbox quer durch den Berg.

***

Kay und Sven haben ihre Reise ohne größere Pannen überstanden. Sie parken ihren Mietwagen vor dem Hotel Concordia, checken ein. Sven lässt sich den Weg zum Kongresszentrum erklären.

Der Kontakt über Runas Freundin hat tatsächlich funktioniert. Sven hat schon mit einem der Journalisten telefoniert. In der Stadt läuft ein Kongress über Organkonservierung – ein heißes Thema für die Mafia und natürlich auch für die Presse.

„Schau, der Kongress ist in einem großen Hotel, da kommen wir bestimmt problemlos rein. Das ist nicht weit, zehn Minuten zu Fuß, frische Luft tut gut. In der Lobby treffen wir uns mit den beiden Journalisten." Svens Stimme klingt fast fröhlich, als habe er den Tod seiner Frau vergessen.

In der Lobby des Kongresshotels herrscht Trubel. Kay und Sven setzen sich in die Designersessel und beobachten das geschäftige Treiben der vorbeiströmenden Menschen. Nach einigen Minuten kommen zwei junge Männer auf sie zu.

„Seid ihr die Deutschen aus Köln? Ich bin Attila, das ist Mihail", sagt einer und streckt seine Hand aus. Sven ist glücklich, am liebsten hätte er die beiden umarmt.

Mihail bestellt Bier und Tuica, den rumänischen Schnaps. „Für die Rumänen ist dieser Schnaps ein Nationalgetränk, er wird nicht selten schon zum Frühstück getrunken", erklärt Attila und lächelt.

Kay muss auch lachen, weiß er doch genau, dass Sven keine Schnäpse trinkt. Jetzt kommt sein Freund nicht aus der Nummer heraus, ein Schnaps auf Ex gehört hier im Osten zur Gastfreundschaft.

„Habt ihr Fotos vom Chefarzt?“

Kay zeigt sein Handy: „Dr. Hossein Reza, Iraner, und sein Komplize Andreas Seidlmayer, Deutscher.“

„Und dann gibt's da noch das rumänische Ehepaar, das die Hütte in der Saison bewirtschaftet. Wir glauben, sie sind die Mediziner, die die Organe entnommen haben. Er ist Arzt, sie Krankenschwester, beide arbeiteten hier in Targu Mures im Krankenhaus. Andrei und Lorena. Seit zwei Jahren sind sie im Sommer auf der Berghütte bei Berchtesgaden. Fotos haben wir keine, nur Phantombilder.“

Sven zeigt die Skizzen, die Stefan anhand der Zeugenaussagen gemacht hat. Die Journalisten schauen sie sich an und notieren Namen.

„Die sind uns noch nicht begegnet, bestimmt kleine Fische. Wir bleiben dran.“

„Ihr müsst uns helfen,“ sagt Kay. „Wir können nicht alle Krankenhäuser absuchen – erstens sprechen wir kein Rumänisch, zweitens verscheuchen wir sie nur.“

Attila nickt ernst: „Da müsst ihr vorsichtig sein. Das ist eine brutale Mafia, die schreckt vor nichts zurück, wenn sie in Gefahr sind. Wie lange bleibt ihr noch in der Stadt?“

Bevor Kay antwortet, platzt Sven raus:

„Solange, bis wir die Schweine kriegen!“

„Seid vorsichtig, macht keine Fehler und haltet euch bedeckt. Die Organisation kennt keine Gnade. Wir melden uns wieder.“

Der Kellner bringt noch eine Runde Tuica. Sven trinkt tapfer mit. Dann trennen sich die Wege der Männer, die sich gerade erst kennengelernt haben – doch jetzt ein gemeinsames

Ziel verfolgen: Die rumänische Organmafia zu Fall und ihre Bosse hinter Gitter bringen.

***

Die Entscheidung der obersten Polizeibehörden, dass außer Boris niemand mit nach Rumänien darf, trifft Aysha besonders hart. Sie hat gemeinsam mit Rupi, den beiden Kölnern und Alois die meisten Spuren gefunden. Jetzt darf nur Boris mit; die Welt ist und bleibt ungerecht. Sie ist enttäuscht, aber das möchte sie nicht zeigen, vor allem nicht vor Boris, deshalb ruft sie ihn an. „Rupi und ich wünschen dir viel Erfolg und bringe mir eine Autogrammkarte von Graf Dracula mit.“

Boris ist überrascht. Er hatte erwartet, die junge ehrgeizige Kollegin würde jetzt schmollend in der Ecke sitzen „Danke, ich hoffe, wir schnappen wenigstens einen. Hat sich jemand gemeldet, der einen der Toten identifiziert hat?“

„Es gibt skurrile Beschreibungen, aber immerhin vier Identifizierungen, darunter den Enkel von Julius Caesar …“

Aysha bricht ab, als Boris loslacht: „Na klar, die Leichen liegen seit 2000 Jahren in der Eishöhle und wir haben jetzt Caesars Enkel neben Karl dem Großen gefunden?“

Aysha mochte Boris eigentlich – bis zu diesem verächtlichen Lachen. Dieser Typ muss nicht so tun, als seien alle, die nicht nach Rumänien reisen dürfen, ahnungslos. Durch die öffentliche Fahndung wurde immerhin Aurelian identifiziert, der Enkel des alten Oberkommissars Julius Caesar von Leichner. Aurelian war vor einem Jahr in den Bergen spurlos verschwunden. Als Rupi von Leichner angerufen hat, um ihn zu informieren, atmete der fast 80-jährige schwer, zugleich aber auch erleichtert auf.

Boris schmunzelt, dass Aysha so abrupt aufgelegt hat – offenbar hatte er doch ins Schwarze getroffen. Sie ist verletzt, keine Frage. Er selbst ist seinem Chef dankbar, dass dieser - trotz anfänglicher Blockade - die Reise nach Rumänien genehmigt hat. Der internationale Einsatz, der ihm bevorsteht, ist eine ganz andere Liga als alles, was er bislang beim LKA erlebt hat.

Die Bundespolizei, das LKA München und das BKA Wien haben die rumänischen Behörden längst eingeschaltet. Dass Rumänien eine Drehscheibe im europäischen Organhandel ist, weiß man seit Jahren – nur fassen konnte man die Hintermänner nie. Immer waren die Bosse gewarnt, verschwanden im letzten Moment. Ein Katz-und-Maus-Spiel, bei dem bisher immer die falsche Seite gewonnen hat.

Doch der Fall aus Deutschland bringt Bewegung in die Sache. Die Hinweise der Kollegen aus München und Wien sind konkret, die Verdächtigen haben Namen und Gesichter. Zum ersten Mal gibt es mehr als nur vage Spuren.

Die Fahndung über Interpol läuft bereits auf Hochtouren. Grenzposten in ganz Europa sind sensibilisiert.

In Targu Mures herrscht Alarmstufe rot: Zivilfahnder mischen sich unter die Besucher des Transplantationskongresses, sie observieren Hotellobbys und Bars. Die Stadt gleicht einem Pulverfass – und jeder wartet nur darauf, dass der erste Funke überspringt.

Tag 13

Sven und Kay treffen sich am Frühstückbuffet, beide müssen grinsen. Neben dem Eiskübel mit Champagner stehen eine Flasche Tuica und kleine Schnapsgläser.

Das Hotel scheint ausgebucht, an den Tischen sitzen Frauen und Männer, die - der Kleidung nach zu urteilen – keine Touristen, sondern Teilnehmer des Transplantations-Kongresses sind.

„Das wäre doch die Krönung, wenn dieser Reza am Nebentisch seinen Cappuccino schlürfen würde“, flüstert Sven und schaut in die Runde.

„Du bist ein Traumtänzer, so blöd ist er nicht. Wir sollten uns noch einmal mit Attila und Mihail treffen, die sind hervorragend vernetzt und haben bessere Quellen.“

Nach dem Frühstück machen sie einen Spaziergang am Mures. Der Fluss teilt die Stadt wie der Rhein Köln. Allerdings ist Targu Mures kleiner. Im Zentrum stehen barocke Hausfassaden, Häuser im Jugendstil, die Straßenschilder sind hier in Siebenbürgen mehrsprachig. Rumänisch, Ungarisch und Deutsch, so dass bei den Kölnern ein wenig das Gefühl der Vertrautheit aufkommt.

Das Wetter ist perfekt, die Cafés sind gut besucht. Bald haben Kay und Sven keine Lust mehr auf Sightseeing. Sie steuern das nächste Café an, setzen sich an einen freien Bistrotisch und studieren die Karte.

Plötzlich hält Sven inne: „Unfassbar! Schau mal! Der Typ da, den kennen wir doch! Kariertes Hemd und

Birkenstocksandalen, ne, ne, das ist kein Einheimischer, der sieht aus wie der Andreas."

Kay reagiert nicht, eigentlich hat er keine Lust, jedem Typ nachzulaufen, bei dem Sven meint, es sei einer aus der Eisherz-Mafia.

Dann aber siegt doch seine Neugierde. Er hebt den Blick und erstarrt: „Verdammt, du hast Recht, das ist dieser Andreas. Gut, dass wir ihm nie persönlich begegnet sind, der kennt uns nicht. Was sollen wir tun, damit er nicht entkommt?"

Noch bevor Kay die Frage zu Ende gestellt hat, ist Sven schon aufgesprungen und bahnt sich mit energischen Schritten den Weg durch die Tische, den Blick starr auf den Mann im karierten Hemd gerichtet.

Kay gibt nur ungern seinen Sonnenplatz auf, doch er möchte nicht, dass Sven dem Typen gleich an die Gurgel geht. Schnell legt er ein paar Scheine unter die Untertasse und rennt Sven hinterher in die gleißende Vormittagssonne.

***

Andreas hat an diesem Morgen seine Pension viel zu früh verlassen. Der Termin mit dem Big Boss liegt ihm schwer im Magen, ein Schaufensterbummel scheint eine gute Ablenkung.

Er schlendert ziellos durch die Stadt, tut so, als wäre alles normal, doch seine Augen verraten ihn – nervös, fahrig, immer auf der Suche nach etwas, das ihn von seinem Gedankenchaos ablenkt: Verdammt, wie konnte ich mich nur in so etwas reinziehen lassen?

Er bleibt vor einem Schaufenster stehen, doch plötzlich läuft es ihm kalt den Rücken runter. In der Spiegelung der großen Scheibe sieht er zwei Männer die wild gestikulieren und ihre Blicke sind eindeutig auf ihn gerichtet. Sofort schrillen seine Alarmsirenen.

Wer sind die? Reden die über mich? Vorsicht, nur nicht auffallen, denkt er.

Andreas zwingt sich, weiterzugehen. Langsam. Gleichgültig. Er biegt in eine schmale Gasse ab, versucht unauffällig zu wirken. Plötzlich hört er hastige Schritte hinter sich. Das klingt danach, als werde er verfolgt. Ist es der Big-Boss, der jetzt schon mit ihm abrechnen möchte, oder sucht ihn schon die Polizei. Er wagt einen Blick zurück, beschleunigt, läuft durch das Gewirr von Gassen. Spontan springt er über einen niedrigen Zaun und landet in einem Hinterhof voller gackernder Hühner. Wie blöd ist das denn, eine selbstgemachte Falle, schießt es ihm durch den Kopf.

Er reißt an einer verrosteten Tür, stürzt hindurch und steht wieder auf der Straße. Kurz aufatmen – im Augenwinkel bemerkt er, dass ihm seine Verfolger, tatsächlich die beiden gestikulierenden Männer von eben, immer noch auf den Fersen sind. Andreas flieht weiter.

Kay und Sven wollen Andreas auf keinen Fall aus den Augen verlieren, sie versuchen das Tempo mitzuhalten. Kay ringt nach Luft, sein Herz rast. Vor ein paar Wochen hätte er nie gedacht, dass er einmal hier in Siebenbürgen einem Mann hinterherhetzen würde, der vermutlich für den Tod seiner Frau verantwortlich ist.

Die engen Kopfsteinpflastergassen zwingen sie in einen halsbrecherischen Slalom. Der Geruch von altem Holz und abgestandenem Zigarettenrauch hängt in der Luft, während sie an schmalen Hauseingängen vorbeirasen. Andreas bleibt immer wieder kurz stehen, schaut hektisch nach links und rechts, als überlege er fieberhaft, welche Fluchtmöglichkeit die bessere wäre. Ein Kellereingang scheint die Rettung. Er hechtet hinein, taucht in die Dunkelheit, hält den Atem an. Draußen hört er Keuchen und Schritte, dann wird es still.

„Wir bleiben dran", keucht Sven, bleibt stehen und wartet auf Kay. Das war unklug. Die Gasse vor ihnen ist leer. Andreas ist verschwunden.

„Verdammt, jetzt ist er uns entkommen!" Sven wischt sich den Schweiß von der Stirn.

„Komm, raus hier aus diesem Labyrinth, bevor wir uns noch selbst verlaufen", drängt Kay. Insgeheim ist er erleichtert. Diese Katz und Maus-Spiel war ihm von Anfang an nicht geheuer.

Als die Glocken der alten Kirche zwölf schlagen, stehen sie schließlich in einem kleinen Park, weit weg von den engen Gassen.

Kay setzt sich auf eine Parkbank und wischt sich über die Stirn. „Wir müssen die Polizei einschalten."

„Oder gleich Boris. Der weiß, wie man das professionell angeht."

Sven zieht sein Handy aus der Tasche und wählt die Nummer von Boris. Plötzlich legt er einen Finger an die Lippen und deutet wortlos nach vorne. Auf der anderen Straßenseite geht Andreas, sein kariertes Hemd flattert offen im Wind. Er scheint etwas zu suchen und ist völlig ahnungslos, dass er erneut im Visier ist.

Sven dreht sich zur Seite, als er ein leises Klicken in der Leitung hört. „Hallo Boris, hier ist Sven. Kay und ich sind in Targu Mures und haben gerade Andreas, den Typen aus der Eishöhle, entdeckt. Wir bleiben dran und schicken unseren Livestandort. Sie müssen dafür sorgen, dass die Polizei sofort kommt!"

Am anderen Ende herrscht für einen Moment Stille. Dann hört man Boris' Stimme, scharf und klar: „Ihr dürft jetzt nicht die Helden spielen. Ich schicke sofort Interpol."

„Verstanden", presst Sven hervor, während er schon auf „Standort senden" tippt.

Andreas steht nur dreißig Meter entfernt, mit dem Rücken zu ihnen, direkt vor einem alten Stadthaus. Kay und Sven ducken sich instinktiv hinter die niedrige Hecke des Parks. Ihr Puls hämmert im Takt der Sekunden.

„Er sucht irgendwas", flüstert Kay.

„Vielleicht einen Treffpunkt."

„Oder einen Fluchtweg."

„Wir müssen diesmal klug sein. Kein Heldentum. Vielleicht hat er eine Waffe. Wenn er abtaucht, dann ist es eben so."

Andreas hebt die Hand gegen die gleißende Sonne, blinzelt – und dreht den Kopf. Sein Blick schweift direkt über den Park. Kay friert ein. Nur die Hecke trennt sie noch von der Entdeckung. Ein Moment, der sich endlos zieht. Dann dreht Andreas sich wieder um, geht zur Haustür und drückt die Klingel. Sekunden später öffnet sich die Tür, er verschwindet im Inneren.

„Verdammt!" Sven ballt die Fäuste. „Wo bleiben diese Interpolleute?

„Sind Beamte, müssen bestimmt erst einen Dienstreiseantrag stellen“, versucht Kay zu scherzen, doch seine Stimme klingt brüchig. Auch er scannt nervös die Straße, den Blick immer wieder auf Hauseingang Nummer 43 gerichtet.

„Wenn er da drin durch den Hinterhof verschwindet, war's das.“

Plötzlich rollt ein Wagen mit Kölner Kennzeichen heran. Kay stößt Sven an. „Sieh dir das an...“

Die Tür öffnet sich. Dr. Hossein Reza steigt aus. Elegant, selbstbewusst, als sei er hier der Hausherr.

„Das gibt's doch nicht“, zischt Sven. „Die treffen sich wirklich hier. Gleich schnappt die Falle zu.“ Mit zitternden Fingern wählt er Boris' Nummer.

„Wir sind gleich da...“

„Ihr müsst vorsichtig sein,“ unterbricht Sven. „Andreas ist in Haus 43 verschwunden, und Reza ist gerade angekommen. Kein Blaulicht, sonst verschwinden die!“

„Keine Sorge, wir sind vorbereitet“, knurrt Boris. Die Leitung bricht ab.

Die Sekunden dehnen sich. Kay spürt seinen Herzschlag bis in die Schläfen. Dann ist endlich das Geräusch von Motoren zu hören. Drei dunkle Fahrzeuge fahren in die Straße. Türen fliegen auf, Männer in Sturmhauben und Schutzwesten springen heraus, lautlos und präzise. Waffen im Anschlag. Die wenigen Passanten werden hastig zurückgedrängt. Kay packt Svens Arm. „Es geht los.“

Wie Schatten huschen die Polizisten um das Haus. Zwei verschwinden in den Hinterhof, andere beziehen Position vor den Fenstern. Kurze Handzeichen, kaum ein Laut. Dann, ein dumpfer Knall, die Tür wird mit einem Rammbock aufgestemmt. Ein Schrei aus dem Inneren dringt bis zum Park.

Kay und Sven wagen kaum zu atmen.

Auf einmal Bewegung im Hauseingang Nr. 48. Andreas wird herausgezerrt, gefesselt, sein Gesicht kalkweiß. Hinter ihm: Dr. Reza, immer noch kühl, fast provozierend lächelnd. Danach ein weiterer Mann – und eine Frau.

„Nein… das kann nicht sein…“ Kay zeigt auf das Grüppchen.

Sven blinzelt, als müsse er zweimal hinsehen.

„Das sind doch…die Pächter der Berghütte.“ Kay spürt, wie ihm der Boden unter den Füßen weggezogen wird.

Die Handschellen klicken. Die Gefangenen werden in die Fahrzeuge gedrängt.

Nach den Festnahmen sind Kay und Sven hin- und hergerissen. War das schon alles, so schnell? Oder war es nur die Spitze des Eisbergs?

„Vier Leute sollen ein internationales Netzwerk sein? Niemals. Da steckt mehr dahinter.“

Kay nickt, auch ihn lässt das Gefühl nicht los, dass dies nur ein erster Schritt gewesen sein kann. „Wir dürfen jetzt nicht aufgeben. Lass uns Mihail und Attila anrufen.“

Sven greift sofort zum Handy. Schon beim zweiten Klingeln meldet sich Mihail.

„Was, nur die vier sind festgenommen? Das darf doch nicht wahr sein.“ Mihails Stimme überschlägt sich vor Zorn.

„Wir kommen ins Hotel, in zehn Minuten sind wir da!“

„Wir auch, jede Minute zählt.“

Fast zeitgleich betreten die Journalisten und die beiden Kölner die Lobby des Kongresshotels. Attila bestellt beim Kellner vier Kaffee, dazu vier Cozonac, einen süßen Hefekuchen mit Nussfüllung, und den obligatorischen Tuica.

Attila lehnt sich vor, seine dunklen Augen sind wachsam. Er spricht mit gedämpfter Stimme, als könnte selbst die Wand hinter ihm Ohren haben.

„Pedro de Chávez ist der Kopf der Bande. Ein Südamerikaner. Man sagt, er habe in Caracas für ein Kartell gearbeitet, bevor er nach Europa kam. Er lebt in einer Villa in Voluntari, einem Vorort von Bukarest. Ohne ihn läuft gar nichts. Die vier, die sie eben abgeführt haben, sind nur Handlanger – auswechselbar. Er dagegen ist derjenige, der die Fäden zieht."

Kay spürt, wie sich seine Hände verkrampfen. „Wenn er in Bukarest ist – warum greift Interpol ihn nicht einfach auf?"

Mihail lacht bitter. „Weil der Kerl schlau ist. Er bewegt sich selten selbst. Lässt andere für sich arbeiten. Außerdem…" – er senkt die Stimme noch weiter – „…hat er Freunde an den richtigen Stellen. Polizei, Behörden, sogar Ärzte. Es gibt Gerüchte, dass er einen Teil seines Vermögens nutzt, um Entscheidungsträger zu schmieren. Deshalb ist er seit Jahren unangreifbar."

Sven ballt die Fäuste. „Dann müssen wir einen Fehler von ihm finden. Irgendwas, was ihn verwundbar macht."

„Es gibt da etwas." Attila holt tief Luft. „Wir haben einen Informanten, der behauptet, dass Pedro heute Abend hier im Kongresshotel einen Deal einfädelt. Es geht um einen neuen, einen zusätzlichen Standort. Falls wir das bestätigen können, hätten wir endlich einen Ansatzpunkt."

Kay schaut ungläubig. „Einen Deal? Mit wem?"

Mihail antwortet düster: „Mit einem Privatklinikum. Namen sagen wir besser noch nicht. Aber wenn das stimmt, könnte es die Chance sein, ihn auf frischer Tat zu ertappen."

Ein Moment der Stille entsteht. Nur das leise Klirren von Gläsern und das Stimmengewirr in der Lobby ist zu hören.

„Aber," fährt Attila fort, „es ist brandgefährlich. Pedro vertraut niemandem. Er reist immer mit mindestens zwei Leibwächtern, Ex-Militärs, durchtrainiert, eiskalt. Wenn wir ihm zu nahekommen, war's das."

Kay spürte, wie sich ein Kloß in seinem Hals bildete. „Was macht ihn so gefährlich?"

„Alles." Attila hebt sein Glas Tuica, als wolle er damit anstoßen – oder den Mut beschwören.

„Er ist kalt, charismatisch - ein Psychopath, sagen manche. Er benutzt die Loverboy-Methode, um junge Frauen abhängig zu machen. Spielt den liebevollen Retter – bis sie ihm vollkommen hörig sind. Offiziell wird ihm Menschenhandel mit jungen Frauen vorgeworfen. Aber ihm wird auch Organhandel nachgesagt"

Attila macht eine kurze Pause, sein Blick wird hart.

„Er soll Kliniken in Osteuropa schmieren lassen, um illegale Transplantationen durchzuziehen. Doch beweisen konnte man ihm nie etwas."

Attila nippt an seinem Tuica und schaut sich aufmerksam in der Hotellobby um.

„Und ihr meint, der Südamerikaner, der hat auch was mit unseren Verbrechen zu tun?"

„Ich denke schon," sagt Mihail, „sonst wären die anderen nicht extra aus Salzburg hierhergekommen. Der Big Boss nutzt den Kongress, um seine Leute zusammenzutrommeln, Pläne zu schmieden – vielleicht sogar neue Helfer anzuwerben."

Sven vergräbt sein Gesicht in den Händen. „Verdammt. Wenn er gewarnt ist, ist er vielleicht schon verschwunden."

„Genau deshalb dürfen wir keine Zeit verlieren", fährt Mihail leise fort. „Wir müssen nach Voluntari. Vielleicht finden wir Hinweise – oder jemanden, der redet. Aber seid gewarnt: Der Boss hat eine eigene Schutztruppe. Wenn er sich bedroht fühlt, wird er nicht zögern."

Kay hört das Blut in seinen Ohren rauschen. Er weiß, dass sie an einem Punkt stehen, an dem es nach dem nächsten Schritt kein Zurück mehr gibt. Aber wenn sie jetzt zögern, verschwindet Pedro de Chávez vielleicht für immer. Kay schiebt sich das restliche Stück seines Cozonac in den Mund und sieht Sven an.

„Also, machen wir das? Morgen nach Bukarest?"

Sven atmet tief durch, dann nickt er langsam.

„Wir machen das."

Plötzlich wird es laut in der Hotellobby. Ein auffallend gutaussehender Mann, groß, selbstsicher, in einem maßgeschneiderten Anzug steht an der Rezeption und diskutiert lautstark mit dem Personal. Neben ihm zwei bullige Leibwächter, deren Blicke wie Scanner durch den Raum gleiten. Gespräche verstummen, Köpfe drehen sich.

„Was für ein Auftritt", murmelt Kay. „Der ist doch nicht ganz dicht. Muss der gleich das halbe Hotel zusammen brüllen? Bestimmt eine Super-Koryphäe unter den hier anwesenden Ärzten, dem ist wohl sein Erfolg zu Kopf gestiegen. Der hat anscheinend zwei Leibwächter mitgebracht."

Der Streit wird immer lauter, auch Mihail und Attila drehen sich, um die Streithähne in Augenschein zu nehmen.

„Wartet", zischt Mihail und starrt den Mann an. Seine Augen weiten sich. „Das ist er."

„Wer?"

„Pedro de Chávez."

Kay und Sven glauben sich verhört zu haben. Pedro selbst – hier, keine zehn Meter entfernt.

Sven will aufspringen, doch Mihails Griff ist schmerzhaft. „Setz dich hin! Willst du uns umbringen? Wir haben nichts – keine Beweise, keine Waffen, keine Polizei. Wenn er uns sieht und merkt, dass wir ihm auf den Fersen sind, dann sind wir tot."

Der Südamerikaner lächelt kalt, ein Raubtier, das genau weiß, dass er der König im Raum ist. Er wirft einen Blick in ihre Richtung – oder bildet Kay sich das nur ein?

Die Auseinandersetzung an der Rezeption wird immer lauter.

Ein Gepäckwagen rollt heran, ein Ehepaar drängt sich vor, schreit ebenfalls auf den Angestellten ein. Die Szene eskaliert, der Rezeptionschef wirft die Hände in die Luft, und stürmt in das Büro hinter dem Tresen. Dann geht alles schlagartig. Das Ehepaar dreht sich abrupt um, zieht plötzlich Waffen und richtet diese auf den Südamerikaner und seine beiden Begleiter.

„Hände hoch!" ruft der Mann. Gäste ducken sich hinter Sofas, ein Kellner lässt ein Tablett mit Gläsern fallen, die mit einem klirrenden Knall in Scherben zerspringen.

Kay und Sven starren entsetzt, Mihail hebt beschwörend die Hand: Stillhalten. Pedro und seine Bodyguards frieren ein, ihre Augen jagen durch den Raum, suchen Fluchtwege.

In genau diesem Augenblick öffnet sich lautlos die Glastür am Haupteingang. Ein älterer Mann tritt ein – mit hängenden Schultern, sein Blick brennt jedoch voller Entschlossenheit und Hass. In seiner rechten Hand hält er eine Pistole.

Kay fühlt die Spannung und dass Sven neben ihm zittert. Gleich wird jemand schießen, gleich gibt es hier ein Blutbad, ist er sich sicher.

Der Alte hebt die Pistole ein Stück höher.

„Pedro de Chávez! Du wirst mir nicht mehr entkommen."

Für einen Herzschlag ist es totenstill, dann dröhnt ein einzelner Schuss durch die Halle. Die Kugel trifft Pedro de Chávez genau in den Kopf und er sinkt langsam zu Boden

Die Stimme des Alten klingt brüchig, aber jedes Wort kommt wie ein Hammerschlag. „Für meinen Enkel, der in die Fänge dieser Organmafia geraten ist. Er war sehr jung, hatte noch sein ganzes Leben vor sich und musste sterben. Jetzt ist auch sein Mörder tot. Ich bereue nichts."

In der Hotellobby ist es jetzt totenstill, nur der dekorative Wasserfall plätschert vor sich hin. Die Szenerie gleicht einem Gemälde, auf dem die Personen zu Skulpturen erstarrt sind.

Der alte Mann lässt sich regungslos in einem Sessel sinken. Die Pistole, aus der der einzelne Schuss gefallen ist, hält er noch immer in der Hand.

„Wer ist dieser Mann?" Mihail starrt ihn an. „Ich habe ihn nie gesehen."

Niemand antwortet. Der Alte hebt langsam den Kopf – und sieht direkt zu Kay.

„Ich bin Julius Caesar von Leichner." Die Stimme des Alten zittert, doch sie trägt Gewicht. „Früher war ich Leiter der Salzburger Polizei. Mein Enkel Aurelian …" Er stockt, seine Finger umklammern die Pistole fester. „Er verschwand spurlos in den Bergen. Vor Tagen fand man seine Leiche in der Eishöhle."

Er atmet schwer. „Paulina Schmelzer, IT-Expertin der Salzburger Kripo, war Aurelians Freundin, sie hat mich auf Pedros Spur gesetzt. Ohne sie wäre ich nicht hier. "

Mihail wirkt wie ausgelaugt. „Ein Großvater, der seinen Enkel an die Organmafia verloren hat …"

Plötzlich stürmen ein Dutzend Männer in schusssicheren Westen mit gezogenen Waffen die Hotellobby.

„Zugriff läuft. Objekt sichern. Niemand verlässt das Gebäude.".

Mihail hebt die Hände, um sich zu zeigen. „Wir sind die Informanten! Wir gehören nicht dazu!"

„Bleiben Sie genau, wo Sie sind!"

Die Anspannung entlädt sich in einem zweiten Schuss. Der Knall zerreißt die Stille, hallt durch die Lobby - er kommt aus der Richtung des Sessels, in dem der alte Leichner sitzt. Sein Körper sackt lautlos zusammen, die Waffe schlägt auf dem Boden auf.

Kay und Sven blicken immer noch ungläubig auf die Szenerie, sie wirken auf einmal müde und erschöpft. Die Hotelhalle riecht nach Pulver und kaltem Schweiß.

Attila schaut Kay und Sven an und klopft den beiden auf die Schulter und hebt sein Tuica-Glas: „Auf die Gerechtigkeit."

Sie stoßen an. Der Schnaps brennt in ihren Kehlen, und für einen winzigen Moment wird das Chaos um sie herum leiser.

Epilog

In einem kleinen Wirtshaus nahe Salzburg sitzen Aysha, Rupi, Boris, Fikret und Alois an einem großen Holztisch. Der Geruch von Braten und frisch gezapftem Bier hängt in der Luft. Zum ersten Mal seit Wochen können sie tief durchatmen.

„Ich hätte nie gedacht, dass ich so schnell wieder österreichisches Bier trinken würde“, grinst Boris und prostet den anderen zu. „Nach dem Chaos in Targu Mures schmeckt das doppelt so gut.“

Er sieht noch immer müde aus, aber in seinem Blick liegt ein Hauch von Stolz.

Aysha hebt ihr Glas. „Auf einen Fall, der uns alle an die Grenzen gebracht hat.“

„Und auf Alois", fügt Rupi hinzu. „Ohne dich wären wir nie durch diese verfluchte Höhle gekommen.“

Alois winkt ab, etwas verlegen. „Ich habe nur getan, was ich tun musste. Ihr wart die, die bis zum Schluss gekämpft habt.“

Boris sagt leise: „Wir haben einige Köpfe der Hydra erwischt. Aber wir wissen alle, dass diese Köpfe immer nachwachsen.“

„Ja“, stimmt Fikret zu, „aber sie wissen jetzt, dass wir ihnen dicht auf den Fersen sind.“

Sie stoßen an. Das Klirren der Gläser klingt wie ein kleines Versprechen: Der Kampf ist noch nicht vorbei – aber sie sind bereit.

Zum ersten Mal seit Tagen lachen sie alle herzlich. Für diesen Abend sind sie nicht Polizisten oder Ermittler. Sie sind einfach nur Menschen.

***

Auf dem Melaten-Friedhof in Köln sind an einem heißen Sommertag zwei schlichte Särge aufgebahrt, geschmückt mit weißen Rosen. Die Beisetzung von Runa und Merle findet an dem Ort statt, an dem die Freundinnen so oft gemeinsam spazieren gegangen sind. Kay und Sven stehen Schulter an Schulter. Erst jetzt, nachdem die Jagd und der nervenaufreibende Kampf vorbei sind, bricht die ganze Wucht des Verlusts auf sie herab.

Runas Freundin hält die Trauerrede: ein kurzer Blick auf zwei Frauen, die das Leben liebten – und die jetzt auch dunkle Seite auf grausame Weise erfahren mussten.

Dann tritt Sven vor:

„Wir sind hier, um Abschied zu nehmen – aber auch, um zu handeln. Unsere Frauen wurden Opfer eines Geschäfts, das aus Angst und Gier besteht. Organhandel ist eine Hydra mit vielen Köpfen. Wir können und wir werden nicht tatenlos zusehen, wie sie sich immer mehr …"

Er stockt, bricht ab. Kay legt ihm eine Hand auf die Schulter und spricht weiter:

„Merle und Runa hätten gewollt, dass wir kämpfen, kämpfen gegen die Gier und das menschenverachtende Verbrechen. Deshalb gründen wir heute den Verein *Stopp den Organhandel – Werde Organspender*. Nur wenn genug Menschen bereit sind zu helfen, können wir diesen Sumpf trockenlegen."

Stille. Dann beginnt zaghaftes Klatschen, unsicher zuerst, dann immer kräftiger, bis der Applaus laut über den Friedhof hallt. Ein Augenblick der Zuversicht.